# 近すぎて、届かない

椎崎夕

幻冬舎ルチル文庫

CONTENTS ✦目次✦

近すぎて、届かない




✦カバーデザイン＝小菅ひとみ（CoCo.Design）
✦ブックデザイン＝まるか工房

イラスト・花小蒔朔衣✦

# 近すぎて、届かない

# 1

「なあ、やっぱり和《なぎ》も一緒に来ないか？」

バイト先の事務所が入ったビルの駐車場で、今しも出発しようという車の運転席に座る人物からそう言われて、浅川《あさかわ》和はさすがに少々食傷した。

「行かないってば。だいたい、お茶汲《く》みに呼んだおれまで乗せてったら意味ないよね？」

「別に？　さっきも言ったろ、お茶くらい、帰ってきてから淹《い》れても十分だ。缶コーヒー出しても構わねえんだしな」

「何それ。おれが出てきた意味ないじゃん。ていうかさ、これから新入社員を迎えに行こうって時に、理史《まさちか》くんがそんなこと言ってたら駄目だろ」

呆れ顔で言った和に、けれど運転席の相手――和の又従兄弟《またいとこ》でありバイト先の主でもある浅川理史は平然と眉《まゆ》を上げた。

「新入社員ったってよく知った顔なんだ、今さら気取ったところで意味ねえよ。むしろちゃんと接待した方が驚くんじゃねえか？　ってことで、ついでに和も乗ってけって」

「……だから、理史くんにとってはよく知った人でもおれにとっては顔も知らない人なんだってば。だいたい、空港までの迎えにバイトまで同行ってふつうにおかしいよ」

「少々おかしくても構わねえだろ。紹介するつもりで連れて来てるんだし」

「だからそうじゃなくて、あの八嶋《やしま》さん？　笑ってないで何とか言ってくれませんかっ？」

暖簾《のれん》に腕押し、糠《ぬか》に釘《くぎ》。頭に浮かんだ諺《ことわざ》そのものの状況にうんざりしてきた時、理史の隣の助手席に収まっていた人物――八嶋聡《さとし》が、拳で口元を隠しているのが目に入る。

震える肩や眼鏡《めがね》の奥で下がった目尻《めじり》を見つけてむっとした。そういえば、この人は事務所で合流した時から和と理史の問答を聞きながら妙ににやついていたのだ。

思わず矛先《ほこさき》を向けた和に、八嶋は首を竦《すく》めて運転席の理史を見た。

「だってさ。いい加減、諦《あきら》めたらどうかな。和くんにはお茶出し要員としてバイトに出てきてもらってるんだし、迎えったって一時間もせず戻って来られるだろ。せっかくの休みに和くんと一緒にいられないのが気に入らないのはわかるけど、一応今日は仕事なんだし？」

つらつらした八嶋の台詞《せりふ》の、前半はともかく後半は突っ込みどころが満載だ。もといい昼間っから聞かされたい内容ではなく、和はじわりと自分の顔が熱くなるのを自覚する。今になって、八嶋に振ったことを後悔した。

それでも堪《こら》えたのは、少なくとも前半の言い分はまともだったからだ。ほんのわずか安心した和は、けれど続く八嶋の言葉に耳を疑った。

「ついでに、いい加減出ないと約束に間に合わないよ。まあ、僕としては一時間や二時間空港で待たせたところで気にならないけど」

「そこは気にしてくださいって！　っていうか理史くん、早く行きなよ！　せっかく来てくれることになった店長さん、待たせたら申し訳ないだろ？」

　前半でやめておけばいいものを、何で後半に余計なことを付け加えるのか。思った瞬間に、和は声を上げていた。助手席の八嶋が「おや」という顔になり、運転席の理史が不思議そうな顔をしたのへ、びしりと指を突きつける。

「すぐ行ってよ、でないとおれ、このまんまうちに帰るけどそれでいいんだ？」

「わかった、すぐ行くから和は事務所にいろ。帰るなよ？」

「そうそう。紹介するために出てきてもらってるんだからね？」

　妙に気の合った素振りで言うふたりを無言で眺めて、目だけで行くよう促した。

　八嶋も理史も和にとってはバイト先の上司であって、この態度はあり得ない。承知の上だが、下手に喋《しゃべ》ってまた妙に脱線するよりもこのまま通してあとで謝った方がずっとマシだ。

　渋々という顔の理史が運転する車がビルの駐車場から出ていく。通りに合流し視界から消えるまでを見届けて、和は一階にある事務所へと引き返した。途中になっていたコーヒーの支度を再開しながら、ついため息がこぼれてしまう。

「間に合えばいいんだけど」

　見上げた壁の時計からすると、八嶋が言った通り空港に着くのはぎりぎりの時間だ。二十分早く出ていれば余裕で目当ての人物が出口から出てくるのを待っていられたのにと思ってしまい、どうしてバイトの自分がそこを気にしなければならないのかと憮然《ぶぜん》としてしまう。

　和のバイト先であるこの事務所の母体は、理史と八嶋が共同経営するダイニングバー「花《はな》水木《みずき》」グループだ。本店を含め三店舗を擁するこのグループで、理史は本店のメインシェフ兼店長を、八嶋はグループ全体の事務系統の責任者を務めている。ちなみに八嶋は本来シェフだったのが、グループが大きくなったことでそちらを退いた形だ。

　二年半ほど前、大学に合格したばかりの和にその事務所でのアルバイトを持ちかけたのは理史だ。三店舗の事務から連絡すべてを八嶋ひとりでやるには厳しいという理由には納得できたし、和の側の事情都合を八嶋も承知しているということで引き受けた。

　本来バイトが休みのはずの今日、和が事務所に出てきたのは、来月から新規開店する店舗の店長となる人物が海外から帰国するため、出迎えの接待を頼みたいと言われたからだ。

　四店舗めを作る話は去年から聞いていたし、これが意外なところで難航しているのも知っていたから、和は即答で了解した。

　物件そのものは理史たちの希望に沿ったものが見つかったし、契約もごくスムーズに進んだ。準備も万端で、何の憂慮もなかったはずが、開店まであと三か月弱となった二か月前になって、店長に就任する予定だったスタッフが家庭の事情からやむを得ず「花水木」グループそのものを退職することになったのだ。

　代理を立てる必要があるとはいえ、一介のスタッフのように求人募集すればいいものではない。はっきり聞いたわけではないが、四店舗めを作るに当たってのもっとも大きな要因は、おそらく店長予定だったスタッフの存在そのものだったからだ。とはいえ場所も人員も準備を終えた段階で中止というのも難しく、理史と八嶋は必死で店長となる人物を探し打診して回っていた。

そんな時、ひょんなことから引き受けてくれたのが、つい先ほど理史たちが空港まで迎えに行った進藤《しんどう》という人物なのだ。何でも、理史と八嶋が海外修業していた頃の後輩だとかで、口振りからかなり親しい間柄らしいと察しがついた。

「……バイトの出番はないと思うんだけどなあ。まあ、自業自得だから仕方ないけど」

用意した茶菓子とカップを目の前に、和はぽつんとつぶやいてしまう。

今日の出勤を和に頼んできたのは理史だ。そのせいで、和は当日八嶋が不在になるんだろうと勘違いをした。というより、理史と八嶋が揃《そろ》った状態で自分までもが呼ばれるとは思いもよらなかった。

もちろん、それと知った時点で「だったら自分は休む」と主張した。けれど、あのふたりを相手にいったん承知したものを覆すのは至難の業だ。実際、理史からは真面目《まじめ》な顔で、八嶋からはにこやかな笑みで釘を刺された。

(聡の代理で動くんだろ？　進藤と面識作っとかねえと困るのは和だぞ)

(和くん、事務所の連絡係もやってるよね。だったらちゃんと顔合わせておかないとまずい

のもわかるよねえ）

……毎度のことだけれど、あのふたりは揃って和の逃げ場を塞《ふさ》ぐのがことのほか上手だ。理史とは又従兄弟としての長いつきあいから始まった諸々があるから、当然のことと諦めがつく。理史と同い年の八嶋は和の事情も状況も承知しているし、二桁《ふたけた》もの年齢差があっては敵《かな》わなくて当然だと思いはする。

けれど、どうにもこうにも腑《ふ》に落ちないと感じてしまうのも、どうしようもない。

小さくため息をついた時、事務所前の駐車スペースに車が入ってくるのが音でわかった。

事務所が休みの今日は、窓のロールスクリーンをすべて下ろしているため外の駐車場が見えない。できるだけ急いで窓辺に近づき隙間《すきま》をあけてみると、見慣れた事務所の車から理史たちが降りてくるのが目に入った。

出迎えに行くべきかと思ったけれど、ここはバイトらしく目立たずお茶汲みに専念した方がよさそうだ。判断してキッチンスペースに引き返して、和はサイフォンの準備をする。用意してあったお茶菓子とコーヒーカップを確認していると、聞き慣れた話し声が事務所の前に近づいてきた。

自分でも情けないとは思うけれど、人見知りの気《け》がある和は初対面の人が相手になると漏《も》れなく緊張する。それが顔に出ていたらしく、ドアを開け先頭を切って入ってきた理史が和を見るなり破顔した。

あれは、「またいらない緊張してるな」という顔だ。続いて入ってきた八嶋にまで同じような表情を向けられて、こういうところは改善したいとつくづく思う。もっとも、最後に入ってきた人物と目が合うなり、そんな気持ちはあっさり蒸発した。

最初に思ったのは、「背が高い」ということだ。理史も八嶋も規格外の長身だけれど、それより少し低いくらいだから人込みでも頭ひとつ抜けて見えるに違いない。染めた気配のない黒髪は襟足《えりあし》ですっきり揃えてあり、やや切れ長の目がやけにまじまじと和を見据えていた。

「おい進藤、あんまり見るんじゃねえよ。減ったらどうすんだ」

強い視線に硬直した和に気づいたのだろう、その人物――進藤と和の間にするりと理史が割って入る。その内容に突っ込むより、見慣れた広い背中にひどく安心した。

「……人は、見たくらいで減るものじゃないと思いますが」

「おいこら」

少々怪訝《けげん》そうな進藤の言葉に、理史が即座に突っ込みを入れる。それに、八嶋の声が続いた。

「見ただけで減ったら大事《おおごと》だよねえ。でも、進藤も初対面の相手をいきなりじろじろ見るのは失礼だよ。まずは紹介でもしてあげたら？　和くんも困ってるみたいだし」

「ああ。……和？　出て来れるか」

「大丈夫。あの、すみません。失礼しました」

振り返った理史に頷《うなず》いて、一歩前に出る。真っ向から視線を向けてきた進藤に、軽くお辞《じ》儀《ぎ》をした。その和の頭をぽんと撫《な》でて、理史は言う。

「俺の又従兄弟の浅川和だ。大学生で、この事務所のアルバイトとして各店舗の連絡役もやっている。おまえの店にも顔を出すだろうから、よろしく頼む。——和、こいつが進藤だ。見ためとっつきにくいが中身は単純だから、気にしなくていいぞ」

「理史。その説明はどうかと思うんだけど？」

理史の補足にどう答えればいいのか困っていると、八嶋があからさまに顔に手を当ててため息をついた。それへ、進藤が苦笑混じりに言う。

「別にいいです。慣れてますし」

「あ、そう。そういうことだってさ」

言い様に八嶋から振り返られて、和は慌てて口を開く。

「浅川和です。よろしくお願いします」

「よろしく」

短く言って、進藤が軽く顎《あご》を引く。それを合図に、それぞれ腰を下ろすことになった。それと知ってすぐさまキッチンに引き返した和を、どういうわけか理史が追いかけてくる。

「いいから和は座ってろ。俺がやる」

「何言ってんの、駄目に決まってるだろ！　おれはお茶汲みに来てるんだから！　理史くんこそ戻って座りなよ、進藤さんもこっち見てるしっ」

「けどおまえ、今日は本来休みだろ？　それに、脚のことも」

「出勤扱いで時給出るんだから、その分は仕事するよ。脚だったら今日はほとんど歩いてないから平気だし」

けど、とまだ何か言い掛けた理史の腰を摑《つか》んで、強引に八嶋たちがいるソファの方を向かせた。そのまま背中を押して言う。

「ここで手伝うとか言ったらおれ、即帰るけど。それでもいいんだ？」

「……わかった。無理そうだったら言えよ」

「だから無理じゃないって」

声を落としての会話だから、少し離れたソファまで内容は聞こえていないはずだ。とはいえ話し込んでいたのは丸見えで、八嶋は定番の呆《あき》れた笑い顔をし、進藤は妙なものを見つけたような顔をこちらに向けている。

渋々ソファに戻った理史に、八嶋が茶々を入れる。それを進藤が興味深そうに聞いているという図式は、和にとって嬉《うれ》しいものとは言えない。

理史が和に対して過保護で甘いのは、「花水木」グループでは周知のことだ。身に染みて知っているからこそ、和はできるだけバイト中にそういう状況にならないよう自分なりに注意していた。もっとも今のように、そうやって注意した結果ですら「甘い」証拠にされてしまうのは、もう和にはどうしようもなかった。

できたコーヒーをワゴンに乗せ、ソファセットまで運んでいく。ちらちらと耳に入ったところによると、三人はこれからの予定を確認しているようだ。

帰国したばかりの進藤には忙《せわ》しないことだが、今日は夕刻から「花水木」グループの各店長とフロアマネージャーに八嶋を加えた顔合わせの食事会が入っている。場所は本店で、理史に指名された若手のシェフが腕試し代わりにメニュー作成から調理までを任されているそうだ。食事会のあとは軽く飲みが入って、夜は八嶋のマンションに進藤を泊める手はずになっているという。

「ひとつ言い忘れてたが、バイトの和は大学卒業後はこの事務所に就職する予定だ。今後はそのつもりで、何かあれば教えてやってくれ」

「……そうなんですか？」

コーヒーを配る途中で言われて、和は目を瞠《みは》った。もろに理史と目が合ったものの、ここで問い質《ただ》すのは違うだろうといったん疑問を胸に押し戻す。代わりのように答えた進藤の尻上がりの声が、耳についた。

一緒にソファに座るよう言われたのをやんわりと断って、和は自分のデスクにつく。空き時間に少しずつ片づけるよう指示されていた書類整理をしながら会話を耳に入れていると、進藤と理史、それに八嶋がかなり親しい間柄なのが伝わってきた。

言葉もろくに通じない海外の、まったく初めての環境で技術を修得する。それは、和には想像すらつかない状況だ。そんな中、同じ志の相手がいれば、親しくなるのは当たり前のことだろう。そう思ったら、進藤が羨《うらや》ましくなってきた。

八嶋は理史と同い年で長年の親友だから、羨むには遠すぎる。けれど進藤は後輩であり、つきあいも和よりずっと短いはずだ。

なのに、どうしてそんなに認められているのか。そう考えて、そんな自分に呆れた。そもそも和と進藤では立場や前提が違いすぎて、張り合ったところで無駄なだけだ。何より、こんなふうに思うのは進藤に対して失礼すぎる。

「ああ、そろそろ時間だな。移動しようか」

「おう。じゃあ八嶋は先に行っててくれ。進藤を頼むな」

先に気づいたらしい八嶋が、そう言って腰を上げる。続いて立ち上がった理史の言葉に頷いたのへ、進藤の声がかかった。

「先にって、浅川さんはどうするんですか？　一緒に行かないんですか」

「ああ、俺は和を送ってから行くから」

「は？　……彼も、顔合わせに同行するんですか」

声とともに、進藤は胡乱《うろん》な顔を和に向けてきた。

無理もない反応に、どうすればいいのか一瞬迷う。そこで理史が口を挟んだ。

「いや、うちに連れて帰るだけ。いらん心配はするな、すぐ俺も行く」

「……あの、理史くん？　おれ、ひとりで帰れるよ。いいからそのまま本店に行って来なよ」

「却下だ。臨時でバイトに出て来させたんだから、送って当然だろ。車を使えばすぐだしな」

「だけど」

「そうそう、ついでに送ってもらいな。実際問題として、ここに理史の車置いて行かれると邪魔だし困るんだよね」

和の反駁《はんばく》は、八嶋に封じられた。完全に胡乱なものとなった進藤の視線を気にしている和を知ってか知らずか、八嶋は進藤を引っ張るようにして事務所から出ていってしまう。

「理史くん、……あれって絶対、まずかったと思うんだけど」

事務所の車が出ていったあと、入り口を施錠する理史の背中を見上げて、和はぽそりと言う。と、振り返った理史に腕を取られた。もう慣れたいつものやり方で杖《つえ》代わりに理史の手を借りて、和は車へと向かう。

「そうか？　いつものことだろ」

「けど、進藤さんはそういうのも知らないよね？　だったら変に思われたんじゃないかな。……おれの脚のことを知ってたら違うかもしれないけど」

高校二年の時、和は交通事故で両親を喪《うしな》った。運転席と助手席をほぼ完全に潰《つぶ》した事故は後部座席にいた和の右脚までも押し潰していて、何度かの手術とリハビリを経た今も元通りになっていない。

家の中や平坦な場所であれば、杖がなくてもどうにか歩ける。けれど、町中によくある煉《れん》瓦《が》敷きの歩道や坂道、それに階段では杖か手摺《てす》りが必要で、さらに長い距離は歩けないのが今の和だ。理史や八嶋が、和のバイトのみならず大学の行き帰りにまで迎えを出してくるのは、それを配慮してのことだ。

「知っててもおかしいと思われるよ。ふつう、バイトにそこまではしないだろうしさ」

「別にいいだろ。和はただのバイトじゃない。未来の事務所スタッフだ」

「その話だけど、いつからそうなったの？　おれ、初耳なんだけど」

両親の事故以降、車が苦手になった和だけれど、理史が運転する車であれば平気だ。八嶋の車にも乗れるけれど、理史ほどの安心感はない。

助手席のシートに深く凭《もた》れて、和は運転席に座る一回りほど年上の、誰もが認める男前の又従兄弟を見る。その横顔の向こうでは、夕暮れの日差しを受ける街路樹が秋らしく鮮やかに色づいていた。

「ん？　もしかして言ってなかったか？」

「覚えてない。バイトを始める前に、それっぽいことを聞いたような気はするんだけど」

大学入学直後の和はようやくリハビリが一段落したばかりで、学生生活が続けられるかどうかにも不安を抱《いだ》いていたのだ。それでもせめて小遣いくらいは自分で何とかしたくてバイトを探していたら、理史の方から「事務所を手伝ってくれないか」と切り出された。

その時、「今から手伝ってくれたら卒業してから楽だしな」などと言われたような覚えはある。けれど当時の和には卒業後など遥《はる》か先のことだったし、信憑性《しんぴょうせい》も感じなかった。こうしてはっきり聞かされても、それでいいのかと首を傾《かし》げたくなるのが本当のところだ。

「でも、そういうのはよくないと思うよ。正社員にはちゃんとした人を選ばないと」

「だから和がいいんだがな。俺も、八嶋も」

「それ、贔屓目だと思うんだけど」

どうしてそうなるのかと思ったのが、素直に顔に出たらしい。ちらりとこちらを見た理史は片頬《かたほほ》で苦笑し、わしわしと和の頭を撫でてきた。

複雑な気分で口を噤《つぐ》んで間もなく、フロントガラスの向こうに自宅——正確には理史のマンションが見えてきた。

エントランス前で下ろされるとばかり思っていたのに、車はまっすぐに駐車場の定位置に入った。首を傾げながらも「じゃあ気をつけて」と声をかけて車を降りると、ほとんど同時に理史まで運転席を出てしまう。車をロックし、和の肘《ひじ》を取った。

「ちょ、理史くん？　早く本店、行かないと」

「忘れ物。取って来ないとまずい」

あっさり言われて、珍しいこともあるものだと驚いた。結局、和は理史の腕を借りたままエレベーターに乗り、すっかり馴染《なじ》んだ自宅へと帰りつく。

見慣れた玄関の表札は「浅川」だ。理史が自宅用に購入したマンションのこの部屋で、和は理史と一緒に暮らしている。

又従兄弟ではなく、恋人として。

「え、……理史、く――」

開いた玄関ドアを押さえてくれた理史にお礼を言って、先に中に入る。その直後、肩を取られて長い腕の中に抱き込まれた。すぐ目の前、吐息が触れる距離から覗《のぞ》き込まれて息を飲んでいると、苦笑した理史に頰を撫でられる。

「悪かった。そんな顔するな」

「え、と……あの?」

「絶対にそうしろと言ってるわけじゃなく、選択肢のひとつとして考えてほしいだけだ」

「――」

そっと、額同士をぶつけるようにされる。もうすっかり慣れたはずの近い距離に、けれどどうしようもなく顔が熱くなった。咄嗟《とっさ》に言葉が出ない和を気遣ってか、理史は囁《ささや》くように言う。

「強制する気はなかったんだが、状況も言い方もよくなかったな。……ごめんな、和もわかってるものだと決めつけていた」

「うん」と、やっとのことで頷いた。それから、和はたどたどしく自分の気持ちを口にする。

「理史くんの気持ちはすごく嬉しいけど、それって甘えすぎじゃないかな。今だって、ずいぶん甘やかされてるんだし。バイトだからまだいいとしても、正社員は無理だと思うよ」

「全然、甘えてねえだろ。つーか、もっと甘えてもいいくらいだ。……和はよくやってるし、実際にそれでずいぶん助かってる。言っとくが、八嶋は本気で事務所に欲しがってるぞ」

「だからー、八嶋さんもおれに甘いんだってば。いろいろ迷惑かけたし、それで放っとくとまずいって思われてるんじゃないかな」

「あいつはそれほど人が好《よ》くない。仕事となると人が変わるしな」

間髪を容《い》れずの反論に、「嘘だ」と声を上げてしまった。そんな和の頬を親指の先で撫でて、理史は苦笑する。

「本当だって。少しは信用しろよ」

「もちろん信じてるよ。けど、理史くんだって前よりおれに甘くなったし、過保護にもなったよね？　そういうの、バイト中にはまずいって」

「それは仕方ねえだろ。和が可愛《かわい》いのが悪い」

「え、ちょ、それ……ん、――」

抗議の声は、途中で落ちてきたキスに飲まれた。和の唇を嘗《な》めて離れていくかと思ったキスは、けれど何度か啄《ついば》んだあとで歯列を割って深くなる。もうすっかり覚えた体温に馴染んだやり方で舌先を搦《から》め捕られて、背すじをぞくりとしたものが走った。

「……和」

「ん、……ふ、ぅ」

壁に押しつけられた背中が痛まないようにか、腰を抱く腕が強くなる。

深くなったキスに、角度を変えては唇の奥を探られる。ざらりとした体温に舌先を取られ、やんわりと歯を立てられた。歯列の裏側や頬の内側を擽《くすぐ》るように辿《たど》られて、身体《からだ》の奥がぞくりとする。

理史のキスは、甘いお酒のようだと和は思う。口当たりの甘さと飲みやすさに夢中になっている間に量を過ごして、気がついた時には足腰が立たなくなっている。――それに近いことが、実際に和にはよくあった。今も、疲れや寒さのせいでなくぐらつく脚を必死に踏ん張って、それだけでは足りずに理史の上着の肩に爪《つめ》を立てるようにしがみついている。

「ま、さちかく、……行かない、と。八嶋さんたち、待ってるんだよね？」

長かったキスのあと、和はそろりと理史の肩を叩《たた》く。と、ため息混じりに耳元で囁かれた。

「和も連れて行きたい」

「駄目だってば。それ、わかってて言ってるよね」

「そうなんだけどなあ」

顔合わせのため本店に集まる面々は全員和を知っているし、脚のことも承知していて、顔を見れば気にかけてくれている。けれど、いくら何でもそれはない。それに、今日の集まりに和を連れて行かないと決めたのは理史だ。

「――美花《みか》は何時に来るって言ってた？」

「六時過ぎって言ってた。友達の都合で前後はするかもしれないけど、夕飯はうちでって」

「そうか。ああ、たぶん俺は帰りが遅いから、美花も早めに帰せよ。送って行こうと思わずに、戸締まりして先に寝てろ」

「はーい……」

神妙に返事をしたら、腰に回っていた腕が渋々離れていった。その後、和が無事リビングのソファに収まるまでを見届けて、理史は再び出かけて行く。

防寒対策だと廊下に続くドアは閉じられてしまったけれど、玄関ドアを閉じた理史が施錠していくのは音でわかった。ソファの上に座ったまま足音が遠ざかっていくのを聞いて、やっぱり過保護だと和はつい笑ってしまった。

和の姉の美花は一年前の騒動のあと、無事にかつての夫との離婚を果たした。両親が遺《のこ》した家を賃貸に出しているため、今はこのマンションにほど近いアパートで一人暮らし中だ。

理史の勧めで始めた「花水木」系列の店での仕事もすっかり慣れて、今日は全店定休で休みとなっている。日中は友人と出かける約束があるけれど、夕飯には間に合うようここに来てくれることになっていた。

もっとも、姉は週に二度はここで夕飯を食べて行くのだ。和と美花の両方を気にかける理史が提案してくれたことで、今はもう恒例となっている。さらには姉と理史の間で何やら取り決めをしたらしく、今日のように理史が不在の夜は姉がやってくるのが常だ。

「……そういえば、姉さんが離婚してもう一年になるんだっけ」

去年の騒ぎを思い出して不思議な気分になりながら、和はソファから腰を上げる。いつもは姉が来るのを待って一緒に支度しているけれど、たまには和が作って姉にゆっくり食べてもらうのもいいだろう。

……考えてみれば、和がこのマンションで暮らすようになってからもうじき四年になるのだ。

冷蔵庫から取り出した食材に包丁を使いながら、和はふとそう思う。

ここに住み始めた頃の和は二度目の高校二年の途中で、料理などほとんどできなかった。即席ラーメンやレトルト食品を温めるのがせいぜいだった和のため、当時の理史は朝食夕食のみならず昼の弁当まで持たせてくれて、その気遣いが嬉しくて申し訳なくて——だから自分でも必死で料理を覚えたのだ。自分の店を持つシェフの理史に素人料理を食べさせるのはどうかという簡単なことにも気づかず、少しでも負担になりたくなくて「夕食は自分に作らせてほしい」と言い張った。

今、それなりのものを作れるようになっているのは、当時の和の言葉にあっさり頷き、微妙な味の料理を文句ではなくアドバイスしながら食べてくれた理史のおかげだ。こうして思い返してみれば、つくづくあの頃の和には自分のことしか見えていなかった。

その頃にはすでに理史への恋愛感情を自覚していた、というのもある。けれどそれ以上に、当時の和にはここ以外に、行く場所も居場所も存在しなかったせいだ。

両親が亡くなった後、当時すでに結婚し家を出ていた姉が夫とともに実家に戻ってきた。心配しなくても自分がいるからと姉に言われて心底ほっとした和がせめてできるだけ迷惑をかけないようにとリハビリに励んでいた頃に、――その姉の夫から性的な意味で襲われかけた。

偶然帰宅した姉に見られた元義兄は、和から誘惑されたのだと言い張った。一方、義兄とのもみ合いで脚を痛めて入院する羽目になった和は、あえてその言い分を否定しなかった。

理史への気持ちを見透かされ、それを盾に脅されたからだ。弟分として可愛がってもらっていたからこそ理史にだけは本心を知られたくなくて、和は元義兄の言い分を頑《かたく》なに肯定し続けた。

そんな和に焦《じ》れた姉が、最後の手段として病室に連れてきたのが理史だ。その時、理史はすでに義兄の言い分を耳にしていたのに、和の前では何も知らないフリで「うちに来い」と言ってくれた。

姉夫婦と暮らすのは論外で、だからといってひとりで暮らせる状況でもない。甘えていいのかどうか悩んだあげく、他にどうしようもないと自分で自分に言い訳をして、和は理史の部屋に転がり込んだ。その時に、自分の恋心は全部封じ込めて、絶対口にすまいと決めたのだ。

そうやって、去年までは穏やかに過ぎた。転勤族の義兄について引っ越していった姉とは携帯電話で短いやりとりをするだけで、あとは一日を理史と一緒に、理史との生活のために過ごす。その毎日はまるで温室の中のようで、……絶対的に安心できる腕の中で守られて、和はようやく安心できた。

その毎日が唐突に変化したのが、一年前だ。

始まりは、姉の夫が和の前に姿を見せたことだった。離婚を決意して家を出た姉を探していると、理史に「あのこと」を知られたくないなら協力しろと言われて混乱して、和は自分で理史から離れようと決めた。紆余曲折《うよきょくせつ》の果てに姉の夫に連れ去られた和を、それでも探しに来てくれたのが理史だった。

その理史の目の前で口裏を合わせろと脅されて、「もう、いい」と思った。完全に理史から離れる覚悟で、その場で理史への気持ちをぶちまけたのだ。

……なのに、理史は和のその気持ちを受け入れてくれた。自分も同じだと、和の居場所を奪うことになるかもと思えばこそ言えなかったと、そう教えてくれた。

正直に言えば、一年経《た》った今でも嘘《うそ》みたいだと思う時がある。ずっと年上で、幼い頃から大好きだった人が恋人として傍にいてくれることを、不思議だと感じてしまう。

「いつか、慣れる時が来るのかな……」

キッチンに立ったままぽそりとつぶやいた時、ポケットの中に入れておいたスマートフォンが鳴った。開いてみると姉からのメールで、たった今、マンションのエントランスに着いたというものだ。

すぐにキッチンを出て、インターホンの画面の前に立った。そのタイミングでインターホンが鳴って、モノクロ画面に姉の姿が映し出される。

受話器を取って「すぐ開ける」と告げて、和は集合玄関の解錠ボタンを押す。姉を迎えるため、そのまま玄関先へと向かった。

## 2

「じゃあ和、ちゃんと戸締まりしてね。理史兄さんが帰ってくるまで外に出ちゃ駄目よ？」

姉弟での夕食をすませたあと、遅くならないうちにと腰を上げた姉は、玄関先までついて行った和を振り返るなり念を押すようにそう言った。

「わかってるって。姉さんこそ気をつけて。うちに着いたら電話かメールして」

「はいはい。おやすみなさい」

過保護気味に心配されるのはいつものことだけれど、和に言わせれば気がかりなのは姉の方だ。できればアパートまで送っていきたいと思う。

けれど、そうしたところで今度は姉から「和をひとりで帰せない」と言われ、ここまで送られるのが関の山だ。そのあたりは以前、理史だけでなく八嶋にも指摘され、姉と顔を見合わせて互いに図星だったと思い知ってもいる。

リビングに引き返すと、和は手早く風呂の準備をした。今日は脚を酷使してはいないが、理史が不在の時は浴槽を使うのを禁止されている。なので簡単にシャワーだけすませると、ソファの定位置に収まってレポートの準備に取りかかった。

タクシーで出かけた上に先に休むよう言ったのだから、おそらく今夜の理史は午前様だ。待っていたい気持ちはないではないが、それをやると間違いなく叱《しか》られる。なので、適当なところで切り上げることに決めた。

参考にと借りてきた本に目を通し、必要なところに付箋《ふせん》を貼《は》っていく。明日には図書館に返却する予定だから、今日中にコピーすべき場所は決めておかなければならない。簡単にチェックするはずがいつの間にか熱心に読んでしまっていたことに気がついたのは、インターホンの音を少々遠く聞いた時だ。

「……あれ」

見ないのに点《つ》けっぱなしにしていたテレビ画面は、知らない番組を映している。何時だろうと反射的にサイドボードに目をやって、和は「うわ」と声を上げた。知らない間に、時刻は午前一時近くなっていたのだ。

その時、再びインターホンが鳴った。そこでやっと腰を上げたものの長時間座りっ放しだった脚はすっかり強《こわ》ばっていて、気をつけなければ転びそうだ。

「理史くん……八嶋さん？」

玄関へと続くドアの横、作り付けの電話台の上の壁に取り付けられたインターホン画面に映っていたのは、理史に肩を貸すようにした八嶋だ。ぐったりと俯《うつむ》いている理史は、どうやら潰れているらしい。

『和くん？　ああよかった、ていうかこんな時間に起こしてごめん！　悪いけど、開けてもらっていいかな』

「すぐ開けます」

集合玄関の解錠ボタンを押して、理史を連れた八嶋が開いた扉を抜けるのを見届ける。八嶋とは逆側には進藤もいて、どうやらふたりがかりで連れ戻ってくれたらしいと気がついた。慌てて和はキッチンで冷水の支度をし、和用に置いてあるワゴンに乗せて廊下に出る。そのタイミングで、再びインターホンが鳴った。

玄関先に出て、ドアの鍵《かぎ》を開ける。音を聞いていたのか、和が手を伸ばす前にドアは外に開かれた。そこには心底申し訳なさそうな顔をした八嶋と、怪訝そうな顔の進藤が、理史を両脇《りょうわき》から支えて立っている。

「ごめんね、起こしただろ？」

「いえ、起きてましたから。レポートの本にちょっと夢中になってて……理史くん、潰れちゃったんですね」

「そう。何だかやけに上機嫌でねえ」

八嶋が呆れ顔で言った時、いきなり理史が動いた。がばりとばかりに、ドアの中にいる和に抱きついてくる。慣れないアルコールの匂《にお》いが鼻先を掠《かす》めた。

「なぎー、ただいまー」

「お、かえりなさ……ちょ、理史くん？　寝るんだったら部屋行かないと」

「いやちょっと待て理史！　和くんに抱きつくんじゃない、転んだらどうするっ」

ぎょっとしたふうに、八嶋が理史の上着の襟首《えりくび》を掴む。その言葉を聞いたあとで、和はようやく気がついた。

「いえ、大丈夫みたいです、よ？　理史くん、体重かけてきてないですし」

「……マジ？」

露骨に眉を顰《ひそ》めた八嶋に、素直に頷いて返す。

理史が本気で体重をかけていたら、和など八嶋が手を出す前に潰れていたはずだ。傍目《はため》には覆い被さられているようでも、理史の腕は和をくるんでいるだけで、むしろ和の右側の体重を支えてくれているような気がする。

「なーぎ」

ついでに、とてつもなく上機嫌だ。合間に和を呼ぶ声が、珍しいくらい浮かれている。

「筋金入ってるなあ……って、自分で歩けるんだったら歩けっての」

「すみません。ええと、すごく楽しかったんだと思うんです、けど」

思わず謝った和に、八嶋は疲れた顔で苦笑した。

「和くんのせいじゃないだろ。むしろ、こんな夜中に押し掛けてごめん。……ついでにひとつ、頼みごとがあるんだけど」

「んー、なぎ、なあー、進藤を和室に泊めてやっても、いいよなあ？」

八嶋の言葉を遮るタイミングで、理史が言う。ぎゅうぎゅうに抱きつかれているせいか耳元でそれを聞く羽目になって、危うく腰が抜けそうになった。そこをすかさず支えてくれるあたり、理史は酔っ払っていても理史だ。

「……そういうことなんだよね。僕んちに泊めるはずだったんだけど、さっき帰ったら何だか上の階で水道管がおかしくなったらしくて。水浸しまではいかないんだけど、人様を泊められる状況じゃなくてさ」

申し訳なさそうに言う八嶋によると、すぐに他の顔合わせメンバーへの打診を考えたのだそうだ。けれど全員が進藤とは初対面の上に所帯持ちで、いきなりそれは無理だろうという結論になったらしい。だったらホテルを探そうということになった時に、理史が「じゃあうちに」と言い出したのだそうだ。

「悪いけど、今夜だけいいかな。明日からはもう住む場所も決まってるから」

拝む勢いで言う八嶋に従うように、進藤が頭を下げてくる。その様子に、和は急いで言う。

「おれのことは気にしないでください。ここの家主は理史くんだし、その理史くんが決めたならおれは何も言いません。さっき和室って言ってましたよね？　すぐ案内――」

「なーぎ」

言い掛けたところを狙《ねら》ったように、壁に押しつけられた。大柄な理史に押さえ込まれた和が逃げられるわけもなく、いくら何でもこれはないだろうと焦《あせ》る。

「理史くん、駄目だって！　八嶋さん来てるし、進藤さんを和室まで案内しないと」

「だーめ。和は俺の面倒見るのが仕事ー」

ぬいぐるみ扱いで、さらにぎゅうぎゅうと抱きしめられた。視界のすみで進藤が呆気《あっけ》に取られたように目を瞠ったのがわかって、逃げ場のなさと相俟《あいま》って和はどうすればいいのかわからなくなってくる。

「いいから、和くんはそいつをとっとと寝かしつけてやって。和室でよければわかるから、僕がやっとくし」

「……すみません。あの、おれもすぐ手伝いに行きますから」

「いえいえ。じゃあお邪魔するね？」

「——失礼します。お世話になります」

八嶋に頷かれて玄関から上がった進藤が、律儀にも理史に抱きつかれたままの和に頭を下げる。それでもまっすぐな視線はどこか胡乱そうで、身の置き所がなくなった。

勝手知ったるとばかりに進藤を促した八嶋がリビングへと向かう。それを見送って、和は改めて顎を上げた。先ほどからずっと見下ろしていた理史と、目を合わせて言う。

「理史くん、寝に行こうか」

「んー」

にっこり笑顔で頷くのは、本当に酔っている証拠だ。同居するようになって知ったことだけれど、理史は滅多なことでは酔っ払った様子を見せない。その分だけ変化は顕著らしく、わかりやすく舌足らずになる。ついでに、大抵の場合は満面の笑顔のままだ。

幸いにして、理史の部屋は玄関からすぐの場所だ。摑んだ袖《そで》を引っ張って促すだけですんなり歩いてくれたので、数分とかからず寝室のベッドまで辿りついた。

ベッドに座るよう促してから周囲を見回し、カバーの上に無造作に置いてあった寝間着を手に取る。そばにぽんと置いて「着替えて寝た方がいいよ」と声をかけたら、ひょいと首を傾げた理史に楽しそうに言われた。

「和が脱がせて？」

「……はい？」

「酔っ払って動けない。だから、介抱して？」

「う」

嘘だろう、と思った。同時にそう言った時の理史の表情にそういう時に特有の色を見つけて、一気に頭に血が上るのがわかる。

恋人になって一年だから、もちろん恋人らしいつきあいもある。けれどそれはいつもある程度の流れからそういう雰囲気になった上でのことであって、今のように唐突に理史のこんな顔を見せられたのは初めてだ。

甘えられているのは、わかる。わかる、けれど――どうにもこうにも、恥ずかしすぎる。なので本能的に逃げようとしたはずが、いつの間にか和の手首は理史の手の中だ。しっかりと摑まれて、おまけにやんわりと引き寄せられてしまった。

「和？　着替えー」

「……自分でやってよ。こんな力出るんだったらできるよね？」

「和に、脱がせてほしい。駄目？」

とうとう両腕を摑まれて、ベッドに座る理史と向かい合った格好で顔を覗き込まれてしまった。近すぎる距離には慣れたはずなのに、腕を摑む指はけして痛いほどではないのに、

――理史の、たぶん色気を呼ぶのだろう気配に呑《の》まれて和はどうにも動けなくなる。

「……和」

耳元で、少し掠れた低い声に名を呼ばれる。その響きに、背すじのあたりがぞくりとした。するりと寄ってきた気配が鼻先に触れるのを察して、和は思わず目を閉じてしまう。とたんにくすりと笑った声がして、無意識に首を竦めていた。

「なーぎ？」

吐息に近い声とともに、今度は頬を撫でられる。こめかみから耳朶《じだ》を擽った指に顎のラインをなぞるように辿られて、危うくとんでもない声が出そうになった。

「その顔、反則だって前に言ったよな……？」

語尾を押し込むように、呼吸を奪われる。喉の奥で声を上げた時にはもう首の後ろを掴まれていて、和はそのままベッドの上に転がされていた。

上から重なってきた理史が、はずみで離れかけたキスを取り戻すようにより深く唇を重ねてくる。割り入ってきた舌先に口の中をなぶられて、つい鼻声をこぼしてしまっていた。

「ん、……っ——」

アルコールの匂いがするキスは初めてではないけれど、こんなふうに強引なのは珍しい。それでも抵抗しなかったのは、上になった理史が玄関にいた時と同じように和を気遣ってくれているとわかったからだ。こういう時、いつもそうあるように、上にいるはずの理史の重みを心地いいくらいにしか感じなかった。

「ね、……これ以上は駄目だ、って――八嶋さんと、進藤さん、が……ぅんっ」

とはいえ、家の中に他人がいるとなると話は別だ。八嶋が覗きに来るとは欠片《かけら》も思わないけれど、だから気にしないと言い切れるほど図太くはなれない。

なのに、理史は逃がしてくれなかった。さほど体重をかけずに和を押さえ込んだまま、重ねて啄むばかりだったキスを舌先を絡める深いものに変えていく。その間にも慣れた手つきで服の上からそこかしこを撫でられ、狙ったように弱い場所を擽られて、喉の奥から赤面するような声がこぼれていった。

「……なぎ」

「ま、さちかく……駄目、だって」

「なーぎ。かわいい」

額がぶつかる距離で、理史が嬉しそうに笑う。その表情に見とれている間にまたしても深いキスをされて、自分の学習能力の低さに目眩《めまい》がしてきた。

誰かに見られでもしたら恥ずかしさのあまり蒸発するしかない、という心境になった頃に、和にとって幸いなことに唐突に理史のスイッチが切れた。――要するに、和の上にのしかかったまま落下するように寝入ってしまったのだ。

「お、も……っ、ちょ、まさちかく、よけ、てっ」

ほっとして抜け出そうとしたものの、脱力した理史は冗談抜きで重かった。辛うじて身体を横にずらして逃げようとしたら、どうやら声が聞こえていたらしい。「んー」と小さく唸《うな》ったあとで、ころんと寝返りを打ってくれた。

「……もう。珍しいっていうか、初めてだからいいようなもんだけど」

どうにかこうにかベッドから降りて、和はぼそりとつぶやく。そのあとで、いやよくないだろうと思い直した。

着替えもせず眠ってしまった理史にため息をついて、ベッドの足元に畳んであった毛布と布団を被せておく。「おやすみなさい」と声をかけ、急いでリビングに向かった。

進藤に提供する和室は、リビングの並びにある。かつては、客用というより八嶋専用の寝場所だったと聞く。そのおかげで勝手を知っているからか、開いたままになっていた引き戸から和が顔を覗かせた時にはもう、畳の上に布団一式が敷かれていた。

「すみません、全部やってもらっちゃって」

「いいのいいの。むしろ、あの状態の理史のお守《も》りした和くんの方が大変だったろ?」

やたら爽《さわ》やかに言われて、辛うじて苦笑を返した。さすがに第三者の進藤の前で揶揄《からか》う気はなかったようで、八嶋はあっさりと和から進藤へと向き直り、明日の予定を告げていく。

「理史が明日本店に十一時出だから、それと一緒に出てきて。僕も本店に直行して、スタッフに紹介してから店舗予定地に行くことになると思うから」

「十一時、ですか。遅いですけど、いいんですか?」

「いいよ。っていうか、いいことにしてくれると助かる。僕、これから帰って片づけがあるんだよね」

うんざりした顔で言われて、進藤が黙る。和としても何とも言いようがなかったものの、気になって訊《き》いてみた。

「あの、……だったら八嶋さんは？　どこで休むんです？」

「んー、まあ適当にね。どうにでもなるから、僕は大丈夫。それより和くん、明日理史が寝坊しないようよろしく」

あっさりさっぱりとそう言って、八嶋はさっさと帰っていった。

玄関先でそれを見送って、和はきっちり施錠をする。自分も寝ないとまずそうだと思い何気なく振り返って、どきりとした。

すぐ後ろに進藤がいて、じっと和を見下ろしていたのだ。

「……八嶋さんから聞いてたけど。本当に、浅川さんと一緒に住んでるんだな。いつから？」

「四年前から、ですけど」

唐突な問いに困惑したものの、隠すまでもないと素直に答えた。そんな和をあのまっすぐな視線で眺めて、進藤は言う。

「四年前って、きみは今、大学三年だろう。だったら高校の途中から？　どうしてそうなるんだ。転校でもしたのか？」

不思議そうな問いは傍目にはもっともなもので、どう答えたものか和は思案する。

本当のことを話すのは、論外だ。かといって、理史と八嶋が信頼しているのだろう後輩に、いい加減なことを言いたくはない。そう思い、無難な答えを選んだ。

「家庭の事情で住む場所に困ってたら、理史くんがうちに来いって声をかけてくれたんです。それで」

「……そう」

無難すぎて、ほとんど意味のわからない返事だ。それでも、進藤はこちらの思惑を察してくれたらしい。生真面目な顔に申し訳なさそうな色を浮かべた。

「すまなかった。詮索《せんさく》する気はなかったんだが」

「気にしないでください。その、……おれがイレギュラーでここにいるのは、確かですから」

苦く笑って口にした内容は、去年まで和が誰かに聞かれるたび答えていたそのままだ。今の和は理史の恋人で、望まれてここにいる。けれど、その関係を知っているのは今でも八嶋だけで、理史を兄と慕う姉にすら話していない。

要するに、和がここにいる正当な理由を知っているのは、和本人と理史と、八嶋だけなのだ。それ以外の人からすれば、又従兄弟という遠い続柄の理史に和が甘えてつけ込んでいるように見えるに違いない。

「ところでうちの朝食は七時半なんですけど、起こさない方がいいですか？　だったら食事は置いておきます」

「いや、声をかけてくれて構わない。そこまで面倒はかけられない」

「じゃあ、そうさせてもらいますね。……おやすみなさい」

進藤に会釈をして、和はそのまま自室へ向かった。背中でドアを閉じたあと、進藤がリビングに入ったらしいドアの開閉の音を聞いてほっと息を吐く。

「あ、レポートの資料……」

リビングのテーブルに置いたままだ、と今になって気づく。とはいえ、これから取りに行ったりしたら間違いなく進藤に気づかれる。変に気を遣わせるよりはと、資料は明日の朝に片づけることにした。

「理史くん、ちゃんと寝てるかな……」

気にはなったものの、これから寝室に行くのは憚《はばか》られた。間違っても、進藤に気づかれるわけにはいかないのだ。

ドアから背を離して、和は部屋の明かりを消す。ごそごそとベッドに入ったものの、脚が強ばっているのが気になった。布団の中で横になったまま、自分でマッサージしていく。

明日の朝食は、やはり和が作るべきだろうか。理史の酔っ払い具合を思い出してそう考え、冷蔵庫の中身と引き合わせてメニューを考える。そうしているうちに、いつの間にか眠ってしまっていた。

# 3

「おはようございます。よく眠れました？」

キッチンのカウンター越し、和室の引き戸を開けて出てきた進藤に声をかけると、彼は何かを訝しむように瞬《しばた》いた。ややあって、ぽつりと言う。

「ああ。……ありがとう」

「いえ。洗面所はそこのドアを出てすぐ右手です。タオルは置いてあるのを好きに使っていただいて構いません」

「そうか。――申し訳ないが、借りるよ」

「どうぞ、ごゆっくり。まだ時間はありますから」

和の言葉にひとつ頷いて、進藤はリビングから出ていく。初出勤だからだろうか、折り目もはっきりしたワイシャツとスラックスがぴしりと似合っていて、もともと感じていた生真面目な印象がさらに強くなった。

廊下へと続くドアが閉じるのを音と目で確かめて、和はこっそり息を吐く。

「……たぶん、聞かれてない、よね？」

実は、ほんの十数分前にここキッチンでちょっとした騒ぎがあったのだ。極力声を落としていたし、一段落するまで引き戸の向こうの和室はしんとしていたから大丈夫だろうとは思っていたけれど、どうにもこうにも心臓に悪い。

「理史くんの、馬鹿《ばか》」

——今朝、自室のベッドで目を覚ました和が最初に覚えた違和感は、どういうわけかある意味馴染みのものだった。

横向きになったその真後ろに、固くて弾力のある体温が張り付いていたのだ。何度か瞬いて室内を眺めてそこが和本人の部屋だと再確認したあとで、ようやく声が出た。

(理史くん、……何でここにいんの)

(夜中に目が覚めて寂しくなった)

しれっとした声が、耳元で囁く。腰の奥まで届く響きにびくりとするのと同時に肩を取られて、気がついた時には真上から理史に見下ろされていた。

(おはよう。今日も可愛いな)

(……おはよう。ていうか理史くん、昨夜ずいぶん酔っ払ってたけど、大丈夫なんだ?)

(ああ。あの程度なら慣れてるし)

まったく悪びれない顔が至近距離で笑って、そのまま近く落ちてくる。

目を閉じてキスを受け入れてしまったのは、朝目が覚めたら理史に抱き込まれているというシチュエーションがさほど珍しくなくなっているせいだ。付け加えて言うなら、和の部屋であれば理史の行動もさほどエスカレートしないと知っているからでもあった。

暗黙の了解というのか、理史は恋人同士の行為をするのは自分の部屋と決めているらしい。そちらの方がベッドが広いだとか何だか準備がどうこうとか言っているのを以前聞いたことがあるけれど、とにかく和の部屋に来た時はキス止まりで終わるのが常だった。

（なあ、和。俺の部屋、行かないか？）

なので、朝っぱらからの理史の誘いはさっぱりと断った。

（駄目だよ。おれは大学で、理史くんは仕事！）

（えー、たまにはいいだろ。起きたくねえし）

（いいわけないってば。……昨夜飲み過ぎたみたいだし、朝食はおれが作るから、理史くんはついでにもうちょっと寝てたらいいよ）

しゃきしゃきと言って、強引にベッドを出た。和のベッドの上で俯《うつぶ》せたまま、じいっとこちらの着替えを眺めていたのをデスクの陰に隠れてやり過ごし、また起こしに来るからと声をかけてキッチンに出てきたのだ。

ああいう時の理史には、微妙な見極めが必要だ。今日は戯《ざ》れ言《ごと》の範囲だったからあれですんだものの、本気だった場合はあっという間に捕まってベッドに沈められてしまう。そのくせけして無理強いにならないのは、そのあとでじっくりゆったりキスしたりあちこちに触れてきたり甘いことを言ったりして、和が傾いて落ちるのを気長に待っているからだ。

ちなみに落ちたと判断された場合は即座に担がれ移動させられて、理史のあの手や体温に翻弄《ほんろう》されることになる。和の負担を考慮してか最後までするには日を選んでいるようだけれど、そうではない場合、つまり露骨な言い方をすれば和だけいじって終わらせる程度のことは、それなりに頻繁にされてしまっているのだ。何でも理史に言わせると、そういう時の和を見ているだけで十分いろいろ充実するとか何とか――

朝からとんでもないことを連想して赤面し、急いで頭《かぶり》を振った。意識していつもより手早く味噌汁《みそしる》の具を刻み、鮭を焼いて朝食の準備を整えていく。

その最中に、またしても理史が顔を出したのだ。どうやら夜中に起きた時に着替えたらしく、寝間着姿で髪には寝癖までついていた。

(理史くん、先に顔洗って髭《ひげ》当たって着替えて来ないと)

……この時の和の敗因は、起きてすぐのあれこれのせいで和室にいる客人の存在をきれいに忘れていたことだ。そして間の悪いことに、理史もまったく覚えていなかったらしい。

(ちょ、……駄目、だって……っん、――)

調理台に押しつけられ、その角が腰に食い込むのを感じながら、またしてもキスをされてしまったのだ。長くて深いキスに翻弄されているうちにカウンター越しの和室の引き戸が目に入って、我に返って慌てて理史の身体を押しのけた。

強引にしているようで、和が本気で抵抗した時にはすぐ解放してくれるのが理史だ。その時もあっさりキスは離れていったものの腰に回った腕と調理台に押しつける力はそのままで、だから急いで声を殺した。

（……和室！　進藤さん、泊まってるからっ）

（あ？　そういえばそうだったな。けど、まあバレたらその時だろ）

信じられないことをけろりと言った理史を、眉間《みけん》に皺《しわ》を入れて睨《にら》みつけた。ばつの悪そうな顔をしたのを先ほどより強い力で押しのけて、きっぱりと言ってやった。

（今の、ペナルティだからね。はい、この手離しておれから離れて。とっとと顔洗って身支度してきて。進藤さんに、朝ごはんは七時半だって言ってあるんだから）

それでようやく、理史はリビングを出ていった。

その間、和室の方で特に気配はなかったはずだ。先ほどのあの様子にも昨夜と比べて特に変わったことはなかったから、おそらくぎりぎりで気づかれずにすんだのだろう。

とはいえ引き戸一枚向こうに何も知らない、これから「花水木」グループの一店舗を預かる店長がいたことを思えば、どう言っても失態だ。八嶋に知られたなら、絶対に理史とセット扱いで心底呆れ返ったように見られるに決まっていた。

「和、悪いな。本当は俺の仕事なのにさ」

味噌汁を仕上げ、焼き鮭を皿に載せたところで、先に理史がリビングに姿を見せた。寝癖も直っているし、髭もきちんと当たって着替えもすませている。

「たまのことだし、気にしなくていいよ。昨夜はずいぶん楽しかったみたいだし」

「あー、ちょっと羽目外したなあ……聡に会ったらどやされそうだ」

八嶋の顔でも思い浮かべたのか、うんざり顔になって鮭が載った皿を運んでいく。昨夜の様子からすると八嶋は間違いなく何か言うはずと確信したものの、あえて追い打ちはかけないことにした。そうやってふたりで食卓を整えているところへ、進藤が準備万端といったかっちりした顔で戻ってくる。

「手伝います」

「んー？　いいから座ってな。あとは運ぶだけだしな」

「はあ……すみません、いろいろご面倒をおかけしてしまって」

「気にすんな。てーか、こっちこそ悪かったな。昨夜、何か迷惑かけなかったか？」

テーブルのところで話し込む理史と進藤は、見るからに気安そうだ。昨日にも感じた疎外感を覚えて、和は少し気落ちする。頭を軽く振って、その思いを振り飛ばした。

「朝メシの礼は和に言ってやってくれ。本来、朝作るのは俺の役目だったんだが、今朝寝ぼけたもんで代わってくれたんだ」

最後にお茶をワゴンに載せてテーブルまで行ったところで、いきなり理史に話を振られた。予想外のことに反応に窮した和を一瞥《いちべつ》し、進藤はやはり生真面目な様子で頭を下げる。

「ありがとう。ご馳走《ちそう》になります」

「い、いえ！　っていうか、シェフの人に素人料理なんて失礼なだけだと思いますけど、……あの、口に合わないようだったら無理せず残していただいて構いませんからっ」

「それはねえだろ。和の料理、かなり好きだぞ？」

横からさらりと理史に口を挟まれて、かえって追いつめられた気分になった。

「そっ、それはだって理史くんの好みに合わせてるからだよ！　だからその」

「はいはい。いいから座りな。冷めちまうだろうが」

笑いながら手を伸ばした理史が、ワゴンの上のお茶をそれぞれの席に配っていく。定期的に和の姉の美花が、気まぐれに八嶋が食べていくことも多いため、ここのテーブルはふたりで使うには大きめで余分の椅子《いす》もある。

三人での朝食は珍しくないとはいえ、昨日初めて会った人が一緒となると勝手が違った。こちらへ来たばかりの進藤は当然のことに聞きたいことが多いようで、勢い会話は彼と理史のものが主になる。せめて邪魔はすまいと、和はそれを耳に入れながら食事に専念した。

「お、そうだ。八時半にはここ出るから、おまえ支度すませとけよ」

「早すぎませんか。昨夜、八嶋さんは俺も浅川さんも十一時までに本店に出ればいいと仰《おっしゃ》ってましたが」

ちらりと進藤が手元の腕時計に視線を落とす。つられた和が壁の時計に目をやると、時刻はまだ七時四十分を回ったところだ。

「和の大学が九時からなんだ。大学まで送ってって、ついでにそのまま本店に出る」

「……は？」

一音だけ発した進藤が、胡乱そうに和に目を向ける。昨日、事務所で理史が和を自宅まで送ると言った時と同じ表情に、それでなくとも抱いていた罪悪感がさらに強くなった。

「理史くん、今日はいいよ。おれ、バスで行くし」

「却下だ」

「でもほら、昨夜は理史くんも進藤さんも遅かったんだし。今朝も眠そうだったし、時間までここでゆっくりしていけば？」

「もう目は覚めてる。ゆっくりしなきゃならんような飲み方は、俺もこいつもしてない」

「だけど」

これもまた、定番の言い合いだ。恋人同士になるよりも前、この部屋で同居を初めてからずっと、理史は和の高校そして大学への送り迎えに車を出してくれている。

高校生の時の和はまだリハビリ中で、杖を使ってもひとりで登下校するのが難しかった。だから始まったことだったけれど、それなりに筋力がつき杖なしでそこそこひとり歩きができるようになっても、理史は送り迎えをやめようとしなかったのだ。事務所でのアルバイトを初めてからは八嶋まで加わって、大学からバイト先までの送迎までされる有様で、どんなに断っても聞いてくれない。

同じ問答を何年も繰り返していると、それが徒労に思えてくるものだ。最近の和はまさにそれで、七割の諦めと三割の開き直りで理史と八嶋に甘えていた。

けれど、進藤のような第三者からすればそれはやはりおかしなことだったらしい。

「……じゃあ、大学まではタクシー使うよ。それならいいよね？」

馴染みの言い合いの果て、それでも曲げない理史に困って、和は贅沢《ぜいたく》な譲歩をする。そうしたら、理史に呆れ顔をされた。

「何だそれ。必要ないだろ。——いいから和もメシ食ったら支度しろよ。遅かったら駐車場まで担いで行くからな」

「だけど」

「前にも言ったろ。早めに出られる時はそうやって、店の状況を見ておきたいんだ。和を送るのはそのついでなんだ、妙な遠慮はしなくていい」

「理史くん、……」

当然と言うべきか、最終的に和は押し負けた。これ以上言ったところで、堂々巡りになるだけだ。

渋々頷いて見せながらちらりと様子を窺ってみると、進藤はとても面妖《めんよう》そうな表情で和と理史とを見比べている。呆れと驚きと、それ以外のどうにも掴みにくい感情と。それが、妙な方角に動かないことを祈るしかなかった。

「今日の弁当は自作か。珍しいな」

午前中の講義を終え、昼休みの学生食堂で昼食を摂《と》ろうとしたら、いつものように一緒にいた友人の中野《なかの》からいきなりそう言われた。

「うん、そうだけど……よく見てるっていうか、何で見ただけでわかるの？」

素直に驚いて、和は隣に座る中野の横顔を見た。

朝食は理史が、夕飯は和が作るというルールがあるため、和が大学に持参する弁当は大抵理史が作ってくれている。ただし、今日のように和が朝食を担当する時はたまには学食メニューでもと思うため、滅多に弁当は作って来ない。

素人作とはいえ必死で勉強し練習もしたから、和の弁当の見た目はそう悪くない。理史が作ったものと味で張り合えるとは思ってもいないが、一見しただけで自作だと気づかれたのには驚いた。

「何となく？　又従兄弟さんの弁当には、どう言うんだか。こう……気合いが入ってる感じがするんだよな」

「えー。おれが自分で作ったやつって、気が抜けてる？」

「そこまでは言わない」

さらっと返して日替わり定食を頬張っているのは、要するに肯定しているわけだ。

セルフレームの眼鏡をかけた横顔を眺めて、何となく落ち込む。そんなつもりはなかったけれど、今朝理史や進藤に食べさせた料理も気が抜けていたらどうしようと思った。

何となく箸《はし》が進まなくなっていると、横から中野に「おい」と呼ばれた。見ると、少し呆れたような顔で言う。

「今日は、ってだけの話だから気にすんなよ。自分の弁当作るのに、気合い入れる奴《やつ》はいないだろ」

「……そうかな」

「そうそう。去年だっけか、おまえ山ほど料理作って持ってきてくれたろ？　あれはすごい気合い入ってたし美味《うま》かったぞ」

「あー、あれ？　理史くんに、食べてもらうつもりで作ったんだよね……」

姉の離婚云々《うんぬん》でゴタついていた時に、気を紛らわせたくて料理を始めたらいつの間にかふたりでは到底食べきれない量ができあがっていたのだ。捨てるよりはと重箱に詰めて持ってきたのを、中野ともうひとりの友人である桧山《ひやま》に食べてもらった。

「だったらいいんじゃないか？　人に食べてもらう時はちゃんと気合い入れて作ってるってことで」

「……ありがとう、そう思っとく」

中野と知り合ったのは大学に入ってからで、つきあいも二年半になる。この友人が考えもしないことを適当に言ったりしないことは、言われるまでもなく知っていた。

息を吐いて再び箸を動かした時、「いたー、浅川ーっ」という声とともに和たちがいるテーブルに人影が突進してきた。声だけでそれが桧山だと知って、和は平然と食事を再開する。中野の方はといえば、動じる動じない以前に顔すら上げていない。

「お疲れー！　何おまえら先に食ってんの、ちょっとくらい待てよー！」

「……やかましい。少しは落ち着け。というか黙って座れ」

「言われなくても座るし！　中野おまえ本気で性格悪くないかっ？　オレは、浅川とおまえと一緒に食うから待っててくれって言ったよなっ？」

文句を言いながら和の真ん前に腰を据える桧山の、手元のトレイは毎度ながらの大盛りだ。元バスケ部の体育会系とはいえ、よくあれだけ食べられるものだとつくづく思う。

「――あれ、桧山。ピアスどうしたの。外したんだ？」

それなりに身だしなみを気にしているという桧山のトレードマークは、大学入学早々に始めたという短い茶髪とピアスだ。新しいものをつけてきては和たちの前で披露し、そのたび中野から「似合わない」の一言を貰《もら》っている。それでもめげない桧山にとって、ピアスは特別な意味があるのだそうだ。

（放っとけ。ココのコレは、オレのアイデンティティなの！）

ちなみにその主張のあとで中野にアイデンティティの意味を問われて「そんなのオレには関係ないし！」まで言い放つのが、毎回のルーチンだ。いずれにしても和の記憶にある限り、ピアスなしの桧山を見たのはこれが初めてだ。

「ん？　外したってーか、欲しいっていうからあげたー」

「そうなんだ。……いいのか？」

周囲にピアス使用者がいないからそう思うのかもしれないが、耳朶《みみたぶ》で剝《む》き出しになったピアスの穴はどことなく痛そうだ。首を傾げて訊いてみると、桧山はにんまりと満面の笑みになった。

「いいのー。だってさあ、オレの！　ピアスが欲しいってー」

「……へえ」

語尾にハートマークがつく、という表現は聞いたことがあったけれど、実際にそれを耳にしたのは初めてだ。付け加えるなら、桧山の笑みはいわゆるやに下がったと言われるもので、何か企んででもいるのかと思ってしまう。結果、「誰に」と聞く声が止まってしまった。

「浅川、相手にしなくていいぞ。そいつは遅すぎる春で浮かれてるだけだ」

「春なんだ？　春って、え？」

淡々とした中野の言葉に反射的に頷いて、そのあとでつい首を傾げていた。そんな和を得意そうに眺めて、桧山は言う。

「そうなんだよなー。オレ！　彼女できたの！」

「で、早々にピアスぶん取られたわけか。アレ結構な値段がしたって言ってなかったか？」

「言った、けどー。格好いいし似合ってるし、オレがつけてたヤツだから欲しいってこう、うるうるした目で見上げられたらさあ。もう、プレゼントするしかないじゃん？」

中野の突っ込みの素早さと冷静さには毎度ながら感心するが、何もかも見透かしたような言い方は桧山の気に障ったようだ。露骨に顔を顰《しか》め、まず一口では食べられないと評判の学食の唐揚げを箸に突き刺してあんぐりと齧《かじ》りつく。

「ふつうは逆。似合ってて格好いいと思ってるもんを、本人にくれとは言わない」

「……それはそうかも」

続いた中野の突っ込みについ納得していると、桧山は唐揚げを頬張ったままで器用に悲愴《ひそう》な顔をした。ろくに嚙《か》むこともせずに飲み込んで、焦ったように言う。

「いや待て、浅川までそんなこと言う⁉　違うって、彼女意地っ張りさんだから！　直球でおねだりとかできないからこう、遠回しに言うんじゃん、可愛いだろ？」

「真正面からくれって言う女のどこが遠回しで意地っ張りなのか、俺にはよくわからないもんでね」

「むー。中野、おまえそれ嫉妬《しっと》だろ！　彼女がまだ十九で女子大生で可愛くて甘えん坊で、オレにめろめろなもんだからって焼き餅《もち》かよ」

へらっと笑って得意げに言う桧山に、中野は聞こえよがしのため息をつく。

「そんなもん、焼いてたまるか気色悪い。あいにく不自由してないし」

「え、そうだったんだ？」

「そう。ところで浅川さ、今日もバイトか？」

問い返した和にさらりと肯定を返して、中野が言う。躱《かわ》された気はしたものの追及する気になれず、和は肯定した。

それも、今朝困ったことのひとつだったのだ。進藤が同じ車中にいるのをまるで気にした素振りもなく、理史はいつものようにバイト前の迎えを口にした。

朝食時の堂々巡りをもう一度披露する気はなかったから、その時は素直に頷いた。けれど、進藤からはあれで完璧に呆れられたに違いないと思う。

「……あのさ、就職のことなんだけど。理史くんから、今の事務所に就職したらどうかって言われて」

ふっと思いついて、昨日理史に言われたことを中野に話してみた。

中野たちは理史や八嶋とも面識があるのだ。和が体調を崩して大学を一週間近く休んだ時に、重なっている講義のノートを届けに来てくれたのをきっかけに、理史曰《いわ》く「お礼」だとかで「花水木」本店での食事に招待した。去年に姉の元夫とゴタついた時にも、理史に頼まれて和のガードを買って出てくれていた。

「それ、いいじゃん。最強のコネだし仕事内容わかってるし、周り知ってる人だけなんだろ？　求人出される前にOKした方がいいぞー」

和の話が終わるなり、はじけるように言ったのは桧山の方だ。ちなみにこの友人もノート作りに協力し届ける時も一緒にやってきて、本店のディナーを大盛りで食べていった。

「コネって、……まあそうなんだけど」

「いいんじゃないか？　ってより、今頃って気がするけどな。むしろ、もう決めてるもんだと思ってた」

桧山に苦笑を返した和に、中野は冷静に言う。考えている時の癖らしく、セルフレームの眼鏡の縁を軽く押し上げた。

「そんなふうに見えてたんだ。やっぱり甘えすぎだよね」

「そっちじゃなく、別の意味でそう見えたんだよ。聞いた限り、浅川がやってる仕事ってバイトの範囲越えてるだろ？」

「そんなことないよ。電話番と留守番と、あとはお使いと事務くらいしかやってない」

当然のことのように言われて、慌てて首を横に振った。それを眺める桧山はまたしても口に入りきらない唐揚げをむぐむぐと咥《くわ》えていて、そのくせ律儀に首を縦に振っている。微妙に悔しげな顔をしているところからすると、癪《しゃく》に障るが中野に同意ということらしい。

「本人はそう思うかもな。それと追加であの又従兄弟さん、浅川をよそで働かせたくないんじゃないかと思うぞ？　どう言うんだか、放置できないって感じで」

「あー……」

続いた言葉はそのものずばりで、傍目にはわかるものなのだとつくづく実感した。それだけに、かえって落ち着かなくなってくる。

「けどさ、そういうのって甘えすぎじゃないかな。バイトであれだけ過保護にされてるのに、就職までって」

「んー、過保護に関してはまあ、浅川相手なら不可抗力だろ。おまえ、見た目おとなしそうな割に結構無茶やったりするし」

「無茶、した覚えはないんだけど？」

「本人が自覚してないのが問題なんだろ。けど、コネったってそこまで気にしなくていいんじゃないか？　そもそも浅川から強引にねじ込んだわけでもなし」

中野との会話で煙《けむ》に巻かれた気分になるのは珍しくないが、今日は特に顕著だ。納得できず眉を顰めた和をよそに、すっきり定食を食べ終えた中野が箸を置く。行儀よく手を合わせたあとで、おもむろに湯飲みを手に取った。

「身内が経営する会社に就職するってのは、むしろよくある話だしな。要はそれなりにきちんと働ければいいわけだしさ」

「……そんなふうに割り切れるもんかな」

就職活動が厳しくなっているのは、ニュースや新聞だけでなくこの大学の先輩筋からも聞き及んでいる。そうした状況を思えばこの上なくありがたい申し出だけれど、和は今のバイトという立場で歴然と特別扱いされているのだ。そのまま就職と言われても、安易には受け入れられなかった。

和の言い分をどう受け取ったのか、中野はあくまで冷静だ。眼鏡を軽く押し上げて言う。

「割り切っていいと思うぞ。無理強いされてるわけでもなし、要は選択肢が増えるわけだろ。どのみち、脚のことも考えといた方がいいだろうしさ」

「そうだね」

他意のない言葉に含まれる事実に、和は苦笑した。

就職だけでなく将来という括りで、右脚の状態を考慮しなければならないのは確かだ。好きだから、やりたいからだけで決めたのでは身体が続かず周囲に迷惑をかけるだけでなく、将来的に和自身が困ったことになりかねない。

脚に負担をかけず長期で続けられるというのを前提にしておけば、まだしも条件は絞りやすい。要するに、完全なデスクワークであれば問題はないわけだ。

それを思えば、出歩くことも多い今の事務所にそのままというのは微妙だろう。バイトとして甘やかされている今は送り迎えやタクシーの使用といった配慮をしてもらっているが、正社員になってまで同じ扱いを望むわけにはいかない。改めて、和はそう思った。

午後の講義を終えたあと、いつものコンビニエンスストアの前で待っていると、ほぼ定刻に見慣れた理史の車が路肩に寄ってきた。

八嶋が来るものとばかり思っていたから、少しばかり驚いた。乗り込んだ助手席でシートベルトをしながら、和は言う。

「理史くん、来てよかったんだ。っていうか、本店は？　抜けてて大丈夫？」

「大丈夫だろ。今、試食会中だし」

「試食会？」

「ん。進藤にまかない作らせた」

「……いきなり？　全員分？」

本店と一口に言っても、厨房《ちゅうぼう》だけでなくフロアもいるから人数はそれなりだ。進藤はプロだしそつなくこなしたようだけれど、初日にいきなり言われたのは少々気の毒だという気がした。

もっとも、和の問いにあっさり頷く理史は朝と同じくらい上機嫌だ。その様子で、結果はすでに見えていた。

「なかなか大したもんだ。いい拾いものをしたな。今いる連中にもいい刺激になるだろ」

「そうなんだ。だったら、開店してから食べに行ってみよっと。……って理史くん、道違ってるよ。おれは本店じゃなくて事務所だって、八嶋さんからメール来てて」

窓から見える景色で車の進行方向に気づいて、早口に言った。

広い意味では理史も雇用主だけれど、厳密に言えば上司は八嶋であって、彼の指示に従わねばならないのだ。それに、下手に本店に近づくと進藤にこうして送り迎えされているところを見られてしまうかもしれない。

「もう一度メール見てみな。追加が来てるだろ」

「追加？」

鞄《かばん》のポケットから出した携帯電話を出して見ると、言葉通り八嶋から新着メールが届いていた。内容は「理史が迎えにいくから、そのまま本店においで」だ。

「うわ、……」

顔を歪《ゆが》めたのと、車がバックを始めたのがほぼ同時だ。どうやら、そうこうしている間に本店に着いてしまったらしい。

午後三時は、本店の休憩時間真《ま》っ直中《ただなか》だ。客がいるところに入っていくよりずっとましとは言うものの、邪魔にならないかと気にかかってしまう。そんな和をフロア奥の窓際のテーブルに座らせて待つよう告げると、理史は厨房に入っていってしまった。

休憩中のフロアは、意味のない立ち入りを禁じられている。なのにここに座らせたということは、おそらく試食させるつもりで連れてきたのだろう。

「……れ？　クリスマス限定メニュー、まだ本決まりになってないって言ってなかったっけ」

疑問を覚えて首を傾げた時、横から聞き覚えのある声がした。

「あら。和くんだー」

「あ、……お久しぶりです！　すみません、失礼――」

声の主を認めて急いで腰を上げる。いきなりすぎて踏ん張りが利かなかったらしく、右膝《ひざ》がかくんと折れるのを知って、和は「転ぶ」と直感した。このあとは、テーブルに激突して椅子に沈むか、椅子で終わらず床まで転がり落ちるかだ。

できれば椅子で留まりたいと覚悟した時、しっかりした手に肘を摑まれた。即座にテーブルについた手を突っ張ることで、和は辛うじてテーブルと椅子の背凭れの間に踏みとどまることができた。

「大丈夫⁉　ごめんね、いきなり声なんかかけちゃって」

「いえ、……こちら、こそありがとうございました」

内心で冷や汗を拭《ぬぐ》ったあとで、声をかけてきた人物――清水《しみず》が、咄嗟《とっさ》の判断で和の腕を摑んでくれたのに気がついた。薄化粧した整った顔に申し訳なさそうな表情を浮かべた彼女は、中腰になった和がそろりと座り直すのにそのまま手を貸してくれた。

「平気かなあ、どこか痛めたりしてない？」

「大丈夫ですよ。おかげで助かりました。それに、おれが勝手に慌てただけなので、清水さんのせいじゃないです」

あのまま落ちていたら、下手をするとまた右脚をぶつけたかもしれないのだ。それを思うと、心底ありがたかった。

「そう言ってくれて安心したわ。保護者さんには叱られそうだけど」

「おれが自己申告しますから、気にしなくていいですよ」

「ありがとう、でもわたしからも報告しておくわ。あの保護者さん、和くんのことになると人相変わるんだもの」

首を竦めてため息をつく彼女は、おそらく年齢的には理史と同じか少し若いくらいだろうか。くせのない髪をさっぱりとしたベリーショートにし、露出した耳朶にはトレードマークのようにやや大振りのピアスをつけている。「花水木」グループに出入りしている他会社の営業――ありていに言えば、グループ内にコーヒー豆と紅茶を卸《おろ》してくれている担当者だ。和がバイトを始めた頃の事務所はここ本店の中にあったため、当時は和が彼女の応対をすることも多かった。その縁で、今も気安くしてもらっている。

本店ではアルコールも出すとはいえ、ランチやディナーにはコーヒーがつくことが多いし、和の姉が務めている店舗はカフェなのでかなりのコーヒーを消費する。今回新たに開店する店舗でもコーヒー紅茶は彼女に依頼することが決まっていた。

今日は進藤との顔合わせ兼打ち合わせに来ているのだろうか。それとも、単純に追加オーダーを搬入してきたのかもしれない。

「和、お待たせ……って、清水さんはそこで何やってんです？」

「癒《いや》されに来たんですけど、何か問題が？　それより浅川さんこそ、お忙しいでしょうに厨房放ったらかしでいいんですか？」

トレイを手に厨房から出てきた理史が、和と清水を見るなり訝しげに言う。対して、清水はにっこり笑顔のままだ。なのに、どうしてか迎え撃つという言葉が脳裏に浮かんできた。

「休憩中なんでね。……和、これ試食な。俺は昼飯だからつきあって」

「えっ」

「量抑えてあるから、おやつ代わりでいいだろ。で、感想よろしく」

言葉とともに、目の前にパスタが載った皿を置かれた。続いてサラダにカップスープにデザートと、分量さえあれば見事なセットメニューだと思えるものを並べられてしまう。

理史本人の前にあるのも、そっくり同じメニューだ。こちらは明らかに一人前だった。

「美味《おい》しそうですねえ。——新しいお店って、今の時点で予約とかできたりしません？」

「しません、だな。直接行くか、開店後に電話してくださいよ。そもそもまだ開いてもないもん、予約受付できるわけないだろうに」

「予約受けてもいいような気がしますけど？　ここの系列ってことなら希望者はいるでしょ。

うちの社でも女の子たちが興味津々ですもん」

「そりゃありがたい話だ。開店したら是非《ぜひ》とも行ってやってください」

ぽんぽんと行き交う会話は小気味いいまでに軽快で、和はつい感心する。

このふたりは、いつもこんなふうだ。気が合わないようで合っているように見え、互いに辛辣《しんらつ》なことを口にする割に険悪な空気がない。

基本大らかな理史は、けれど本気で気に入らない人間を相手にすると表情を能面にする癖がある。けれど、清水の前ではいつも表情が全開だ。今も、本当に面倒臭そうな顔でフォークに巻き取ったパスタを豪快に頬張っている。

「和、冷める前に食ってみな」

「あ、うん。じゃあ、いただきます」

頷いて、和はフォークを手に取った。理史に倣《なら》ってパスタを巻き取り、そろりと口に入れて目を見開く。

どうやらこれは新作のようだ。見た目はよくある和風パスタなのに、微妙にどこか違う味がする。首を傾げながら二口目を口に入れ、思いついてスープを飲んでみると、そちらもパスタにぴったりのいい味だった。

「和くん、美味しそうねえ」

「美味しいですよ。これ、たぶん新メニューだと思いますしオススメします」

覗き込んできた清水に言うと、彼女は目を丸くした。ややあって、にっこりと笑う。

「本当にオススメなのねー。即答だもん」

「おい、ちょっと近すぎませんかね。俺の和に手え出さないでくださいよ」

するっと割り込んできた理史の言葉の、露骨さにぎょっとした。泡を食った和が何か言うより先に、清水はするりと身を起こして首を竦める。

「出しませんって。和くんはー、浅川さんの愛玩物《あいがんぶつ》ですもんね？」

「わかっててちょっかい出すのがあんたですよね」

「……清水さん、その言い方はおれ、かなり厭《いや》です。あと理史くん、それもうやめようっておれ、何度も言ったよね？」

「聞いたな。けど、同意はしてねえぞ」

しらっと返されてしまったらもう、反論が見つからなくなった。

下手に食い下がったらかえって「愛玩物」を連呼されてしまうのは、ここ数年で学習済みだ。実際、本店の古参スタッフは理史のこの発言を聞くたび、必ずと言っていいほど気の毒そうな、同情混じりの顔で和を見つめてくれる。

ちなみに恋人になったんだからやめようと提案してみた時には、「何で今さら？」の一言で封じられた。理史に言わせると和への愛玩物呼びは溺愛《できあい》する又従兄弟としての扱いとして周知されているため、急にやめるのは不自然だというのだ。

（今までと扱い変えて、そのくせくっついてたらかえって疑われるだろ？　だから、まんまでいいんだよ）

異議を訴えたかったのは山々だけれど、秘密がバレて困るのは和も一緒だ。脚の後遺症と家庭状況から弟扱いの又従兄弟を引き取って構っていると周囲が思ってくれているなら、わざわざそれを覆す必要もない。

そういうわけで、愛玩物呼ばわりを咎《とが》めるのは一種のルーチンのようなものだ。恋人同士になる前がそうだったから、今の和もそうしている。

「和くん、どう？　パスタの味」

ふう、とため息をついた時、少し離れたところから八嶋の声がした。顔を向けた先、大股《おおまた》に近づいてくる上司を認めて和は言う。

「いいですね。ちょっと、いつもと違う感じで」

「違うんだ。具体的にどんな感じ？」

定番のにっこり笑顔で追及されて、少しばかり緊張した。試食の際に感想を訊かれるのは毎度のことだけれど、八嶋に来られるとどうにも緊張するのだ。何の根拠もないけれど、下手なことを言ってはまずい気がして仕方がない。

「えーとですね、何となく味が柔らかい気がします。ぼけてるわけじゃなくてしっかりした味なんだけど、どことなくふわっとくるような。で、文句なしに美味しいです」

「そうなんだ。気に入った？」

「はい。おれは好きです」

隠すことでもなしと、素直に頷く。そんな和を満足げに眺めたかと思うと、八嶋はふいに厨房の方を振り返った。

「だってさ。よかったな」

「はあ。……ありがとうございます」

声とともに歩いてきたのは、シェフの装いをした進藤だ。理史ほどではないが、背が高いからか白い服と帽子がよく似合っている。気のせいか、その格好だと少し幼く見えた。その背後には見覚えのあるスタッフがいて、眉を顰めてこちらを——正確には和を見ていた。

そうした視線を貰うのは、本店でも他の店でも多いわけではないが皆無とも言えない。下手に言い訳したところで拗《こじ》れるだけだと知っていたため、あえて気づかないフリで八嶋を見上げた。

「……じゃあ、これって進藤さんが？」

「そ。初出勤で、いきなり厨房にあるあまりもの使ってまかない作れって振られたんだよね。和くんたちのは別口でパスタを指定して作らせたんだけど、理史ってそういうとこかなり鬼だよねえ」

八嶋の言い分を耳に入れながら、そういえばここに来る時にそんな話を聞いたと思い出す。

店に出す前提の試食と、新人シェフの腕試しとなるまかないはまるで扱いが違う。店長として呼んだ進藤に初日にそれをやらせるというのは、確かにある意味で鬼に違いない。

とはいえ今回の目的は腕試しではなく、進藤の腕を披露することだろう。実際のところ、和としては理史と八嶋が進藤を選んだ理由が文句なしに納得できた。

「誰が鬼だ。あと進藤、こいつも上等だな。大したもんだ。——で、そっちの打ち合わせは一段落したのか?」

清水と話しながら、理史は健啖《けんたん》ぶりを発揮していたらしい。すっかりからになった皿を重ねてトレイに置くと、和が食べ終えた皿までまとめにかかった。

「あ、理史くん。それ、おれが」

「ついでだから気にしなくていい。——聡、悪いが和に試食シート渡して、あとタクシー呼んでやってくれ」

差し出した和の手をやんわりと押し戻して、理史は思い出したように八嶋を見る。

「了解。和くん、試食シートは事務所で書いてもらっていいかな。僕はもう少し用があってここにいるんだけど、あと小一時間ほどで届く荷物があるんだよね。それ受け取って、前から頼んでる書類の続きやってくれる? 僕も、定時前には戻るから」

「わかりました。でもタクシーは必要ないですよ? バスを使いますし」

「うんそれ駄目だから。事務所まではタクシー一択で」

「……八嶋さん」

思わず声が低くなった。半分睨むように目を向けた和に、八嶋は悪びれたふうもなく肩を竦めて窓の外を目顔で指す。

「さっきから雨が降ってきてるんだよ。杖は持ってるんだろうけど、やっぱりねえ」

「あ、……」

つられて目を向けた先では、下ろされたロールスクリーンの隙間から建物の周囲に植わった樹木の枝が強い雨に叩かれている。ほとんど土砂降りと言っていい。来るかもしれないと予想はしていたものの、タイミングの悪さにため息をつきたくなった。

気圧の関係でもあるのか、雨が降る前には脚の古傷が痛むのだ。今朝もそうだったから、チノパンの下にはふだん使いより少し矯正力も強いサポーターをしてきた。折り畳み杖は常時バッグの中だし、今日はそこに雨合羽も入れてある。

……けれど、雨の日に杖をつきながら歩くのは難しい。脚が痛んだり強ばったりすることもあるが、それ以上に濡《ぬ》れた路面やコンクリートが滑りやすくなるためだ。土砂降りの中を歩いた日には、転ぶ確率が格段に上がってしまう。

「すみません。その」

「んや、こっちこそ悪いな。俺が送って行くつもりだったんだが抜けられそうになくてなあ」

声とともに、理史にぐりぐりと頭を撫でられた。少々荒っぽいやり方には思いやりはあっても過度の甘さはなく、理史が恋人になる前から職場にいる時に見せていたのと同じだ。

「タクシーは自分で呼びますから、八嶋さんも理史くんも仕事に戻ってください」

「いや無理。電話は僕の仕事だし、理史はタクシーまで送っていく気満々だし。和くんは諦めて座ってな？」

八嶋の有無を言わせないにっこり笑顔は、ある意味理史より強敵だ。はなから白旗をあげて、和は促されるまま椅子に腰を下ろす。

進藤が朝以上に怪訝な顔で見ているのが、印象に残った。

# 4

『和くん？　悪いんだけど僕の机の上に大判の茶封筒ってある？』

三日後、事務所で留守番をしている時に八嶋から電話が入った。珍しく焦った声で言われて目を向けた先、雑然としたデスクの上に「花水木」のロゴ入りの封筒を見つけて、子機を持ったままそちらへ向かう。

「花水木の封筒に入ってるのなら、一部ありますけど」

『やっぱり？　あーもう……和くん、悪いんだけどそれ、ここまで持ってきてもらっていいかな。例の新店舗なんだけど』

お使いを頼まれるのは毎度のことだけれど、どうやら今回は単純な忘れ物のようだ。八嶋にしては珍しいと妙な意味で感心しながら届け先を確認した和は、「タクシーでおいで」との言葉に曖昧《あいまい》に答えて通話を切った。事務所の戸締まりを確認し、明かりを落として上着を羽織る。書類は折り曲げない方がいいだろうと、トートバック仕様のエコバックに入れて肩にかけてから事務所を出、最寄りのバス停へと向かった。

町中から紅葉がすっかり消えてしまった今日は、見事なまでの秋晴れだ。雲は視界の端にひっかかる程度で、あとは深くて高い青空が広がっている。脚の調子もいいので、あえてバスと電車を乗り継いで行くことにした。

進藤が預かることになる新店舗は、本店以下の店舗や事務所とは別方向になる。そのせいで、理史本人は本店営業日にはなかなか足を運べなかったと聞いていた。和自身も、今後お使いに行くことになったら大幅に時間がかかりそうだと思っている。

十日後に開店が迫った今、店長になる進藤とスタッフが開店準備をしているはずだ。おそらく、八嶋も進捗《しんちょく》状況の確認に出向いたのだろう。

「進藤さん、か……」

本店で顔を合わせて以来、進藤とは会っていない。昨日一昨日とバイトにこそ出たものの、雨だったせいもあって和は事務所待機になったのだ。無理に出歩いて転んだらどうする、というのが理史と八嶋共通の見解で、それに関してはありがたく受け取っている。

単純に転んだとしても、倒れ方次第ではまた右膝を痛めるかもしれない。それは今も、三か月に一度の受診の時に担当医とリハビリの先生から注意されていることだ。一年前の姉の離婚騒動で膝を強打して受診した時は幸いにしてしばらく安静ですんだけれど、医師からは「危ないと思ったら近づかないように」と念を押された。

そういう意味で、理史と八嶋のそれは過保護ではなく気遣いだ。ありがたく思いながら、和は最後にバスを降りて駅構内へと向かった。

空気が冷たくなったな、と改めて思う。秋から冬にかけては、和にとってなかなか困った季節だ。ひたすら右脚を気にかけておかないと、朝目が覚めた時に歩けなかったり、どうにか歩けても出かけられなかったりすることになる。

もっとも、そんな状況にもずいぶん慣れた。過保護な理史と八嶋のおかげで、どうすればあとのダメージが少なくすむかも覚えた。

「覚えてないと困るしなあ……就職、とか」

「花水木」の事務所に就職するにしろ、他の職場を見つけるにせよ。右脚の状況が変わらない以上、和がうまいつきあい方を覚えて実践できるようになることは必須事項だ。

電車を降りて再度バスに乗り換え、新店舗に近い停留所で降りる。記憶を頼りに歩くこと数分で、目的地が見えてきた。開店日を目前に控えた今、外装や外看板はきれいに出来上がっている。とはいえ、駐車場になるあたりは業者の車両が停まっており、片隅にはこれから使うとおぼしき資材が雑然と置かれていた。

「失礼します。すみません、八嶋事務長は」

「あ、和くん？　来たんだ、遅かったね。タクシー使わなかったね？」

店舗の出入り口はまだ閉じたままなので、業者やスタッフが出入りする方の裏口に回って声をかける。真っ先にやってきたのが八嶋で、ほっとしたような笑顔になったかと思うと少し呆れ顔をされた。

「天気いいですし、調子も悪くないですから。昨日一昨日とろくに動いてないから、少しは歩かないと鈍って困ります」

「鈍るって、大学で相応に歩いてるだろうに。……まあ天気もよかったからいいけどね。とりあえずこっちおいで」

「えっ」

封筒を差し出した手を取られて、そのまま中に連れ込まれた。加減してくれたのだろう、ぐんとスピードを落とした歩きについて行きながら、和は慌てて言う。

「いや、おれ帰ります！　お使いに来ただけだし、事務所が今無人でっ」

「うん、その前にひと休みして行きな。理史もいるしさ」

「へ？」

連れて行かれた先は、どうやら休憩所兼事務所に使っているらしい奥まった一室だ。その事務机に寄りかかった格好で、理史が進藤と何やら話し込んでいた。

八嶋について顔を出した和を見るなり、理史は笑みを浮かべ「よ」と手を挙げてみせる。隣にいた進藤はいつもの生真面目な顔のまま、会釈して寄越《よこ》した。

「悪かったなー。遠かったろ？」

「そうでもないけど、……理史くん、本店は？」

確か、今日の理史の勤務は本店の午後出勤だったはずだ。今は、ちょうど厨房で仕事をしている頃だった。

「ヤボ用があってシフト変えただけだ。もうちょいしたら戻るしな」

「そそ、心配しなくて大丈夫。はい和くんにもこれ」

言葉とともに差し出されたものを八嶋から受け取ると、まだ温かいワッフルだ。近くの百貨店前に店が出ていると聞いた理史が出資して、スタッフに買いに走らせたのだという。

「じゃあ、ここに差し入れだよね。おれが食べたら駄目じゃない？」

「気にすんな。最初から頭数に入ってる」

「……そうなんだ？」

何となく確認してしまったのは、少し離れた壁際で休憩しているスタッフたちの視線をやたら感じてしまったせいだ。

新店舗のスタッフのうち数人は他店舗からの異動だけれど、多くは新規で採用している。

採用試験での面接の繋《つな》ぎや事務処理は和の仕事だったため、ほぼ全員の顔を知ってはいるけれど、採用通知を出したあとはまったくといっていいほど関わりがなかった。それを思えば、彼らにとっての和は何となく見覚えがある程度の相手でしかあるまい。

「そうそう。いいからここに座ってゆっくり食べてな。僕の用が終わったら一緒に帰るから」

にっこり笑顔の八嶋に言われて、素直に頷いた。スタッフたちに近づける雰囲気ではなく、かといってすでに開店準備の確認に入っているらしい理史と進藤のやりとりに割って入るわけにもいかず、和は勧められた椅子に腰を下ろしてちびちびとワッフルを齧る。

開店日はずらさないという前提で準備するため、店の外装内装に関しては設計図から写真から可能な限り進藤にデータで送って確認してもらっていたはずだ。それでも実際に見れば齟齬《そご》はあるだろうと、先日から希望と現状のすりあわせをした上で主に内装に手を加えている最中だという。極端な予算オーバーがなければ進藤に一任するという姿勢は本店以外の他の店舗と同じで、つまりは系列であっても「責任者は進藤」だという意味にもなる。

そして、理史がやってきた今は現状確認と今後の予定の見直しをしているのだそうだ。テーブルの置き方を始めとした店内レイアウトを検討し店内を整えるのと並行して、最終的なスタッフ研修もやっていくという。

聞いただけでもかなりの盛りだくさんだけれど、この人数でやれるのだろうか。黙って話の行方《ゆくえ》を追っていた和に答えるように、八嶋はあっさりと話をまとめてしまった。

「まあ、ぎりぎりはぎりぎりだけどそれは言っても仕方ないし。今までもどうにかしてきたんだから、今回もどうにかなるだろ。……どうにかするしかない、とも言うけどね」

「その言い方は、かえって凄《すさ》まじく不安を煽《あお》るんですけど」

「おいコラ、聡。不穏な言い方すんじゃねえ」

間髪を容れず言い返した進藤に、理史が加勢する。それに動じた様子もなく、八嶋はけらけらと笑って手を振った。

「大丈夫だって。理史はともかく僕はそこそこ自由に動けるし、いざとなればどっかから手も借りてくるし。まあ、そこまで必要ないとは思うけどねえ。和くんも、連絡役やってくれるんだし」

「阿呆《あほう》。勝手に和を戦力にすんなっての」

「えー。理史さ、それは和くんを過小評価しすぎじゃない？　僕なんか、和くんがいてくれてすごく助かってるよ？」

「……だんだん、和を事務所にやりたくなくなってきたぞ」

続く話を耳に入れながら、どうしてここで和の話になるのかと思った。気のせいか壁際からの視線が強くなった気がして、和はおやつを断って帰らなかったことを後悔する。ここはもはや小さくなってやり過ごす以外にない。

「――そんなに彼、役に立つんですか？」

そんな気分だっただけに、進藤が発したその問いが鋭く耳に届いた。

「もちろん。よく気がつくし、状況見て先回りして助けてくれるしね。そうでもなきゃ、お使いも留守番も任せられないだろ」

「……だったら、当面彼を俺の補助として、こっちに寄越してくれませんか。正直、あまりにやるべきことが多すぎて回らなくなってきてるんです」

唐突な進藤の言葉に、八嶋が胡乱な顔をする。呆れ顔をしていた理史もいつのまにか真顔で、まっすぐに進藤を見据えていた。和はといえばうまく状況が飲み込めないまま、端っこでその様子を眺めている。

「事務所や本店へのパイプとしていてくれたら助かりますし、何より彼なら本店や他の店舗のこともよく知ってますよね。細かい疑問が出た時、彼に訊いてすむなら八嶋さんの手を取ることもありませんし、こちらとしても助かります。ずっととは言いませんので開店三日後くらいまで」

「却下だ。そんなもん、勝手に決めるな」

露骨に不機嫌な理史の声が、進藤の言い分を真っ向から断ち切る。すでに呆れ顔になっていた八嶋も、追撃とばかりにため息をつく。

「悪いけど、和くん持って行かれると僕が困るんだよね。理史の言い分とは別で、僕も却下させてもらっとくから」

「期間限定でも、ですか」

「駄目だ」

念押しのような進藤の問いに、またしても理史が即答する。

「うん、駄目だね。諦めて頑張って。どうしても無理だったら手伝うから、早めに見極めて言ってきて」

八嶋の声には珍しい本当に厭そうな響きが、大きく耳に残った。


気まずい空気、というのが和はとても苦手だ。

そもそも得意な人などあまりいないだろうと思うけれど、妙に平気そうに見える人なら結構身近にいたりする。

「……で、こっちの納期なんだけど……っと、ちょっとごめん」

書類の束を前に進藤と話を詰めていた八嶋が、ふいに言う。どうやら電話が入ったらしく、引っ張り出した携帯電話を眺めて顔を顰めた。

「悪いけどちょっと外していいかな。すぐ戻るから」

「どうぞ。――例の水道管ですか？」

「そ。変に長引いて困ってるんだよねえ」

本当に疲れたように言って、八嶋はふらりと裏口へ向かう。どうやら、人がいる場所で話す気はないようだ。

その後ろ姿を見送って、和は気づく。——今、この部屋にいるのは和と進藤だけだ。理史は休憩終わりで帰ってってしまったし、ここのスタッフたちはそれぞれ指示を受けて準備にかかっている。

理由もなく気まずさを覚えて、和は椅子の上で小さく身動《みじろ》ぐ。そのタイミングで、ぽつりと進藤が言った。

「……いくら何でも、甘えすぎじゃないのか？」

反射的に、顔を上げていた。直後、じっとこちらを見ていた進藤と目が合って、和は固まったように動けなくなる。

「脚を痛めているとは聞いた。が、だからといって毎朝大学まで送らせる上に、バイト先への送迎までさせるのはおかしいと思わないか。おまけに、車が出せないとなると大学に行くにもバイト中の移動にもタクシーだ。いったいどこの御曹司だ？」

「——」

「いちいち送迎が必要な人間に、ふつうのバイトは勤まるとは思えない。百歩譲って身内として社会勉強させているのなら仕方ないと思ったが、それをそのまま正社員にするのはおかしいだろう。——そもそも事務所に関しては、八嶋さんひとりで特に問題ないと聞いてるんだが?」

　進藤の声は淡々として静かで、糾弾の響きは欠片もない。それが、かえってひやりと胸に冷たく感じた。

「お使いと留守番が必要なら、バイトとして置いておけばいいだけだ。そもそもそうまで日常に支障があるなら、状態に合わせた仕事を選ぶのが一番いい。送迎が必要で何かと過保護にされているのは、状態を大袈裟《おおげさ》に伝えているからか。それとも、本当にそれが必要なのか?」

　突きつけられた言葉よりも、向けられた視線に気圧《けお》された。言葉もなく見返すだけの和を眺めて、進藤は腰を上げる。デスクに凭れるように立って、和を見下ろしてきた。

「親類の企業への縁故採用はよくあることだし、浅川さんが決めたことに口を挟む気はない。ただし、それが本当に縁故だけの採用だったら、の話だ。――和くんだったか、きみは卒業しても今のまま、浅川さんの部屋で暮らすんじゃないのか。今バイトと言いながらやっているように、これからもずっと浅川さんに甘えて寄りかかって生きていくつもりでいるのか?」

　畳みかけるように言われて、「まさか」と思った。それが顔に出てしまったのか、進藤は少しばかりばつの悪そうな表情をする。

「男を好きになろうが同棲《どうせい》しようが浅川さんの自由だ。俺はあの人を尊敬してるけど、プライベートにまで干渉する気はない」

「あ、……」

それではやはり、見られていたのだ。進藤が帰国した翌朝、マンションのキッチンで理史とキスした、あの場面――。

確信した瞬間に、全身から血の気が引いた。

「正直言って、何でよりにもよってとは思うけどな。――あの奥さんと別れたって聞いた時も不思議だったんだ。きれいで闊達《かったつ》で、すごいお似合いだったのに」

「……そ、れは関係ない、からっ！　理史くんが離婚したの、事故の前だったし。おれ、別れたのもしばらく知らなかったし」

ぎょっとして、それだけは口にした。

和自身がどう思われても、今さらだ。去年までは自らろくでもない偽りを被っていたし、理史との年齢差や立場の差を思えば進藤の言い分も理解できる。けれど、間違っても理史に妙な印象を持たれるのだけは避けたかった。

和のその様子をどう思ったのか、進藤は微妙に気まずそうな顔をした。気を取り直したように、ぼそぼそと言う。

「それは俺がどうこう言っていいことじゃなかったな。……悪い、偏見はないつもりだったが、そうとは言えないらしい」

「――――」

短く謝罪されて、泣きたい気持ちになった。

悪意があって、和にこんな話をしているわけではないのだ。向けられる視線は確かに強いものだけれど、和個人への嫌悪や悪意は感じなかった。

「話が戻るんだが、浅川さんときみを見ていて気になったことがある。――きみは、このまずっと浅川さんに守られて生きていくつもりなのか？」

「それ、は」

「大学を卒業して、事務所に入る。確かにそうすれば浅川さんも安心だろうし、きみも楽だろう。けど、そうやって何もかも浅川さんに預けたままにしていいのか」

声もなく黙った和を見下ろして、進藤は続ける。

「きみにそれなりの事情があるにしても、ひとりで外を出歩けるんだろう。学生とはいえ二十歳を過ぎた男にするには、浅川さんも八嶋さんも過保護すぎると思わないか」

「――――」

告げられた内容はここしばらく和の中にあったそのままで、返す言葉が見つからなかった。

過保護で甘すぎるのは、恋人同士になる前から思っていたことだ。バイト先での状況は「経営者の又従兄弟で脚の悪い学生バイト」だから許されていた特別扱いに過ぎず、だからこそ和も就職など思いもしなかった。理史から話を聞いた時、あり得ないと思ったのだ。

けれど、それでも。

ひとつ息を飲み込んで、和はどうにか顔を上げる。進藤の視線を受け止めて言った。

「……八嶋さんや、理史くんのせいじゃないんです。バイトを始めた時は、そもそも続くかどうかもわからないくらい、おれが弱かったから……弱くて今にも潰れそうだったから、ふたりとも気にかけてくれて、その延長で」

「自分でわかってるんだったら、甘えるのをやめればいいんじゃないのか」

「それは、そうなんですけど」

これまで何度も訴えてきたし、ここ最近は特に強く頼んでみたはずだ。けれど、理史も八嶋も和のそうした訴えだけはきれいに聞こえないフリをしてしまう。くるくると言葉を弄《ろう》されて、結果和が折れて終わるのが関の山だ。――思いはしたけれど、さすがに口には出せなかった。それもこれも、和を気遣ってくれているからこそなのだ。

「――だから、うちに手伝いに来ないかと言ったんだ」

ため息混じりの言葉に、反射的に顔を上げていた。相変わらずデスクに凭れたまま、進藤は何か考えるように続ける。

「きみの脚のことは聞いたし、事情があるらしいこともわかった。だからといって、これ以上詮索するつもりはない。八嶋さんや浅川さんのようにきみを甘やかす理由も、義理もない。当たり前のアルバイトとして扱ってやるから、一度そうやって働いてみたらどうだ？　それなりにやれる事実を作ってみせれば、浅川さんにも八嶋さんにももっとものを言えるようになると思うんだが？」

「当たり前の、バイト……？」

「そう。特別扱いはないし、きみの都合も関係ない。他のスタッフと一緒だ。……ああ、脚のことに関しては自己申告してくれたら配慮はするが。どうだろう？」

問いのようでいて、断りを待っているような言い方だと感じた。

無理もないことだけれど、進藤の目に和はそんなふうに見えているわけだ。そして、進藤以外にもそう感じている人もきっといる。

……だったらそれをチャンスにしようと、思った。

理史や八嶋に訴えたところで、あのふたりを納得させるのは至難の業だ。それはふたりが揃って和がまともに歩けなかった頃のことを知っていて、転んだだけで入院が決まった時のことを覚えて、それを基準にしているからだ。

認識を変えてほしいなら、実績を見せるしかない。その機会を目の前の人が与えてくれるなら、むしろありがたいと思えた。

「……手伝いって、どんな仕事でしょうか。おれにもできる内容ですか？」

和の返答が肯定だと悟ったのだろう、進藤が少し意外そうにする。意識して笑顔を向けると、少しばつが悪そうに首を縮めた。

「言い方は悪いが誰にでもできるな。事務所で雑用をやっていたらしいし、その延長と思ってくれたらいい」

「はい。……それで、理史くんと八嶋さんには」

「今日、八嶋さんの帰り際に俺が言う。――が、おまえも自己主張はしろ。でないと押し切られて元の木阿弥《もくあみ》だ」

さらりと言って、進藤がゆるりと腰を上げる。それと前後して、「ごめん、待たせた」という八嶋の声がした。


「じゃあ、そういうことで。一応明日も顔出すから、何かあったらその時によろしく」

「わかりました。今日の状況は、夜にでもメールします」

「ん。ついでに理史にも送ってやって。口に出さないだけで結構気にしてるし」

言いながら、八嶋はデスクの上に広げていた書類を手早くまとめていく。それに合わせて和も座ったまま膝の屈伸をし、ゆっくり腰を上げた。

長く座ったままでいたせいで、膝が変に固まっているのだ。立ったまま軽く振って馴染ませていると、「そういえば」と進藤の声がする。

「浅川さんがいる時に出た話ですけど、和くん本人から了承が取れましたから。明日からこっちに来てもらうということで構いませんよね？」

「……は？　何それ」

八嶋の声は、呆気に取られたふうだ。露骨な渋面で、じろじろと進藤を眺めている。

「何、と言われても。直接本人の意向を確認したら、開店準備を手伝いたいと言われただけですが」

「――和くん？」

「進藤さんの言う通りです。期間限定ですけど、やってみたいのでお願いします。事務所も、連絡してもらえば必要な仕事はしに行きますから」

確かめるように目を向けてきた八嶋に、素直に言って頭を下げる。それでも、八嶋がじっと見つめているのは伝わってきた。

「進藤。おまえ和くんに何言った？」

低い声にぎょっとして顔を上げて、気づく。八嶋はすでに和ではなく、進藤を見ていた。詰め寄らんばかりの雰囲気に、和は急いで言う。

「あの！　本当におれが自分から希望したんです。最初に話が出た時点で、開店準備とか興味あるし、やってみたいと思ったんで！」

「和くん、あのねえ」

「連絡役で、何度もここに出入りしてましたし。少しずつ形になっていくのが目に見えて、それが面白くて最後まで見てみたくなったんです。だから」

口にした内容は、全部本音だ。ただ、進藤の提案を聞くまではそこまで関わるのは無理だろうと――八嶋の様子では連絡役が回ってくるのがせいぜいだと諦めていた。

「駄目だよ。さっき、理史もそう言ったろ」

畳みかけるようにはっきり言われて、和は言葉に詰まる。そんな和を見下ろして、八嶋は諭すように言った。

「さっきも言ったけど、和くんには連絡役を頼みたいんだ。開店前から直後はたぶん僕がこっちに手を取られるし、そうなると頼りは和くんだけになる。そこで抜けられたら、事務所はその時点で立ち行かなくなる」

「……でも、おれがやってる仕事って基本的には使い走りと留守番と、電話番だけですよね。どうしても必要かって言ったら、そういうわけでもないですよね？」

去年の姉の騒動の時、和は諸々の事情でバイトを数日休んだ。それ以前にも体調を崩して、一週間ほど出なかったことがある。

それで何の問題もなかったのも確かなのだ。というより、たかだかバイト一人がいなくなるだけで回らなくなるようなやり方を、八嶋がしているとは思えない。

「和くん、それはねえ」

「ここでの手伝いって、開店までの十日だけですよね。だったらその間だけでも、おれにやれることがあるなら手伝いたいです」

必死で言い募った和を見下ろして、八嶋がため息をつく。ぽんと頭に手を置かれ、軽く撫でられた。

「気持ちはわからないではないし、ありがたいことでもあるんだけどねえ。でも駄目だよ。和くんは事務所のバイトだからね」

「――帰国した日から思ってたんですけど。八嶋さんも浅川さんも、結構和くんの意思を無視して物事を決めてますよね」

するりと割って入った進藤の言葉に、八嶋がとても厭そうな顔になる。

「何、それ。何が言いたいのかな」

「特には。ただ、傍目にはそうとしか見えないというだけの話です」

「――――」

不自然に黙った八嶋が、進藤を見つめる。ややあってふいと目を逸《そ》らしたかと思うと、困ったように和を見た。

「……和くんは、どうしてもここを手伝いたい？」

「就職の、話も出ましたから。どのくらい役に立てるかはわかりませんけど、せっかくのチャンスだし。それに、事務所だとどうしても八嶋さんに甘えてしまいますし」

最後に付け加えた言葉に、八嶋がさらに困った顔をする。

ある意味当てこすりだと自覚していただけに、自己嫌悪に襲われた。俯いた和の頭をふわりと撫でて、八嶋はまたしてもため息をつく。

「……和くんの言い分は、理解した。どうしてもそうしたいんだったら、理史を説得してみな。あいつがいいって言うんだったら、僕は何も言わない」

5

夕飯は、蓮根《れんこん》入りのハンバーグとサラダ、それに野菜たっぷりのスープにした。サラダは作って冷やしておけばいいし、スープも仕上げたからあとは温め直すだけだ。ハンバーグの成形まですませておいたから、あとは理史の帰りを待って焼いてしまえばいい。

今日は少し遅くなるというメールはバイト終わりに届いたけれど、夕飯については言及はなかった。だったら、帰ってきて食べるはずだ。

風呂をすませ脚が冷えないようレッグウォーマーに寝間着を重ねて穿《は》いて、和はリビングのソファに沈んでぼんやりテレビを眺めている。このところかかりきりだった課題を提出してしまったせいか、妙に手持ち無沙汰《ぶさた》な気がした。

(進藤に何言われたんだか知らないけど、あいつの言うことを真に受けなくていいんだよ)

新店舗から事務所へ戻る道すがら、運転席で淡々とそう言った八嶋を、思い出す。

(あいつは確かに店長だけど、和くんの上司ってわけじゃない。第一、どうこう言えるほど和くんのことを知らないはずだ)

（理史にやたら懐いてるから、和くんを気にして絡んでるだけだと思うよ？）

世渡り上手で大して親しくない相手は簡単に煙に巻いてしまうくせ、懐に入れた人間にはわかりやすく素を見せてしまう理史とは違って、八嶋は滅多なことでは感情的なところを見せない。笑っていることが多く何でも茶化してしまうし、よく絡んでくる割に読めないところがある人でもある。

その八嶋が、あんなふうに他人を評するのは珍しい。それも、信用しているだろう後輩に対して、だ。

それもこれも全部和のためなのだと、言われなくても伝わってきた。だから、和は和なりに正直に答えた。

（進藤さんがどうこうじゃなくて、本当におれがやってみたいだけなんです。っていうか、そのくらいのこともできないのに事務所に就職とか、どう考えたって無理だと思うんです。……それも含めて前向きに考えたいから、お願いします。やらせてください）

そうしたら、八嶋は弱り切った顔で黙ってしまった。

困った顔は、何度も見た。去年の姉の離婚騒動の時には、かなり心配させたし困らせもしたと思うけれど、その時にすら見なかった表情だった。

やっぱり、これはただの我《わ》が儘《まま》だろうか。理史や八嶋の言う通り、事務所でバイトを続けていればそれでよかったのか。

それとも和には絶対無理だと思うから、あそこまで反対するのか。そこまで駄目なのだったら、就職したところでものの役に立たないのではないか？

膝掛けとソファの波に埋もれながら悶々《もんもん》と考えていた時、玄関が開く音がした。

「ただいま」

聞こえてきた声に、急いでソファから腰を上げた。しっかり暖めておいたおかげで楽に動いて、和は廊下で理史を出迎える。いつものように脚の調子を訊かれて、笑って「大丈夫」と答えた。

理史が着替えている間に、夕飯の仕上げをする。すぐ戻ってきたので、手を借りてテーブルの準備をした。

幸いにしてハンバーグは大好評で、また作ってほしいとまで言われてほっとした。夕飯を終え、片づけをすませて理史が風呂へ向かうのを見送りながら、和はこっそり息を吐く。

問題は、いつどんなふうに話を切り出すか、だ。

真面目な話、理史は間違いなく反対するだろうし、和が必死で懇願したとしても簡単にその意思を変えることはないに違いない。

だからこそ、八嶋はああも簡単に許可したのだ。和に理史を説得できないと、確信してのことに違いなかった。

「和、脚ちょっと見せてみろ」

湯上がりでリビングに戻ってきた理史に、いきなり言われてどきりとする。顔に出さないようどうにか堪えて、和はいつも通りに言った。

「ん？　今日は調子いいってさっき言ったよ？」

「そういう時はかえって要注意だろ。知らない間に無理してることが多い。で、その様子だと今日は課題はないんだな」

「うん。提出したし、当分はないかな」

「よし。んじゃ行くか」

「え、ちょ、……わっ」

言うなり、ひょいとソファから掬《すく》い上げられた。膝掛けごと抱えられて、和はまっすぐ理史の寝室に連れ込まれる。ぽんとベッドの上に下ろされて、つい身構えてしまっていた。

マッサージするだけなら、和の部屋を使うのが常なのだ。わざわざこちらに来た時点で、すでに理史の意思表示になっていると言っていい。――要するに、最後までするかどうかは別として恋人らしいことをしよう、という。

和の体調を何より優先する理史は、翌日が休みであっても状態次第では仕掛けてこない。すでにルーチンと化している就寝前のマッサージで判断した結果、キスのあと抱き合って眠るだけですませてしまうことも珍しくなかった。

そうは言っても恋人同士になって一年だ。もう慣れていてもいいくらいに、恋人らしい行為を重ねてきてもいる。なのに、こういう場面になるたびどう振る舞えばいいのかわからなくなってしまうあたり、自分でも面倒くさいとつくづく思う。

「あれ、理史くんの部屋、先に暖めてたんだ？」

「寒いとこでマッサージしても意味ねえだろ。ほれ和、まず俯せな」

「うん」

邪魔にならないよう、巻き付いていた膝掛けを取ってベッドの上で俯せになる。シーツはひんやりしているけれど、部屋そのものはちょうどいい暖かさだ。大判のバスタオルを被せられ、丁寧に身体を揉《も》みほぐされると、全身に血が巡っていくのがよくわかる。

いつもはそれで眠ってしまう和だが、今夜ばかりはそういうわけにはいかない。起きていようと頑張って、実際眠る寸前でどうにか堪えた。よく知った手で頭を撫でられながら、和は思い切って切り出そうと口を開く。

「そんで？　実際んとこ、進藤に何言われたんだか言ってみな」

不意打ちで核心を突かれて、ぎょっとした。慌てて半身を起こした和は、混乱したままどうにか言う。

「……八嶋さんから聞いた？」

「聞いたってーか、報告を受けた。バイトに反逆されたとも言うな」

「う、ごめんなさい……」

冗談めかした言い方に、どきりとする。考えてみるまでもなく、和がやったのはそういうことだ。仕事内容を指定するなど、一介のバイトではあり得ない。理解した上で、続けて言った。

「何言われたとかじゃなくて、本当にやってみたいと思ったんだ。事務所が忙しいのは確かだけどそれも新店舗関係があるからだし、それも前と比べれば落ち着いてきてるし。バイトしててもおれは結構余裕あるから、新店舗に手伝いに行けたらいいなって。十日の期間限定だったら、自己管理すればどうにでもなると思うし」

諸々の事情があったとはいえ、新店舗の準備期間が十分でなかったのも事実だ。スタッフの多くが新人だから他店舗から異動したベテランスタッフは教育や指示で忙しいだろうし、だったら他に進藤をフォローできる人間がいた方がいいかもしれない――。

ベッドの上に座ったまま、考えていたことを口にする。それを、理史は傍《そば》であぐらをかいた格好で黙って聞いてくれた。言い終えた和をじっと見つめ、深いため息をつく。

「昼間にも言ったが、俺は反対だ。許可できないし、する気もない」

きっぱり言われて、和は言葉を失った。そんな和をまっすぐに見据えて、理史は続ける。

「準備期間が短いのは当初からわかっていたことだし、それを補うための手段は可能な限り取ってきた。今後のフォローもしていくつもりだ。――けどな、和。あの店は進藤と、配属になったスタッフのもんなんだ。開店直前の忙しさを協力してどうにか収めるのも、連中の初仕事のうちだ。進藤とフロアマネージャーにとっては試験でもあるな。限られた時間内で今いるスタッフを使ってどう間に合わせるか、っていう」

「それは、……わかる、けど」

「はっきり言おうか。これからの十日間に和があそこにいたとして、大して助けになるとは思えないんだが？」

返事のしようもなく、和は俯く。

それが理史の認識なのだとわかって、気持ちは痛んだけれど腹は立たなかった。今の言い方は経営者としての言葉だとわかったからだ。

「準備と言っても、これからやることはほとんど作業だ。備品の搬入や設置や、あとは掃除に片づけと細かい整理だな。要するに、体力勝負になるわけだ」

「そ、か。だったら確かに、おれがいてもしょうがないかも」

右脚の踏ん張りがきかない和は、力仕事には不向きだ。重いものを運んだり移動させたりといった単純作業でもできないことが多い。——けれど、準備だけでなく開店後のフロアの仕事は、ほとんどがそうした内容だ。

「だったら、さ。おれが『花水木』に就職するとか、最初から無理だってことになるよね」

「待て、和。どうしてそうなる？」

「進藤さんは、誰にでもできる仕事だって言ったよ。それすらおれにはできないんだったら、いても仕方ないよね」

「そうじゃなく、適材適所だって話だ。言っただろう？　八嶋は事務所に和を欲しがってんだよ」

事務仕事と開店準備作業では内容も前提も違うだろうと、理史は苦笑した。

「事務所側から必要になるサポートを、和にも頼むつもりだったんだ。和はその形で進藤たちを助けてやればいい」

宥《なだ》めるように言われても、どうにも頷けなかった。

ここで頷いてしまったら、元の木阿弥だと知っていたからだ。理史の言葉はきっと正論で、頷いてしまえば和は今までと同じようにさりげなく助けられ、無理のない範囲でバイトを続けていける。

裏返せば、ずっとその状況が続くということだ。甘やかされて助けられて、過保護だと思いながら——これからもずっと、理史に寄りかかったままで……？

「……それでも、新店舗の手伝いがしたいって言ったら？」

「和」

思い切って口にしたとたん、理史の声が低くなる。その意味を承知の上で、和はぽつぽつと言葉を絞った。

「脚のことはわかってるから、できるだけ無理はしない。ちゃんと自己管理して、どうしても駄目だと思ったら早めに言う。八嶋さんにもそう約束したよ」

「和、だからな」

「事務所への就職をきちんと考えるためにも、やってみたいんだ。開店後だと邪魔になるだけだろうけど、準備の十日間だけでも」

「それで脚を痛めたらどうする気だ?」

苦い顔で言われて、急所を打たれた気がした。

理史の立場なら、当たり前の言葉だ。他でもない、和のことを気にかけるからこそ言ってくれている。

わかっているのに、心臓が痛かった。あまりの痛みに黙っていられなくて、和は衝動的に口を開く。

「……だったらおれ、事務所のバイトも辞める。就職の話も、なしでいい」

「和。話が飛躍しすぎだ」

ぎょっとしたように、理史が表情を変える。今日の午後に八嶋が見せたものに似た弱り切ったような顔つきに、気持ちの奥で罪悪感がもたげる。それでも、退《ひ》く気になれなかった。

和が自分なりに必死で集めてきた気持ちを、正面から叩き潰されたような気がしたのだ。

そこまで駄目だと思われているのかと、考えるだけでたまらなくなった。

「たった十日、誰でもできる作業すらこなせないようなのがまともにバイトできるわけがない。実際今までだってそうだったよね。理史くんと八嶋さんに甘えて頼り切って、なのにおれひとりで勝手にできるようになった気でいただけで」

「和！」

「移動にタクシーを使うとか、正社員だってやらないはずだ。なのにそれが当たり前で、雨の日や調子が悪い時は事務所内での仕事だけ回してもらって。縁故のバイトだから許されてただけで、本当の意味で役に立ってたわけじゃない。バイトしてる気で、遊んでたのと変わらない」

「……それ、誰に言われた。進藤か、他のスタッフか？」

さらに低くなった声とほとんど同時に、寝間着の肩を摑まれる。もう馴染んだ恋人の距離のはずなのに、理史の顔は怒りを通り越した冷たい無表情だ。いつもの和なら竦むはずのその顔を、けれど今は真っ向から見返した。

「誰も何も言ってない。おれが、自分で思っただけ。……このところずっと、考えてたんだ」

「和……？」

「大学に入ってバイトを始めた時は、自分のことだけで精一杯で気がつかなかった。けど、半年も経って慣れてきて、周りの話を聞いたらすぐわかったよ。縁故のバイトにしたって、おれは優遇されすぎてる」

送迎と、それができない時のタクシー使用。それだけを取ってみてもあり得ない話だったのだ。天気や体調次第で仕事内容を配慮してもらい、たまにお使いに外に出ても和には必ず椅子が用意され、座るよう促される。たとえ八嶋や理史が立っていても、だ。さらに細かいことを言い出せばきりがないほど、和は事務所で大切に扱ってもらっていた。

はっきりそれと自覚した時、和が感じたのはそこまで配慮してくれた理史たちへの感謝と、バイトひとつまともにできない自分への情けなさだ。それでも当時の和には精一杯だったから、せめてできることはしようと事務所で使うパソコンソフトの扱いを覚えたし、書類整理や簿記関連の勉強もした。理史や八嶋からたまに意見を求められた時は自分にわかる精一杯で答え、また次に何か訊かれた時のために必要そうな本を片っ端から読んだ。

「おれ、前ほど何もできないわけじゃないんだよ？　脚だってそれなりに自己管理できるし、大学では何でも自分でやるように工夫して、今はほとんど中野たちの手を借りてない。……けど、理史くんや八嶋さんにとっては、まだあの頃の何にもできないおれのまんまなんだね」

「……誰もそこまで言ってねえだろ……」

しばらくの沈黙のあと、絞り出すように理史が言う。滅多に見ない、本当に困った顔だと知っていて、和はあえて口を開く。

「だったら新店舗の手伝いに行ってもいいよね？」

「和、なあ……」

ため息のような理史の声を聞きながら、自分でも意固地になっているのを自覚した。

ある意味で姉以上に、世の中の誰よりも一番に和のことを考えてくれている人だ。理史がいるから、今の和はこうして笑っていられる。

わかっていて、今、こうやって和は理史を追いつめている。きっと、この上なく卑怯《ひきょう》なことをしている。――ひどい罪悪感を覚えながら、それでも退く気になれなかった。

「駄目だったら、そう言ってくれていいよ。ただ、その時はバイトは辞める、もう二度と行かない」

「…………」

あぐらをかいた脚に肘をつき、手のひらで顔を覆っていた理史が、長いため息をつく。おもむろに顔を上げ、不本意そうに言う。

「わかった。ただし、条件つきだ。守れない時は、和が何を言おうが新店舗でのバイトは辞めさせる」

続けて理史が口にした条件のひとつは、右脚を含めた自己管理をきちんとやって、まずいと思った時は理史か八嶋に早めに報告するというもの。そしてもうひとつが、和自身が平気だと思っても、理史が無理だと判断した時点で即刻新店舗でのバイトを辞めて事務所に戻る、というものだ。

「自己管理は当たり前だから、もちろんやるけど。理史くんの判断で辞めさせるって、過保護すぎない？」

「構わんだろ。そんなもん、今に始まったことじゃねえし」

「駄目だよ。それもナシにして。その代わり、自己管理と自己申告はちゃんとする。約束する、から」

必死になって、言い張った。難しい顔の理史は到底聞けないという表情をしていたけれど、最後には仕方なさそうに頷いてくれた。

「本当に、ちゃんと言えよ。無理すんじゃねえぞ？」

「大丈夫。約束する」

自分なりに真剣に、頷いた。それを眺める理史はとてもものを言いたげな顔で、けれど何も言わず長いため息をつく。

伸びてきた手のひらに、ふと頭を撫でられる。ひょいと抱き上げられたかと思うと、布団の中に押し込まれてしまった。

「え、……まさちか、く……？」

寝間着のまま、布団の中で背中から深く抱き込まれる。首の後ろ、左肩に近いあたりにぐりぐりと押しつけられているのは、きっと理史の頭だ。

理史が、本当に困っている時——和には言わないことで悩んでいるらしい時に、よく見せる仕草だ。そしてこの場合、困らせたのは間違いなく和だった。

「理史、くん？」

「いいから寝ろ。……今日は何もしないから」

言葉とともに、しっかりと抱き込まれる。顔は見えなくても、馴染んだ体温だというだけで安心した。同時に、申し訳なさが募ってくる。

……そのくせ、念押ししたいことを思い出すのだから、我ながら本当に我が儘だ。

「あのさ、ひとつお願いしていい？　おれの脚のこと、進藤さんには言わないでほしいんだ。八嶋さんにもそれ、頼んでおいてくれないかな」

「はあ？　何でだ。あいつんとこにバイトに行くなら、言っとかないとまずいだろうが」

「説明は八嶋さんがしてくれてるんだ。一度で十分だし、進藤さんからもさっきの理史くんと同じことを言われてる。脚の都合はちゃんと自分から言うようにって。だから」

必要以上に、気遣われたくない。口にしなかったその言葉を察したのか、背後の理史は不自然に黙った。ややあって、耳元でため息が聞こえてくる。

「わかった。けどな、和」

「うん。まずいと思ったら早めに、理史くんか八嶋さんに言うよ」

「ん。信じたからな？」

複雑そうな声のあと、うなじのあたりにキスをされる。もぞりと動いて和を腕の中に閉じ込めると、やがて静かな寝息が聞こえてきた。

背後から回って腹のところで交差した長い腕をそっと押さえて、和は小さく息を吐く。

朝目が覚めた時にこうなっていることは多くても、寝入りばなに後ろから抱き込まれたのは初めてで、その事実が苦かった。

ほんの幼い頃から、理史は和の表情をよく見てくれる人だった。恋人になる前もなってからも変わらず、起きている時も寝入る時にも、必ず和の顔が見える位置にいた。

それはつまり、和からも理史の顔がよく見えていたということだ。

……あまりの頑固さに、きっと呆れたのだろう。今日ばかりは顔を見る気になれず、だからあえて後ろから抱き込んだ。

仕方のない、ことだ。そうされて当然のことを、和はしたのだから。

眠っているのを起こさないよう、和はそっと理史の手を撫でる。気遣いをはねつけた後悔と、そうしなければ駄目だという気持ちの両方に引っ張られるまま、頭を振って目を閉じた。

6

何かと助けられておいて言っていい台詞ではないとは思うものの、目敏《めざと》い友人というのは時にとても困る。

「疲れてきてるよな。大丈夫なのか？」

午前中最初の講義を終えての教室移動中、同行していた中野に不意打ちで訊かれた。反射的に何でもないフリで笑顔を作って、和は言う。

「うん。結構慣れてきたし」

「……そうか。けど無理はすんなよ」

あっさりした返事の前に入った約三秒の沈黙を気にするのは、穿《うが》ちすぎだろうか。反応が気になってちらりと目をやった和に、中野は平然と「で、次の講義だけどさ」と話題を変えてきた。

ほっとして応じながら、何だか友人を疑っているようで微妙な気分になった。中野のことだからそのあたりも見越しているだろうと思えばなおさらで、和は黙って息を吐く。

真面目な話、中野は理史と繋がっている。大学で変事があった時は中野から報告が行くのだろうし、気になることがあれば理史が連絡している、ように思う。

和がそれと気づいたのは一年前の騒動の時だけれど、たぶんそれが最初ではなくもっと前から——理史に言われて中野と桧山を「花水木」本店に連れて行ったのがきっかけだ。気にかけてもらっている証拠だと理解してはいるものの、手放しで歓迎する気にはなれない。

今の状況が状況だから、なおさら。

和が進藤の新店舗でのアルバイトを始めてから、今日でちょうど五日目になる。

仕事内容は、事務所でのバイトの時とは多少変わった。八嶋から指示された事務処理系の伝達が主で、その合間に開店準備作業の手伝いが入るという形になっている。

ここ数日の天候不良に加えて、ほぼできあがっていた人間関係にいきなり加わることになった精神的負担のせいか、正直言って疲れが溜まってはいる。それでも入浴中や就寝前にいつもより丁寧なマッサージをし、外出時のサポーター着用を必須にすることで、バイトにも大学にも通常通り通うことができている。

とはいえ、それも理史たちには内緒だ。理由は簡単で、和の現状を知ればおそらくふたりとも別の意見を押し出してくる。つまり、複数回のマッサージとサポーターがなければ続かないほど無理をしている、と。

それがわかるから、中野に下手なことは言えない。ここで新店舗から外されたり進藤に何か言われたりしたのでは、本来の目的が果たせなくなってしまう――。

辿りついた大教室の中ほどで窓際の席を確保した和は、隣に荷物を置いた中野を見てから気がついた。

「あれ、桧山は？　次の講義は一緒じゃなかったっけ」

「そのうち来るだろ。……一応、席取っとくか」

そう言う中野の表情も態度も、見るからに面倒そうだ。基本的に律儀で面倒見のいい中野がそうなるのは桧山が相手の時限定で、知り合って間もない頃に何となく理由を訊いてみたことがあった。

（実際面倒なんだよな。あいつにそこまでしてやる義理を感じない。何かっていうとくっついて来られるのも鬱陶《うっとう》しい。講義中にあいつが隣にいると煩《うるさ》くて集中できないし）なのになぜ毎回桧山の要望通りに対処するのかと言えば、そうしないとしつこく文句を言われるため果てしなく迷惑なのだそうだ。

「前から思ってたけど、中野と桧山って仲がいいんだかそうじゃないんだかよくわからないよね」

「くされ縁ってやつだろ。仲良くしたいわけでもないのに絡んでくる。おかげで何かとことばっちりを受けるわけだ」

しみじみと言った中野がため息をつく、そのタイミングで目の前に人影が立った。

「中野くん、……と、浅川くん？　ごめんね、ちょっといい？」

「よくない。俺も浅川も関係ないから、本人に言って」

間髪を容れず言い返した中野に、人影――見覚えのある女の子は見るからに怯《ひる》んだような顔をした。きれいにカールした茶色の髪を揺らすように首を傾げ、思い切ったように言う。

「あの、桧山くん、どこにいるのかなって」

「さあ」

とりつく島もない中野の返事に悄然《しょうぜん》と俯く彼女のことは、知っている。先日紹介された、「十九歳で女子大生で可愛くて甘えん坊でオレにめろめろ」な、桧山の彼女だ。

「今日はまだ会ってないんだ。この講義は一緒のはずだけど、桧山は毎回ギリギリに来るし、待ってても話す暇はないんじゃないかな」

講義室の時計がさすのは、定刻五分前だ。さすがに放置するわけにはいかず、和はやんわりと口を挟む。

困ったように眉を下げる彼女は、わかりやすく涙目だ。桧山が自慢する通り可愛らしい子だし、今にも泣き出しそうな顔は庇護欲《ひごよく》をそそるに違いない。もっとも、中野には何の効き目もないようだが。

「電話に、出てくれなくなって、るんです。会っても、くれないし。なん、でかなあって」

「そのへんは、悪いけどおれにもわからない。あと、そっちも講義があるんだろうし、急いで行かないと間に合わないよ。……簡単な伝言くらいなら預かれるけど、どうする？」

最終的に、伝言だけならメールでも送れるからと断って、彼女は教室を出ていった。あとに残るのは、余韻のように和と中野に集まる視線だけだ。

「浅川は律儀だよな。いちいち相手にしなくていいだろうに」

「そんなこと言ったって、目の前で泣かれて放っとけないよ」

姉がいるせいかもしれないけれど、和は女性の泣き顔に弱いのだ。寝覚めが悪いというのか落ち着かないと言うのか、むしろアレを放置できる中野の方が少数派に違いない。呆れ半分、感心半分にため息をついた時、講義室の前の扉が開いて教授が入ってきた。

「あれ、桧山……」

「逃げたな。たぶん予想してたんじゃないか」

中野の返事に、「ああ」と納得する。この講義は遅刻イコール欠席扱いで、しかも教授がやってきた後の入室は例外なく遅刻扱いされる。これまで毎回ぎりぎりセーフで出席してきた桧山が何の連絡もなく顔を出さない時点で、中野の指摘が正しい可能性が高い。

「中野、桧山にノートとか」

「知るか。浅川も、気にせず放っといていいぞ」

素っ気ない返事に、少々桧山が気の毒になった。

中野もだけれど、桧山にも和は休んだ時のノートのコピーを貰ったことがあるのだ。恩返しを兼ねて自分のを渡そうと、壇上からの声に応じてテキストを開きながら決めた。


結局、桧山は昼休みが過ぎて午後の講義が始まっても姿を見せなかった。

気にした和が午後の講義開始寸前に送ったメールには、「ヤボ用で自主休講」とだけ返信があった。露骨な呆れ顔になった中野はもはやコメントせず、和も「次に会った時にノートのコピーを渡すから」と返しておいた。

その中野は、予定の講義を終えてバイト先へ向かう和のあとをわざわざついて来た。ここ最近なかった行動に、和は思わず振り返る。

「……理史くんに何か言われた？」

「いーや？　コンビニに用があるだけ。そういう発言が出るってことは、又従兄弟さんがそう言いたくなるようなことがあるわけだ」

さらっとそう言う中野が険を含んだ視線くらいで怯むはずもなく、かえって興味津々に訊き返された。下手に言質《げんち》を取られるよりはと黙った和を眺めた彼が浮かべる笑みは、理史や八嶋が見せる「しょうがないな」というものと酷似している。

「今日はタクシー使うことになってるし、別について来なくて平気だけど」

「そうなのか。又従兄弟さんは時間的に無理として、事務所の所長さんも？」

「所用で詰まってるって」

即答したものの、実際は少し違っている。以前のような事務所でのバイトなら用を片づける途中で迎えに来られる状況であっても、ひとつだけ地理的に離れた新店舗となると難しい場合もある、ということだ。今日がまさにそのケースで、先ほど確かめた携帯電話には「タクシーを手配したので乗っていくように」というメールが入っていた。

和としてはバスと電車を乗り継いで行きたいところだが、手配済みと言われたら無視するわけにはいかない。タクシードライバーに直接断ったとしても、間違いなく八嶋にその連絡が行く。

おまけに、見上げた先は今にも降りそうな空模様だ。幸い今は止んでいるけれど、おそらくまた降り出すに違いない。そうなると、バスと電車を使うのは和にとって高リスクになる。階段にしろ歩道にしろ、濡れるとふだんの五割増しで転びやすくなってしまうのだ。

……そのあたりが今後の課題だと、和は新店舗でバイトをするようになって再認識したのだ。雨のたびにタクシーを使っていたのでは、どこに就職したとしても経済的にきつくなるのは目に見えている。だったらバスや電車をうまく使う方法を考えるべきだろう。

コンビニエンスストアの前で中野と別れて、待っていたタクシーに乗った。こちらから告げる前に行き先を確認されて、和は後部座席のシートに凭れながら八嶋の徹底ぶりに感心する。

(は？　理史が承知したの。本当に？)

理史が断固阻止すると思っていたらしい八嶋は、和を新店舗にやると聞いて絶句した。顚《てん》末《まつ》を説明する理史を呆れ顔で眺めたあとで、複数の条件を押し込んできた。

そのうちのひとつが、新店舗までの往き来は今まで通り八嶋か理史が車を出すが、それが難しい時はタクシーを使うというものなのだ。天気がいい時に限りバスと電車でという和の主張は、見事なくらいきれいに却下されて終わった。

ため息混じりに眺めた窓の外では、いつの間にか雨が降り出していた。

土砂降りとまではいかないものの、傘なしですませるには強すぎる雨だ。やはりタクシーで正解だったかと思っているうち、車は見知った場所で緩やかに停まった。

進藤が預かる新店舗は、駅にほど近い町中《まちなか》のビルの一階にある。瀟洒《しょうしゃ》な外装はすでに仕上がっていて、通りから目につく位置に開店予定日と店名を明記した看板が置かれていた。手配したのは和だから知っているけれど、最寄り駅や系列店にもこれと同じ看板が置いてあるはずだ。

ドライバーに礼を言い、支払いをすませて車を降りる。雨合羽を羽織り、杖をついてアスファルトの上を慎重に歩いた。正面にある店舗の出入り口ではなく、隣の店舗との間にある隙間のような小道に足を踏み入れる。

開店直前ということもあって、あえて正面の入り口は使っていないのだ。この小道を少し歩いた先がビルの裏手で、スタッフ全員がそこにある裏口から出入りしている。

風にあおられた雨合羽のフード部分をかき寄せ、足元に目を向ける。躓《つまず》かないよう注意して進んでいくうち、傘を手に水溜《みずた》まりを跳ねてやってくる人影と行き会った。

進藤だった。相変わらず生真面目な顔をした男に持っていた傘を差し掛けられて、和は思わず首を傾げる。

「お疲れ様です。これから外出ですか。何時頃戻られますか?」

「きみを迎えに来ただけだ。……荷物を持とう」

「え、……」

今日で五日目になるバイトだけれど、進藤からこうした気遣いをされるのは初めてだ。意外さにきょとんとしていると、進藤は眉根を寄せて和を見た。

「傘だとバランスが取りづらいから、雨合羽なんだろう。ふだん使っていない杖を持っているくらいだ、足元が難しいんじゃないのか？　俺の手を貸してもいいんだが、きみはどちらが楽なんだ」

「お気遣い、ありがとうございます。でも、こういう状況にも慣れておかないとまずいので」

胡乱な顔で見返されたので、一応補足しておいた。

「いつでも誰かが助けてくれるとは限りませんから。できる範囲のことは、自分でどうにかしたいんです」

「わかった。だが、行き先が同じで一緒に行くのは問題ないな？」

わずかに目を瞠った進藤は、得心したように頷いてくれた。そのことに感謝しながら、和は進藤について裏口へと向かう。

「このあとの予定、空いてますか。パソコン操作の方、できれば進めておきたいんですけど」

「きみのバイト時間に合わせて空けておいた。すまないが、すぐ始めたい」

「了解です。合羽を片づけたら行きますので、先に事務室にいらしてください」

言ったところで、ちょうど裏口に着いた。進藤と別れて雨のかからない場所に雨合羽を干したあと、折り畳んだ杖をリュックサックに押し込んだところで聞き覚えた声がかかる。

「今日はタクシーだったんだな」

応じて振り返りながら、気持ちの一部が軋《きし》んだ気がした。顔には出さないよう注意して、和は会釈をする。

「こんにちは。……そうですね、雨だったので」

「バイト代より交通費の方が嵩《かさ》むんじゃないのか？　だからって、オーナーや事務長に運転手をさせるのもどうかと思うけど」

堅苦しく言う彼は弓岡《ゆみおか》という名で、つい先月まで「花水木」二号店にいたフロアスタッフだ。本店開店の時からいる最古参スタッフのひとりでもある。

「……すみません」

今後はタクシーを使わないとも迎えを断るとも言えず、和はただ頭を下げる。それを斜めに見下ろして、弓岡はため息をつく。

「どうでもいいけど、ゴミが溜まって邪魔なんだ。早めに捨ててきてくれないかな」

「わかりました。ですが、事務ソフトの使い方を進藤さんに教える予定があるので、そのあとで」

「事務ソフトって、それこそ八嶋さんの仕事だろうに。今日も午前中に来たのに、何でバイトに任せてるのかな」

放り出すように言って背を向けた弓岡が大股に向かった先には、確か厨房があったはずだ。そちらから届く人声を聞く限り、今日は搬入された食器類の整理をしているらしい。

ひょろ長い背中が見えなくなるのを待って、和はリュックサックを背負い直す。

新店舗でのバイトを始めてから、和はそれまで使っていた肩掛け鞄からこちらに切り替えた。理由は簡単で、よりバランスが取りやすく多くの荷物が入るからだ。

……「花水木」のスタッフ全員が和に好意的とは言えないことは、以前から知っていた。いわゆる店長クラスは理史の友人でもあり、和の事情も薄々察しているのか弟扱いで構ってもらっているが、一般スタッフとなるとそうはいかない。弟であれば話が別かもしれないが和はあくまで又従兄弟でしかないため、傍目には遠縁を笠《かさ》に着ているようにしか見えないらしい。

過去に離婚歴があるとはいえそれは円満なものだったし、何より理史は三十代の男盛りだ。野性味のある男前な容姿に加えて「花水木」本店店長でありグループの経営者という立場を精力的にこなすのだから、男女を問わず慕ってくる人間は多い。実際、弓岡を含めた最古参スタッフのほぼ全員が、それぞれに方向性は違っても理史に惚れ込んでいる。その理史の共同経営者となる八嶋にしても、立ち位置はほとんど変わらない。

そのふたりから、わかりやすく甘やかされているのだ。敵愾心《てきがいしん》を持たれてもおかしくはないし、「バイトなのにどうしてそこまで特別扱いするのか」と胡乱な目で見られても無理はないと、和自身思う。

中でもわかりやすく筆頭に上がるのが、弓岡だ。初めてバイトに入った時、当時はまだ本店スタッフだった彼と顔を合わせるなり真っ向から睨みつけられたのを、今でも和はよく覚えている。

ただ、これまでは幸いにして弓岡を始めとしたそういうスタッフとの接点がほとんどなかった。和がバイトに入ってまもなくの人事異動で弓岡は別店舗に移ったし、事務所を外に構えてからは各店舗に出向いた和が会うのは店長かフロアマネージャーがほとんどで、本店以外で一般スタッフと話す機会もなかったからだ。

なので、今のように弓岡にちくちくやられるようになったのはここ五日のことだ。いい気はしないものの弓岡の言い分はある意味正論だし、何よりここでの和はただの学生バイトなので、神妙に話を聞くようにしていた。

「すみません、遅れました」

「いや。……ここのところの入力なんだが」

急ぎ足で向かった事務室では、すでに進藤がパソコンを前に腕組みをして悩んでいた。他のスタッフ全員が厨房にいるらしく、室内に他の人影はない。

リュックサックを降ろして、ディスプレイを覗き込む。気づいた進藤に促されて、和は傍に置いてあった椅子に腰を下ろした。

和が進藤に教えているのは、「花水木」全体でネットワークを組んでいるソフトの使い方だ。これを扱うのは各店長とフロアマネージャーのみと限定されているため、進藤にとっては開店準備と並んでの急務になっている。

そして、和が新店舗にバイトに行くに当たって八嶋が出した条件のひとつが、このソフトの使用法を進藤に指導することだった。

（もともと和くんにも頼もうと思ってたし。同じ向こうにいるなら任せた方が、こっちも手間が省けて助かるんだよね）

そう言った時の八嶋の顔を思い出して、あれも嘘だったんだろうと和は思う。

ソフトの使用法を教えること自体は、確かに優先順位が高い。けれど、おそらく八嶋の頭にあったのは和への負担をできるだけ減らすことだ。実際、こうして進藤に教えている間は、和は暖房の利いた室内で座って過ごすことができる。

「だいたいこんな感じでしょうか。……そろそろ時間ですよね。このくらいにしておきます？」

「ああ。少し休憩しよう」

上を向いて目頭を揉んでいた進藤が、首を回して腰を上げる。備え付けの冷蔵庫を開けて、缶コーヒーを投げ渡してくれた。ありがたく受け取って、和は苦笑する。

「フロアマネージャーさんがいてくれたら、ずいぶん違ってくると思うんですけど。もうしばらくはかかりますかね」

「そう長くはかからないだろう。近々、浅川さんや八嶋さんと話をする予定もあるしな」

「花水木」におけるフロアマネージャーは、いわば副店長のようなものだ。店長と一緒に店舗を支えていく柱になるが、この新店舗ではまだその席が空いたままになっている。

正確に言えば、現在進行形で選定中なのだ。能力や人柄以上に店長との相性に大きく比重を置くのが理史たちのやり方で、だから今回は複数人の候補を同じ店舗に異動させ、その中から進藤本人が選ぶ形になっている。開店準備中の忙しい時にやらなくてもと和などは思ってしまうが、八嶋に言わせると「だからこそ判断力や相性がわかりやすい」のだという。

ちなみに候補を含めたスタッフ側の認識は、フロアマネージャーは外部の者に確定しているが、前職の調整があり当面は現場に来られない、というものだ。そのため今は系列店から異動してきた古参スタッフたちが、進藤から指示を受ける形で開店準備と新人教育とを並行して進めている。

「早く来てくれたらいいですね。そうしたら、進藤さんもずいぶん楽になるはずですし」

ちなみに和がそのあたりの事情を知っているのは、それこそ事務所のバイトだったから、だ。もっともずっと口外無用を貫いているため、おそらく進藤も和がそこまで知っているとは思っていないはずだ。

「……だな。どうやらきみに二度手間をかけることになるようだが」

「それもおれの仕事ですから。……じゃあ、おれは次の仕事に行ってきますね。すみませんけど、荷物だけここに置かせてもらっていいでしょうか」

「構わないが、貴重品は身につけておいた方がいい。無人になる時もあるしな」

「ありがとうございます」

他のスタッフの動向が見えない今、自分だけ長々と休憩するのは憚られた。飲み干した缶をすみにあるシンクの所定の場所に置いて振り返ると、進藤が思い出したように言う。

「ところで脚の方は問題ないのか？　今日は来た時からきつそうに見えるが」

「――雨の日はどうしても脚が重くなりますから。ある程度は慣れてますし、自衛もしてますよ。就職したらそれが当たり前になるんだし、そういう状況にも対処できるようになっておかないとまずいかなと」

「否定はしないが、ものには限度がある。容量を越えて無理してくれるなよ。実を言うと、きみが来てくれたおかげで予想外に助かってるんだ」

思いがけない言葉に、和は目を見開く。それを静かに見返して、進藤は苦笑した。

「本店や他の店舗のことにも詳しいし、古株のスタッフに答えられないことでもきみに聞けばおよその返事がある。きみが、漠然とバイトしていたわけじゃない証拠だ」

「進藤、さん……？」

「正直、八嶋さんや浅川さんの言い分は身贔屓《みびいき》だと思っていたんだが。どうやら全面的に思い違いだったらしい。今さらだが、あの時は失礼なことを言って悪かった」

「――――」

「開店までの期間限定なのが残念だが、よろしく頼む。ただ、くれぐれも自分ができる範囲に留《とど》めておいてくれ。でないと俺が浅川さんや八嶋さんに殺されそうだ」

口調は軽かったけれど、進藤の表情は真面目なままだ。

本音で言ってくれているのだと悟って、張りつめていた気持ちがふっと緩む。それだけで報われた気持ちになって、和は進藤に頷いてみせる。

「ありがとうございます。十分、気をつけます。……進藤さんは、これから厨房でみなさんと合流ですか？」

「そうしたいのは山々だが、これから業者が来る予定でね。どうにもこうにも煩雑で仕方がない」

「開店準備はそんなものだって、前に理史くんも言ってましたよ。進藤さんこそ、無理しないでくださいね」

バイトの和は定刻に終わるし、他のスタッフも開店後に備えて無理のない範囲で帰宅していると聞いている。けれど周囲の話を耳に入れた限り、店長の進藤は誰よりも早く出てきて最後に帰宅しているようなのだ。開店準備のサポートに入っている理史もここ最近はシフトが早上がりなのに帰宅が最終よりも遅いから、おそらく仕事のあとで打ち合わせなりしているに違いない。

「ありがとう。そのあたりはお互い様だな」

苦笑した進藤に電話が入ったのを機に、和は会釈をして事務室を出た。

厨房へ向かう途中にある、本来は更衣室になるはずの空間に山と積まれた梱包材《こんぽうざい》を見つけて苦笑する。元は食器類が入っていたとおぼしき段ボールが複数転がり、隙間に入れていたらしい丸めた新聞紙や空気を含んだビニール袋が山になっていた。

このまま運んだりしたら、ゴミ置き場はあっという間に満杯だ。まずは量を減らそうと、和は段ボール箱を畳みにかかる。新聞紙は伸ばして重ねていき、ビニール袋はカッターで穴を開けて空気を逃がした。

種類別にまとめてしまったら、あとは裏口側の駐車場のすみにある集積所まで運ぶだけだ。幸い、ゴミばかりなので途中で落とそうが転んで巻き添えにしようが問題はない。

「和くん、もう店長のパソコン終わったんだ？　それ、ひとりじゃきついでしょ。すぐ手伝うからちょっと待っててねっ」

ゴミ袋を下げての移動中に、届いたばかりらしい段ボール箱を台車に乗せた女性スタッフに行き会った。

和の姉と同世代の彼女——鈴原《すずはら》は先月まで本店勤務で、和と同い年の弟がいると聞いている。今は離れて暮らしているが和を見ると思い出すとかで、何かと声をかけてくれていた。

「平気ですよ。見た目よりずっと軽いですし」

「駄目駄目、雨なのに無理しないの。だいたいひとりで片づく量じゃないでしょ？　ほんっと、溜める前に捨てに行けばいいのにねえ」

むうっと頬を膨らませて言うのは、こうして一か所にゴミを集めるよう指示しているのが弓岡だからだろう。スタッフの中で一番の古株となる彼は当然のように指示する立場にいて、勤続年数でも年齢でも下になる彼女が安易に逆らえるはずもない。それに、今のこの状況を選んだのは他でもない和本人だ。

「けどほら、他におれにできることってほとんどないですから。このくらいはやらないと、何のためのバイトかわからないですし」

「そんなことないでしょ。店長にパソコン教えるのは和くんにしかできないんだし、ワゴンなり用意すれば、和くんにだってできることはいっぱいあるじゃない。なのに、ゴミ出しと掃除ばっかり押しつけて」

「いや、本当に気にしないでください。厨房を手伝って鍋やお皿を落として傷をつけたり割ったりしたら、それこそ何しに来てるのかわからなくなるんで。――でも、ありがとうございます。そんなふうに言ってもらえると安心します」

実際のところ、ここで和にできる仕事はほとんどないのだ。それを承知で怒ってくれる彼女には、感謝しかなかった。それが伝わったのか、鈴原はまだ不満そうに、それでも笑ってくれた。

いったん荷物を置きに行くという鈴原と別れて裏口に向かうと、運良く雨はほとんど止《や》んでいた。ほっとしながら、和はひとまずまとめたゴミを裏口近くに積んでおくことにする。

いちいち靴を履き替えるより、まとめてしまった方が効率がいいからだ。

「すごい量ねえ。それ、そこに置いといて終わりなの？」

「いえ、終わりじゃなくて、これから外の集積所まで持っていくんで……って清水さん？　何でここにいるんですかっ？」

裏口近くに積んだゴミがそろそろかさばる量になってきた頃、ふいに横合いからそんな声がかかった。何げなく答えかけてそちらに目を向けた和は、思いがけない顔を見つけて目を瞠る。ベリーショートの髪に大振りのピアスが目立つ相手は、「花水木」系列に出入りしている外注業者営業の清水だ。

「ここもわたしの担当ですから。一昨日も来たんだけど、時間が合わなくて和くんに会えなかったの。悔しかったから、今日は時間帯を狙って来てみました。会えてよかったあ」

いつもながらの快活な笑顔で言われて、そういえば八嶋と理史と話したきりでバイト先を異動したことに思い当たった。

「すみません、急に決まったっていうか、おれの我が儘で替わったんで」

「会いたかったのはこっちの勝手だから気にしないで。でも和くん、ちょっと疲れてるでしょ。雨のせいかもしれないけど」

清水は学生の頃に大怪我《おおけが》をしたことがあるとかで、完治した今も雨の日や体調が悪い時は痛みが出るのだそうだ。そのせいか、和の脚のことや体調も気にかけてくれていた。

「マッサージしてるし、サポーターもあるから平気です。……あ、店長に会いに来られたんですよね？　今なら事務室だと思いますよ」

「それもあるんけど、先にお手伝いしようかな。いくら何でも量が多すぎでしょ」

言うなり、清水はたった今、和が積み上げたばかりのゴミの山に目を向ける。スーツの上着を脱いで近くの椅子にかけ、ブラウスの袖を捲《まく》ったかと思うと、ゴミの山のてっぺんにあったひとかたまりをひょいと持ち上げ、いつもの笑顔で和を見た。

「で？　コレどこまで持ってくの」

「そんなことしなくていいです！　清水さん仕事中なんだし、スーツが汚れたりしたら」

「どうせ下はアスファルトだし、少々汚れたところでここが最後だから大丈夫。あと、全部手伝うほどの余裕はないから本当に気持ちだけね。よし行こっかー、集積所ってどこ？」

いったん脱いでいた靴に足を入れ、さっさと外に出て行ってしまった。慌てた和がゴミを抱えてあとを追うと、心得たように裏口を出てすぐのところで待ってくれている。

「あの、本当にそんなことしなくても……おれの仕事ですし」

「和くんと話す口実だから、細かいことは気にしないの。けどコレ、和くんひとりでやってるの？　あんなに量があるのに？」

「……そういうわけじゃないですよ。ほら、今も手伝ってくれてますし」

タイミングよく手伝いに来てくれたらしい鈴原が同じくゴミを抱えて歩いてくるのを目に

して、急いでそう言った。

「そう？　ならいいんだけど」と頷いた清水は、三往復分のゴミを運んでくれた。再び裏口に戻ったところで、思い出したように和を見る。

「こっちが開店したら、和くんは事務所に戻るのよね？」

「はい。そういう約束なんで」

「よかったー。ずーっとこっちだったらどうしようかと思った。……何だかねえ、和くんが事務所に行かなくなってこっち、浅川さんは変に尖《とが》ってるし八嶋さんは黄昏《たそがれ》てるしで、正直鬱陶しいのよねー」

「鬱陶しい、ですか。理史くんと八嶋さんが？」

ふたりとも和に甘いけれど、仕事に関しては厳しいはずだ。家での理史はいつも通りだし、一昨日ここで会った八嶋も特に変わりなかったと思う。

怪訝に首を傾げた和を見て、清水は切れ長の目を細めて笑った。

「浅川さん八嶋さんも、何のかんの言ってええ格好しいなのよね。和くんがいないと張り合いがないんじゃない？　まあ、無理もないとは思うけど」

「はあ」

くすくす笑う清水を見ながら、敵わないなと改めて思う。

和の知る限り、清水は理史や八嶋の前でも態度を変えない。もちろん商談中は切り替えて接しているようだけれど、それ以外ではかなり気安く対等にあのふたりとやり合っている。

理史たちと同世代の清水と、まだ学生の和では比較にならなくて当然だ。それはわかっているけれど、就職して今の理史と同じ年齢になった和があんなふうにあのふたりをいなせるようになれるかと言えば、それはそれで微妙な気がした。

事務所へと向かう華奢《きゃしゃ》な背中を何となく苦い気持ちで見送って、和はゴミ捨て作業の続きに戻る。鈴原はじき呼びにきたスタッフと一緒に厨房に戻ったため、残り三分の一はひとりでの作業になった。

――パソコン操作以外の、いわゆる開店準備作業に和が加わるに当たって、いろんな問題が浮上したのだ。具体的に言えば、搬入されてきた備品を所定の場所に片づける作業に入った時、和は危うく新品の鍋を落としそうになった。

軽いものならともかく、それなりの重さの品となると持ち歩くのは難しい。それだから、理史のマンションと事務所には和が使うためのワゴンを用意してもらっている。私物ならどこかにぶつけようが落とそうが自業自得だけれど、作った食事やお茶や、仕事関係の品物だとそういうわけにはいかないからだ。

だから、ずっしりと重い大鍋を渡された時点で困惑した。指定された置き場所は厨房の奥で、そこへ向かうには作業中の荷物や梱包材が転がった場所をすり抜けなければならない。スタッフそれぞれがそこかしこで作業している状態では勝手に片づけるわけにもいかず、どうにか避けていこうとした矢先に梱包材に足を取られた。

辛うじて踏みとどまったものの、この状態で続けたのではいずれ転ぶのは目に見えていた。だから、そのまま自己申告したのだ。

(だったらここでやってもらう仕事は何もなくなるな)

呆れ顔の弓岡の返事がそれで、事実なだけに返す言葉がなかった。理史が口にした「大して助けにならない」という台詞の意味をはっきり思い知らされて、それでも何かできることはないかと考えた。

そうして和が見つけたのが、ゴミ捨て全般と室内の清掃だったのだ。

出るゴミのほとんどが梱包材なら、少々落とそうが転がそうが、転んだついでに潰してしまおうが何の問題もない。そして準備中の今は人の出入りが多くそこかしこが汚れてしまうが、それを放置しているわけにもいかない。

最優先が進藤へのパソコン指導になる以上――午後から夕方のバイトである以上、正社員スタッフの作業に関わったとしても中途半端になるのは目に見えている。ゴミ捨てと掃除であれば単独でも動ける上に、誰かの足を引っ張ることもない。そう思い、自分から申し出た。

バイトの定刻を過ぎたところで、ゴミ捨てと掃除は無事終わった。使っていた掃除道具を所定の場所に片づけて、和は報告のため事務室へ向かう。

用があって出かけたらしく、暖房の切れた室内に進藤の姿はない。彼の定位置となっていることは理史や八嶋もよくやってくるせいか、他のスタッフには今ひとつ近寄りがたいようで、今も人影はなかった。

バイト終わりは進藤に申告するよう努めているものの、不在の時は定刻で帰っていいと言われている。すみに置いていたリュックサックを拾ったついでに、一休みしようと傍の椅子に腰を下ろした。

ポケットから出した携帯電話には、八嶋からのメールが届いていた。少し遅くなるが迎えに行くから待っているようにという内容に、おそらく先ほどからまた降り出した雨を気にしてのことだと察して申し訳なさを覚えてしまう。

そのまま、ぼんやりしてしまっていたらしい。足音に気づいて顔を上げると、渋い顔をした弓岡が事務室の入り口に立ってこちらを見ていた。

「迎え、頼んだんだよね。八嶋さん、店の前で待ってるみたいだよ」

「え」

いつのまに、と思い手の中の携帯電話に目をやって新着メールに気づく。開いてみると八嶋からで、「店の前で待ってる」とあった。そこまでぼんやりしていたつもりはなかったけれど、完全に聞き逃してしまったようだ。

「すみません、すぐ行きます、……っ」

急いで腰を上げようとして、和は動きを止める。疲れからか冷えたせいか、右脚の感覚が薄い。失敗したと臍《ほぞ》を噬《か》んで、両手で膝の周りを撫でさすった。

「脚？　痛むのかな。それともおかしくなった？」

「冷えただけだと思います。マッサージすればすぐ動きます、から」

「ふうん。……けど、あんまり無理しない方がいいんじゃないか？」

この人が和に向けるには優しすぎる声の響きに、何となく予感がした。はあ、と曖昧《あいまい》に返しながら、和はあえてマッサージに集中する。

「店長ははっきり言わないけどさ、結構気を遣ってるみたいなんだよね。もちろん、他のスタッフもだけど。バイトって言っても半端な日数で、半端な時間帯だし」

「――――」

「重いものが持ち運びできないっていうだけでも論外だけど、送迎してもらわないとまずいほど脚が悪いんだったらバイト自体が無理なんじゃないか？　ちょっと座っただけでも動けなくなるみたいだしさ」

「すみません。迷惑は、かけないようにしてるつもりなんですけど」

言い分を否定できなくても、バイトを辞めるとは言いたくなかった。それで曖昧に謝罪したら、弓岡は露骨に呆れた顔になる。

「まさかとは思うけど、前にここで八嶋事務長が言ったことを真に受けてるんじゃないよな。きみが事務所でバイトしていられるのは、オーナーの親類で特別扱いされてるからだぞ？」

自覚してはいても、面と向かってこうもはっきり言われたのは初めてだ。思考と同時に固まった和をじろじろと眺めて、弓岡は眉を顰める。

「現場にしてみれば、きみにいてもらったところで迷惑でしかない。扱いに困っても使えなくても、後ろにオーナーと事務長がいるとなると下手なことは言えないからね。店長や、今日顔を出した清水さんにしても同じだと思うけど、——まさかあのふたりが言ったことを鵜《う》呑《の》みにしてるわけじゃないよな？」

「鵜呑み、って」

どういう意味かと瞬いた和を眺めて、弓岡は聞き分けのない子どもを見るような目をした。

「少し考えてみればわかるだろ。店長は『花水木』に入ったばかりだし、清水さんは業者の営業だ。オーナー繋がりのきみを持ち上げる理由はあっても、本音で話す必要はない。特に清水さんはオーナーに気があるみたいだし？」

「清水さん、が……？」

「年齢も釣り合うしお互い気さくに対等に接することができる。仲が進展しないのはオーナーが抱えるお荷物が邪魔するからだって、これはうちの系列では結構有名な話だけど？　何しろ、オーナーの離婚にもきみが関与してるって噂《うわさ》もあるしね」

「——り、こんに関与って、何で」

お荷物とは、つまり和自身のことか。うっすら悟ったものの、告げられる内容は思いも寄らないことばかりで、和は呆然と聞いているしかない。

「オーナーが気にかけてるからって図々しく甘えてるからだろ。たかだか遠縁のくせに居候して、バイト先斡旋《あっせん》させて大学に行くのにも送迎させる。……ふつうの神経だったらできないんじゃないのか？」

「………」

「今日やってたことだって十分おかしいだろう。自分の仕事だと言いながら、外注の営業や休憩中の女性スタッフに手伝わせるってどういうことだ」

突きつけられる言葉への、返答が見つからなかった。そんな和に、弓岡は短く息を吐く。奇妙に優しい声で、通告のように続けた。

「スタッフの総意として伝えておく。そんなに脚の具合が悪いなら、潔く休んでくれないかな。正直、ゴミ捨てにしろ掃除にしろ、こちらとしては手が足りてるんだ。はっきり言って、きみのような使えないバイトは必要ない」


疲れと冷えと雨という条件が重なったせいか、窓の外にマンションが見える頃になっても右脚には痛みと重怠《おもだる》さが残っていた。

「脚、きつそうだね。この雨だし、部屋まで送るよ」

「いえ、平気です。庇《ひさし》の下ならそう濡れてないですし、エレベーターに乗ればすぐですから」

運転席からかかった声に、和は意識していつも通りの声で言う。

和が乗るからだろう、新店舗の前で乗り込んだ時点で十分暖まっていた助手席には、バイトを始めた頃に事務室用にすればいいと理史がくれた膝掛けが置いてあった。

本店内の事務室にいた頃は車内と事務室兼用にしていたそれが車内専用になったのは、今の事務所に移転した時だ。持ち歩きが面倒だろうからと、八嶋が事務所専用のものを別に買ってくれた。驚いて支払いのことを訊いてみたら、少し拗《す》ねた顔で言われたのだ。

（これは僕からのご褒美のつもりなんだけど、受け取ってくれないんだ？）

「和くん、進藤のところで何かあった？」

脳裏によみがえった声と今の八嶋の声とが重なって、一瞬だけ混乱する。ひとつ息を吐いてから、和は運転席に目を向けた。

「別に何も。あんまり、役には立ってないみたいで申し訳ないだけで」

「……そう？　進藤からは、よくやってくれるし助かるって言われたけど」

「そうなんですか？　だったら嬉しいです」

慎重に、いつもと同じ声と表情で自分自身をコーティングする。バイトを始めるまで理史の親友というだけだった八嶋は、今の和にとってバイト先の上司だ。もともと聡《さと》い人な上にそれなりのつきあいが積み上がったせいで、理史と張るまではいかないまでも思いがけないくらいよく和を見ている。だからこそ、今の和の状態を悟られたくはなかった。

「ありがとうございました。八嶋さんも、気をつけて帰ってください」

「うん、ありがとう。——和くん、無理は駄目だよ。約束、忘れないようにね」

「了解です。大丈夫です」

笑顔を総動員して、和は去っていく車を見送った。手にしていた折り畳み杖を伸ばして、ゆっくりエントランスへと向かう。天候の悪い日に杖を使うのはよくあることで、だから八嶋もそこだけは突いて来なかったようだ。そのことに、今になってほっとした。

集合玄関を抜けてからは杖だけでなく手摺りも使い、エレベーターに乗って部屋に戻る。理史が帰ってくるまで脚のケアをしておこうと算段し、早々に風呂の準備をした。湯船の中で右脚をマッサージし、上せる寸前まで暖まってから上がる。レッグウォーマーで右膝をカバーしてリビングに向かう頃には、どうにか杖なしでソファまで行けるようになっていた。

とはいえ、痛みと違和感はまだ強く居座っている。今日の夕飯は作り置きに頼ることにして脚を冷やさないようマッサージを続けながら、和は重い気持ちでため息をつく。思い出すのは、弓岡に投げつけられたあの言葉だ。

(きみが事務所でバイトしていられるのは、オーナーの親類で特別扱いされてるからだぞ)

(はっきり言って、きみのような使えないバイトは必要ない)

……結局、何もかも和の我が儘だったのだろうか。

バイトを始めた当初は、厚意で置いてもらっているだけの子どもの手伝い以下でしかなかったという自覚はある。それでも二年半続いたのだから、少しは役に立てるようになっていたと思っていた。八嶋も理史も、ちゃんとそれを認めてくれていた。

それが全部、身贔屓でしかなかったということか。甘くつけてもらった点数だと気づかず、勝手にいい気になっていただけだったのだろうか。

（きみが、漠然とバイトしていたわけじゃない証拠だ）

（和くんがいないと張り合いがないんじゃない？）

進藤や清水の言葉を疑うつもりはないし、嘘だと決めつけようとも思わない。彼らはきっと本気で言ってくれたのだろうとも、思っている。

けれど――彼らの言うことが真実だとは限らないのも、確かだった。

手を止めてソファに沈んだのとほぼ同時に、インターホンの音がした。理史だとすぐに察して、和は急いでソファから降りる。まだ痛む脚を騙《だま》し騙し、キッチンへと向かった。

雨の日に右脚が不調になるのも、そういう時の和が先に自分の脚のケアをするのもいつものことだ。隠そうにも、相手が理史では無駄に終わるのも目に見えている。なので、そこは開き直っていつも通り、夕飯は作り置きの温めですませてしまうことにする。

「和？　脚の具合、どうだ」

帰ってきた理史が、廊下から続くドアから入ってくる。和の居場所を察したらしく、まっすぐにキッチンを覗き込んできた。やはり帰りが遅かった今日、理史も疲れているようだ。

「雨のせいで調子悪いけどお風呂入って暖めたし、さっきまでマッサージしてたからたぶん大丈夫」

「わかった。じゃああとで見せな。それと、夕飯の支度はいいから冷やさないようにソファで毛布でも被ってろ」

「え、いいよ。悪いけど、今夜は温めるだけだし……ちょ、理史くんっ？」

冷蔵庫を覗きながら言いかけたら、いきなり腰に腕が回ってきた。ぎょっとして声を上げる間に抱え上げられ、荷物扱いでひょいひょいと運ばれて、和はつい先ほどまでいたソファの上に下ろされてしまう。おまけのように上から被せられた毛布から顔を出すと、いつになく渋面の理史がすぐ傍にしゃがみ込んでこちらを見ていた。

「理史、くん？　どうかした？」

もともとの身長差が大きいとはいえ、こんなふうに目線の高さが同じになるのはそう珍しくはない。和がまだ幼稚園児の頃から、理史は当たり前のように自分が屈《かが》むことで和と同じ位置に降りてくれていた。

「んー……ま、あとでいいか。夕飯な、本店の賄《まかな》い貰って帰ったんだ。すぐ温めてくるからいい子で待ってな」

「や、だったらそれ、おれがやるよ？　だって、夕飯はおれの仕事で」

「進藤が泊まった時の朝食は和が作ったろ。その埋め合わせってことにしとけ」

「でも、理史くんだって疲れてるのに」

「そこはお互い様だな。今日は年の功で俺がやるさ」

言うなり腰を上げたかと思うと、和の頭をぽんぽんと撫でてきた。

もう見慣れた決めてしまった顔で見下ろされても、今日ばかりは譲る気になれなかった。頭の上にある理史の手を捕まえて、和は「おれも手伝う」と声を上げる。

「いらねえよ。料理するわけじゃなし、ひとりで十分だ」

「ふたりでやった方が早いよ。おれはお皿用意するから、理史くんは温めて盛る方よろしく」

長年のつきあいだから、承知している。基本的に和には甘い理史は、今のバイトを言い出した時のように一歩も譲らず言い張れば大抵の場合は折れてくれるのだ。迷惑をかける気も我が儘を言うつもりもなかったから意識して避けていたそれを、こんなふうにわざとやらかす日が来るとは思ってもみなかった。最後には理史が渋々折れてくれて、夕飯の支度はふたりがかりですませた形になった。

後片づけは食洗機に任せて、理史が風呂へ向かう。それを見送って、和はいったん自室に戻った。

暖房をつけ忘れていた部屋は寒く、スイッチを入れて暖まるのを待った。その間、膝掛けを被ってベッドに座り、右脚をマッサージしていく。

あとで見せろと言われたから、風呂上がりに理史が来るはずだ。それまでに、もう一度気持ちを立て直そうと和は深く息を吐く。

胸が痛いのも気持ちが苦しいのも、和の感情だ。それに流されるのではなく、落ち着いてきちんと考える。どうして新店舗に行きたいと思ったのかを、ひとつずつ並べていく。

……「花水木」の一部のスタッフから疎まれているのは、今さらだ。弓岡から和の状況を見ればそう思われていても仕方がないことも、理解できなくはない。

それでも、ここで辞めるとは言いたくない。はっきりと、和はそう思う。

我が儘だ、エゴだと言われたら、きっとその通りなのだろう。バイトは必要ないとまで言われて行き続けるのは、ただの意地なのかもしれない。

けれど、誰かに言われたからとあっさり辞められるほど、簡単な気持ちで理史たちに頼み込んだわけではないのだ。八嶋を困らせ理史が怒る寸前まで自分の意志を押し通して、それでも自分にどこまでできるのかを確かめたかった。

「まだやれる、よね」

手のひらで撫でた右脚と膝の強ばりの感じには、覚えがある。前に天候不良と疲れが重なった時に、こんなふうだったはずだ。確か、あの時はサポーターとマッサージと温度調節で乗り切れた。

ただ、新店舗のバイトでは日によっては歩く距離が長い。パソコン指導の時間が長ければ十分凌《しの》げるだろうけれど、短くなった時には自衛した方がいい。

「その場合、贅沢だけどタクシーかな……理史くんたちの送り迎えは、断った方がいいだろうし」

弓岡云々が無関係とは言わないけれど、それ以前に先ほどの理史も、夕方に迎えに来てくれた八嶋もずいぶん疲れている様子だった。考えてみれば開店までもう一週間を切っているわけで、だったら相当な忙しさになっているはずだ。

うん、とひとつ頷いた時、ドアをノックする音がした。間を置かず入ってきた理史は寝間着を着てこそいたものの、タオルを被った髪からはまだ滴《しずく》が落ちていて、和はベッドの上で呆れ顔になる。

「理史くん、何やって……いいからそこ座って、早くっ」

「んー」

こちらの言いたいことを察したらしく、面倒そうな顔でがしがしとタオルごと髪をかき回す。それでも、文句は言わずベッドに腰を下ろしてくれた。すぐさま傍に寄って、和はタオルで理史の髪を覆い直す。痛くないよう、髪の毛が傷むこともないように、そっと水気を拭っていった。

「理史くんがいつも言ってるんじゃん。髪はちゃんと乾かさないと風邪引くって」

「あー、それな。俺は適応外だから」

「何それ。そんなこと言ってると寝込んだ時も放ったらかしにするからね」

渋面で言ってみたものの、理史は実際のところかなり丈夫だ。肩や胸の厚みに相応《ふさわ》しくと言うのか、記憶を辿ってみても具合を悪くしたところなど浮かんで来ない。そういうところは、心底羨ましいと思う。

「和、髪拭くのうまいよなあ。今度から毎回頼もうか」

「そのくらい、言ってくれたらいつでもするよ。理史くんの拭き方、適当すぎてずっと気になってたし」

理史の髪は、和のそれとは質がずいぶん違うようだ。剛くて弾力があって、艶《つや》やかに黒い。もしかしたら性格が髪に出ているのかもしれないとすら思う。

「このくらいかなあ……残りはドライヤーかけたらいいんだけど」

「ん、十分だろ。あとは放っときゃいい。よし、今度は和だな。脚、見せてみろ」

「はーい……」

言われて、おとなしく脚を伸ばして座り直した。寝間着越しに触れてきた理史の手の重みと暖かさは馴染みのもので、和はほっとする。やんわりと脚を揉みほぐしていったかと思うと、枕《まくら》を置かれ横になるよう促された。

「こりゃ、今日はきつかったろ。雨だったしな」

「うん。でも帰りは八嶋さんが来てくれたから……あ、そうだ、理史くんさ。八嶋さんもなんだけど、新店舗が落ち着くまでは送り迎えなしでいいよ」

「あァ？　何だそりゃ」

思いついて口にしたら、腰を押していた大きな手がふいに止まった。少しばかり尖った声だと気づいて、和は急いで付け加える。

「だってふたりとも忙しいじゃん。おれはただのバイトだし、時間も決まってるし。期間限定だから、あとはタクシーで行けばいいいんだし」

「……タクシーを使う気はあるんだな」

「うん。自己管理のうちだと思うし」

さらりと答えたら、「そっか」という声が返った。ほとんど同時に動き出した手は和にとってすっかり馴染みのもので、気持ちだけでなく身体の緊張まで緩んでいくのがわかる。

自分でやるマッサージもそれなりに効果があるけれど、理史のこれには敵わない。このマンションに来たばかりの頃はおっかなびっくりだったのが、今はちょっとしたプロのようだと思う。贅沢なことに和専門の、だ。実際に今の理史は、こうやって触れるだけで和の脚の状態をほぼ正確に把握《はあく》してしまう。

バランス悪く張っていた筋肉がほぐれてくる頃には、和は全身がぽかぽかと暖かくなっていた。くたくたに力が抜けるだけでなく、頭の中もぼんやりするからそのまま寝入ってしまうことも珍しくない。今日も理史に声をかけられるまで、すっかり意識が沈んでいた。

「なーぎ。布団に入っちまいな」

「んー、……うん。ごめん、また寝てた？」

もぞもぞと動いていたら、助けるように理史の腕が伸びてきた。何となく離れたくなくて、和は自分からその腕にしがみついてしまう。

「うん？　和？　どうした」

こんなふうに穏やかな時間は久しぶりだと、ぼんやりした中でふと思う。新店舗でのバイトの件で言い合いをして以降、理史との間の空気はどことなくぎこちなくなっていて、それがずっと気がかりだったのだ。

思い切って訊いてみようにもことの起こりは和の我が儘だったたし、何より理史が忙しかった。疲れた顔で遅くに帰ってきて、それでも和を気遣ってくれるのを聞けば下手なことは言えなかったし――不用意に近づいたらバイトの件で何か言われそうで、あえて避けていた、というのもある。

そうやって思い返してみたら、原因のほとんどが和の我が儘だ。こうやって懐くのも勝手すぎるかもしれない。

「……和？」

声が近いと思った直後、もう馴染んだ感触に呼吸を奪われた。顎から頬を撫でていく手のひらの温度にほっと息をついたタイミングで唇の奥を探られて、和は呆気なく許してしまう。

無意識に伸びた腕が、理史の首にしがみつく。見なくてもそれとわかるくらい馴染んだ動作が、けれど今はひどく懐かしかった。――そういえば、ぎこちなくなっていた間はたまに軽いキスをするだけで、こんなふうに和から抱きつくこともなかったのだ。

「ん、……っ、あ、――ぅ、ん……」

喉からこぼれる声すら惜しむように、深く唇の奥を探られる。上に被さった体温も重みもよく知った理史のもので、それをとても大事なものだと思う。

「なーぎ？　起きてるのか寝てんのか、どっちだ？」

「起きてる、よ……？」

眠気に負けそうな瞼《まぶた》を押し上げてみたら、目の前に理史がいた。額をぶつけそうなほど近くで目が合って、改めて格好いいなと思う。

和にとっての理史は、いつもヒーローだった。どんなに目線が違っていても、居る場所が別であっても和を見つけると必ず視線を合わせてくれる、何でもできる年上のお兄ちゃんで、……ある意味では手を伸ばしても届かない人でもあった。

「和？」

「うん。……理史くんてやっぱり格好いいなあ、と思って」

するりとこぼれた言葉に、顔が熱くなった。そんな和を面白そうに見下ろして、理史は額にキスをくれる。

「今それ言うのか。なかなか、……忍耐ってもんがだな」

「忍耐?」

「さっきも言ったろ。年の功ってやつ。堪えないとまずい時もあるわけだ」

ぽそりと返った言葉に、和は首を傾げてしまう。

一回りも年齢が違えば当たり前だけれど、和が小学校から中学にあがる間に理史は自分の道を決めて海外修業に出ていった。戻ってきて開業し、きれいな奥さんを貰った時にはもう、遠目に見ているだけの人になったんだと思い知った。

――だから今でも、こうやって確かめてしまうのだ。今の自分が、手を伸ばすまでもなく届く距離にいることを、何度でも。

「なあ、和。おまえ結構無理してるだろ」

そんなふうにふわふわ考えていたせいで、急に真顔になった理史の言葉がすぐには理解できなかった。

「……してないよ。言ったじゃん、今日のは雨とちょっとした疲れが重なったせいだって」

「嘘つけ。帰って風呂入ってずっとマッサージしてたんだろ。それで、さっき俺が触ったらアレだ。かなり強ばってたぞ」

「それは、だって系列ったって場所が違うしスタッフもほとんど初対面だし。慣れなくて緊張してるからだと思うよ?」

あえていつもの口調で言いながら、和はそろりと身を起こす。伸びてきた手を借りて、ベッドの上で座り直した。

和より早く起き上がった理史は、ベッドから脚を下ろす形で腰掛ける体勢に変わった。いつになく真面目な顔で、まっすぐに和を見据えて口を開く。

「新店舗の手伝いがしたかったなら、五日もやれば十分だろ？　明日からは事務所に戻れ。八嶋が手が回らなくて困ってるんだ」

「……おれ、まだやれるよ？　ちゃんと自己管理するし、無理だと思ったら自己申告するって約束した、し」

「和」

理史のこの声は、もう決めてしまった時のものだ。和本人には滅多に向けられることのない、――けれど向けられたら二度と覆せない。承知の上で、それでも和は必死で言い募った。

「今日、進藤さんからも助かるって、よくやってるって言ってもらったんだ。残りあと五日だし、それで終わりだから」

「駄目だ。その脚で新店舗に行くのは許可できない。……自分からタクシーに乗るって言い出すくらいだ、本当はわかってるんだろうが」

ため息混じりの言葉は、最後通牒《つうちょう》だ。――そう悟った瞬間に、目の前から色が失せた。

「……お荷物のままでいるのは、厭なんだ」

こぼれた声は、和自身にも小さく掠れて聞こえた。俯いた視線が落ちた先には布団の上で伸びた自分の脚があって、「このくらいのことは今までもあったのに」と息苦しいような気持ちで思う。

「何だ、それ。――誰から言われた⁉」

だから、不意打ちで肩を摑まれるまで理史がどんな表情をしているのかに気づかなかった。反射的に目を向けた先、初めて見るほど険しい顔の理史を見つけて、和はびくりと全身を竦ませる。

「誰がそんなことを言った。新店舗の人間か。――進藤、はないと思うが、だったら弓岡か？　それとも」

「だ、れでもないよ。自分でそう思った、だけで」

「嘘だな」

辛うじて絞った否定は、間髪を容れずに叩き落とされた。目の前にいるのは理史だと知ってるのに、見慣れない表情と初めて聞く険しい声にこれは誰だろうと思ってしまう。

「言わないのか、それとも言えないのか？　だったら俺が直接確かめるが」

「……違うって言ってるだろ！　何言ってんだよ、そんなことしたら、もうおれあそこにバイトに行けなくなる――」

気がついたら、尖った声で言い返していた。それを強い目で見返して、理史は言う。

「だから、行かなくていいと言ってる。……そもそも和が、あそこにバイトに行く理由も必要性もなかったんだ、構わねえだろ」

「何、それ。それってお荷物だから、いても役に立たないって意味？　理史くんもそう思ってるってこと？　そっか、そういえば最初にそう言ってたっけ」

「……和？　待て、俺はそうは言ってねえぞ」

違和感を覚えたのか、理史が眉根を寄せる。

ぐっと唇を噛んで、和は両肩にあった理史の手を振り払う。さらに怪訝そうな顔になったのへ、訥々《とつとつ》と言った。

「だったら、余計なことしないで。今言ったようにお荷物だって思ってるのはおれで、誰かに言われたわけじゃない」

「和」

「理史くんはおれじゃ役に立たないって言ったし、実際そうなのかもしれない。けど、でもおれが自分でやりたくて始めたことで、少なくとも進藤さんはおれがいて助かるって言ってくれてる。それに、辞めるかどうかはおれが自分で決めていいって言ったよね。――なのに辞めさせるってことは、理史くんもおれをお荷物だと思ってるってこと？」

言い出したら、もう止まらなかった。息苦しさを吐き出すように、和は言葉を続ける。

「お荷物らしく逆らわず、何でも理史くんの言う通りにしてればいいんだ？　けど、そんなのに事務所でバイトさせるっておかしいよね」

「和、だから」

「おれ、辞めないから」

睨むように理史を見て、言い切った。

「自分の脚はちゃんと見てるし、このくらいならまだやれる。これだけは絶対、譲らない」

「和」

「……悪いけど、出てってくれる？　おれ、これ以上言いたく、ない」

きっぱり言い切るはずだったのに、最後の最後で声がひしゃげた。じわりと滲《にじ》みかけた視界の中、理史は初めて見るような狼狽《うろた》えきった顔をしていて、何でこうなるんだろうと頭のすみで思う。

それ以上目を合わせていられなくて、掴んだ毛布をひっかぶった。蓑虫《みのむし》のように丸くなって、ついでに理史がいる方角に背を向ける。

おそらくとても困ったのだろう、長いため息が聞こえた。かすかに軋む音とともにベッドの端が浮いたのがわかって、理史が腰を上げたのを察する。

ぽん、と毛布の上から頭に手を置かれる。それでも動かずにいると、じきにその手は離れて、すぐ傍にあった気配が離れていく。

ドアが閉じる寸前に、――「和」と小さく呼ぶ声を聞いた気がした。

# 7

翌日は、忌々《いまいま》しいことに朝から雨になった。

本日最後の講義が終わった直後、眺めてみた窓の外はけぶってうす白い。少し離れた場所にあるはずの部室棟が輪郭でしか見えないあたり、まだそれなりに降っているようだ。

もっとも予報では一日雨になっていたから、少々待ったところで止《や》むのは期待できそうにないが。

「浅川《あさかわ》？　どうした、バイト行かなくていいのか？」

「あー……うん。タクシー、呼ばないと」

「呼ぶのか？」

打てば響くように返った言葉に、和《なぎ》は「あ」と気づく。そういえば、この声は中野《なかの》だ。席についたまま思わず顔を上げると、すぐ傍《そば》に立って予想通り怪訝《けげん》そうな顔で見下ろしていた。

「……うん。新店舗開店前で忙しそうだったから、送迎は断った」

「そっか。それで今朝もタクシーだったわけだ」

あっさり頷《うなず》く中野を見ながら、どうしてそこまで知っているのかと冷や汗が出る。確かに今朝はタクシーを使ったけれど、西門前で降りた時に周囲に人影はなかったはずなのだ。

「浅川さ。だったら俺の車に乗ってく？」

「へっ？　中野、の？」

「そ。実は一昨日買った」

珍しく自慢げに言われて、和は目を瞠《みは》る。

「えー……中野って、免許持ってたんだ？」

「免許だけなら大学入学前に取った。車は欲しいヤツがあったんで金貯《た》めて、完全自力の一括で買った」

「うわ、まじ？　すごい……」

車種やグレードにもよるけれど、車一台となるとそれなりにまとまった金額が必要になる。大学内の知人友人の中にも車持ちはいるが、親に買ってもらうか身内の車を共有するか、あるいは親に借金をして買っているのが大半だろう。おまけに中野はアパートでひとり住まいで、親がかりなのは学費とアパート代のみ、残りの生活費他はやはり自分のバイトで賄《まかな》っているはずだ。

「ええと、おめでとう。今度何かお祝いするよ。車用の小物とか」

「素直な反応ありがとう。じゃあそろそろ行くか。時間あるんだろ？」

促されて、和はそろりと腰を上げた。立ったまま軽く膝《ひざ》の感覚を確かめてから、中野と連れだって教室を出る。

「けどさ、その車におれが乗っていいんだ？　ほら、一番に乗せるのは彼女にするとか雨の日は汚れるから人を乗せたくないとか、そういうのは」

「あるにはあるが、浅川なら関係ない。遠慮しなくていい。——ああ、けど桧山《ひやま》には内密でよろしく。知られたら面倒が増えそうだ」

ちなみに、噂《うわさ》の桧山は昨日に引き続き自主休講中だ。本日も例の彼女が和と中野の周りをうろうろしていたけれど、見事なまでに素知らぬフリをする中野にめげたのか、話しかけてくることなく離れていった。

「そ、うかな。いくら桧山でも、それはないんじゃあ」

「間違いなく、絶対に、ある」

力強く言い切る中野には、どうやら確信があるようだ。器用にも歩きながら折り畳み傘を使えるように開いていく横顔が、見るからに渋い。どうやら前科があるらしい。

いったい桧山は過去に何をやらかしたのかと考えているうち、通用口の前に着いた。何でも、車はこの先——といってもそこそこ遠い端にある駐車場に停めているのだそうだ。

「んじゃ俺は車取ってくるから、浅川は中にいな。外だと冷えるからさ」

「え、いいよ。おれも一緒に行く」

「却下。せっかく車で来たんだから醍醐味を味わわせてくれ。いいか？　すぐ来るから絶対にそこから動くなよ」

「ちょ、中野っ」

言うなり、中野は傘を手に雨の中に飛び出していった。

息を吐いて、和はリュックサックを下ろす。雨合羽を引っ張り出したもののあそこまで言われて出ていくのもどうかと思えて、通用口ドアの内側に置いてあったベンチに腰を下ろした。

取り出して眺めた携帯電話には、今朝以降届いた四通のメールがある。二通は理史《まさちか》からで、うち早く届いた方は朝の挨拶《あいさつ》と昨夜の詫《わ》びと、和の体調を気遣うものだ。もう一通は昼過ぎに、とにかく無理をするなと伝えてきていた。

一方、八嶋《やしま》からのメールは和が昼休みに「新店舗への行き帰りはタクシーを使うので送迎はいらない、手配も自分でするので無用」と送ったものへの返信だ。その必要はない、今日はどちらかが行けるから——と返ってきたのへ、和は再度「本当に送迎はいらない、それより休んでください」と送った。最後の八嶋の返信は「わかった、けど気をつけて」というものので、確かめた時に何となく口の中が苦くなった。

今朝、和は朝六時前に身支度をし、リビングのテーブルに置き手紙をしてマンションを出たのだ。最寄りのファストフード店までは雨合羽と杖《つえ》で歩いて行き、朝食を摂《と》って時間を潰《つぶ》してからタクシーを呼んで大学に行った。

……理史に、合わせる顔がなかったからだ。昨夜の自分の言い分が言いがかりや暴言に近かったのはわかっていたけれど、一晩明けたから謝ろうとは思えなかった。せめて、今日の夜まで猶予が欲しかった。

大学で中野に会えばそれは理史に伝わるだろうと思ったし、メールへの返信はした。けれど、かかってきた電話には出られなかった……。

「浅川、乗って」

「うん。……お邪魔します」

通用口の庇《ひさし》まで入ってきた中野の車は、どうやら国産の普通車だ。あまり詳しくない和にも馴染《なじ》みの車種で、何となくほっとした。

「この車、乗ってて楽なんだよね」

「らしいな。又従兄弟《またいとこ》さんがそう言ってた」

「……理史くんと、そういう話もするんだ？」

不意打ちで言われて、ぎくんと心臓が跳ねた。動揺を抑えて、和は運転席の友人を見る。

「するっていうか、偶然……いや成り行きだな。結構前に何かの拍子で免許持ってるけど車がないって話をしたら、オススメ車種ってのを教えてくれた。中でも一番乗ってて楽なのがコレだって言うから決めた」

「それが決め手なんだ。見た目とか性能じゃなくて？」

「俺にとっての車はステータスじゃないし、スピード狂になるつもりもない。それより隣に乗った相手が楽なのが一番だ」

「うわ。中野、言うことが男前」

「そりゃどうも。とか言っても半分又従兄弟さんの受け売りだけどな」

「……そうなんだ？」

わざとなのか、やたら理史を話題にされて落ち着かない気分になった。返事に困って相槌《あいづち》を打つ間に、車は見覚えのある通りに乗り入れる。最初からわかっていたかのように、新店舗の前で停まった。

「足元平気か？　一緒に行こうか」

「いや、大丈夫。昨日も雨だったけど何ともなかったし。わざわざありがとう、助かったよ」

「どういたしまして。雨だと車で行くことも多いだろうから、そん時には乗せて行くってことで又従兄弟さんに言っといて」

雨合羽を羽織りかけて「え」と瞬《しばた》いた和に、中野は首を竦《すく》める。

「もののついでってか、友達をバイト先まで送るくらいふつうだろ。無理な時はそう言うし」

「ふつう……」

「俺は浅川だから送ったんで。この場合、浅川の脚の都合は無関係」

さらりと言われて、つい目を瞠っていた。言いたいことがあるはずなのにうまく言葉にならなくて、和はそのまま車を降りて中野を見送ることになる。

昨日より強い雨は、足元に水溜まりを作っていた。裏口への小道は感心するほどぬかるんでいて、和はひとまず中野のことは棚上げする。転ばないよう、慎重に奥へと歩いた。

今日は進藤《しんどう》に会うこともなく、自力で裏口に辿《たど》りつく。雨合羽を羽織っていたとはいえ、激しい雨となると膝から下はぐしょ濡《ぬ》れだ。まだバイトまで十分あるのを幸いに、和は持っていたタオルで足を拭《ぬぐ》っていく。

スペースがあれば脱いで絞りたいところだが、あいにくそこまでの準備がない。すっかり湿ったタオルを雨合羽の横に干して、和は巻き上げていたジーンズを下ろす。湿った冷たい感触につい眉を寄せた時、呆《あき》れたような声がした。

「来たのか。昨日の今日だし、休むと思ったが」

「……こんにちは。まだ、辞めるとは言ってませんので。あの、進藤店長はどちらに?」

「いきなりそれか。告げ口でもするつもりか?」

昨日以上に尖《とが》った口調で言われて、何となく察しがついた。——たぶん、弓岡《ゆみおか》は昨日のあれで和が来なくなると思い込んでいたのだ。

何とも言えない気分で、和は極力穏やかに言う。

「そうじゃなくて、パソコンソフトの伝達の時間をはっきりさせたいんです。でないと、通常のバイトができませんので」

「——店長なら、今は本店だ。しばらくは戻らない。……暇ならさっさと動いてくれ。きみの仕事が溜まっているんでね」

放り投げるように言って、弓岡は和に背を向けた。露骨な足音を立てて、奥の厨房《ちゅうぼう》へと歩いていく。

見送って、ついため息が出た。冷えたせいか強《こわ》ばっていた脚を動かして、和は更衣室へと向かう。今日も山のように積まれたゴミに、和が来なければどうする気だったんだろうとちらりと思った。

いずれにせよ、進藤が戻ってくるまでに一段落させておくことだ。彼が戻れば事務室に入れるし、暖房をつけてもらうこともできるだろう。

ゴミをまとめていく作業そのものは、ここ数日ずっとやっていたからすっかり慣れた。潰して束ねた段ボール箱をビニール紐《ひも》でまとめ、プラスチック包装の類《たぐい》はひとまとめに袋に押し込んでおく。そのあとで、どうしたものかと迷った。

ゴミ集積所までは、雨の中を歩いて移動することになるのだ。合羽を着ればできないわけではないものの、段ボールの類は濡れてしまうとまずい気がする。それに、今日は確か業者がゴミを取りに来ないはずだ。

「あのー。それ、早いとこ集積所に持ってってもらえませんかって、弓岡さんが」

「……はい？」

急に背後にかかった声に振り返ると、確か新規採用だったはずの女の子がどことなく困った様子でドア口にいた。

「でも外、結構降ってますよね。段ボールとか、濡れたらまずい気がするんですけど」

「それが、まだゴミが出るしそこにあると置き場がなくなるって……それに、集積所そのものには屋根があるから問題ないって」

心底当惑した様子で言われて、何となく状況が読めた。内心でこぼれたため息を押し殺して、和は笑顔で言う。

「わかりました、すぐ捨ててきます」

「ひとりで大丈夫、ですか……？　その、鈴原《すずはら》さんは今日お休みでいないんです、けど」

「大丈夫です。気にしないで、仕事に戻ってください。わざわざありがとうございました」

会釈をして、和はおもむろにまとめたゴミの移動にかかる。

どうやら、鈴原が時々和に手を貸してくれていることは他のスタッフにも知られているらしい。加えてあの様子だと、その件について周囲からいろいろ言われていそうな気がする。

……言われた以上はやるしかないし、さっきの女の子に手伝いを頼んだりしたら和だけでなく彼女まで嫌みを言われそうだ。

そして、この場合傘よりは両手が使える雨合羽の方が効率がいい。ジーンズの足元は濡れるだろうけれど、今の時点で湿っているのだから同じことだ。

開き直って、それでも慎重にゴミを裏口まで運んだ。どうやら冷えが堪《こた》えてきたらしく、右脚の感覚が少々おかしい。早く終わらせてしまった方がいい。

この際とばかりに全部を裏口に積んでから、靴を履いて雨合羽を着た。伸ばした杖ごとゴミ袋を持ち、反対の手にもゴミを抱えて慎重に雨の中に出た。幸いにして雨足は少し弱くなっていて、まずはと抱えたかさばる段ボールの束を運び終えてしまう。あとは、落とそうが踏もうが大丈夫のプラスチック梱包材だ。

白状すれば、右脚の感覚が鈍くなっていたから転ぶかもしれないと予感はしていた。だから、止まった右脚につられて膝をついた時にも辛うじて勢いを殺して、アスファルトに突っ込むのではなく、かくんと座り込む形ですませることができた。

少し先に転がってしまったゴミ袋を眺めて、早く取りに行かないとと思う。けれど、困ったことに右脚が動かない。セメントか何かで固めたように、びくともしなくなっていた。

雨合羽のフードを叩《たた》く雨音の中、どうしようかと他人事《ひとごと》のように思ったとたんに後ろから腰ごと引っ張られた。大きく崩れたバランスに「また転ぶ」と思った時にはもう、和は強い腕に掬《すく》われ横抱きにされている。

「……どういうことなんだ。何やってやがる？」

間近で響いた唸《うな》るような低い声で、それが理史だとすぐにわかった。何でここにと思った時にはもう視界が動いていて、和は見る間に裏口に連れ戻される。

「ちょ、理史くん、ゴミが転がってるからおれ、拾わないとっ」

そう言ったのと、いつの間にかそこに置かれていた椅子《いす》にぽんと下ろされたのがほぼ同時だった。すぐさま背を向けた理史を目で追いかけると、大柄な背中は傘を差すこともせず外に出て、先ほど和が落とした複数のゴミ袋を拾い集めていく。

どうして理史がここにいるのかと思ったのは一瞬で、手伝わないととすぐに気がついた。焦って立とうとしたとたんに右脚が大きく崩れて、和はまたしても転びそうになる。

まずいと思ったそのタイミングで、背後から伸びてきた腕に支えられた。ほっと息をつくのを待っていたように、そのままもう一度椅子に座らされる。いったい誰がと振り返ってみて、和は思いがけなさに目を見開いた。

「進藤さん？　帰ってらしたんですか。って、じゃあ理史くんと一緒に？」

「話はあとだ。まずその合羽を脱いだ方がいい」

「でも、まだ持って行かなきゃならないゴミがありますから」

「今日はゴミの引き取りはないはずだ。もし来る日だったとしても、雨の日にきみひとりでやらせていい作業だとは思わない」

眉《まゆ》を顰《ひそ》めた進藤の声音の、いつにない鋭い低さに反論できなくなった。

結局、和は進藤の手を借りて雨合羽を脱いだ。そのあとは進藤が持ってきたタオルを渡され、膝掛けで両脚をくるまれる。

タオルの柔らかさをやたら暖かく感じて、和は頰《ほお》に押しつける。どうやらずいぶん冷えた

らしいと、その時になって気がついた。

「すみません……ありがとうございます」

「いや、――」

何か言い掛けた進藤が、和の背後――裏口の方に目をやって黙る。つられて振り返るより早く、またしても背後から荷物のように軽く掬い上げられた。

「今日はこれで早退させる。構わねえよな？」

「もちろんです。すみません、俺が」

「話はあとでいい。おまえは和の荷物持ってついて来てくれ。俺はどうでもいいが、和がこれ以上濡れないように頼む」

「わかりました」

即答した進藤が、近くの壁に寄せて置いていた和のリュックサックを手に取る。それを目にしてすぐに、視界が大きくぐるりと回った。馴染みの浮遊感にようやく我に返って、和は自分が理史に抱き上げられたまま移動していることに気づく。

「えっ、ちょっ、まさちかく……」

「いいから黙ってろ。声まで震えてるだろうが」

急いで上げた自分の声に驚いたら、その理由を理史に指摘された。でも、と言い掛けたはずの言葉は間近で見据えてくる視線に気圧《けお》されて引っ込んでしまい、和は新店舗前に停まっていた理史の車の助手席に乗せられる。和に傘を差し掛けていた進藤は、心得たようにリュックサックを後部座席にのせたことを教えてくれた。

「あ、の。すみません、今日のバイト……」

「それより早く帰って暖まった方がいい。——浅川さん、今夜のミーティングは俺と八嶋さんですませます。八嶋さんには俺から事情説明しておきますが、万一不都合があった時だけは連絡させてもらって構いませんか」

「任せた、了解した。あと、状況をはっきりさせておいてくれ」

横合いから素っ気なく言う理史は、先ほどから和をバスタオルと膝掛けで二重三重にくるんでいるところだ。右だけでなく左も足先までくるまれ膝掛けの団子にされたあとで、足先の感覚がほとんどないことに気づく。

靴の中で冷えたつま先を気にしているうちに、車は動き出していたらしい。振動を感じて目を上げると、フロントガラスの向こうを景色が流れていた。また雨が強くなったらしく、ワイパーの動きも忙《せわ》しない。

「……痛みは？　膝はどうだ」

「冷えただけだから大丈夫。転んだわけじゃなくて、足が止まって前のめりになっただけだから」

運転席からかかった声に毛布の中でジーンズ越しに右膝を辿ってみて、和はほっと息を吐く。そのあとで思い出した。

「——理史くん、まだ仕事中じゃあ」

「おまえはそんなこと気にしなくていい」

即答は、いつになく素っ気なかった。どうしてと思ったあとで、昨夜から今朝のことを思い出す。そうして、和は途方に暮れた。

マンションに帰りつくなり、和は理史の手で風呂に入れられた。たっぷり溜めた湯で暖まったあとは子どものように寝間着を着せられ、右脚の状態を確かめられた上でまたしても抱き上げられる。そのまま、直行で理史の寝室のベッドに連れて行かれた。自分でできると言いたかったけれど、今日ばかりは口にできなかった。

予想以上に全身が冷えていて、その影響で右脚が思うように動かなかったせいだ。おかげで浴槽の中に沈みそうになって、気づいた理史に助けてもらった。その流れで風呂の世話までしてもらい、今は広いベッドの上で俯《うつぶ》せになって念入りなマッサージを受けている。

今日の理史は、いつになく無口だ。車中でもほとんど会話はなかったし、風呂の前後も寝室に移動するまでの間にも、必要最小限のことしか口にしなかった。

滅多なことでは、人に不機嫌な顔を見せないのが理史だ。どんなにむっとしていても、和の顔を見ると笑ってくれる。その理史がこうも態度に出すのなら原因は和にあるはずで、——思い当たることと言えば先ほどの件と、昨夜の言い合いくらいだ。

「……新店舗でのバイトは取りやめだ。今後、事務所の用があった時は八嶋に行かせることにする。和は、二度とあそこに近づかなくていい」

和の思考を読んでいたようなタイミングで、理史は淡々と言う。緩やかに脚をほぐしていた手のひらが離れていって、どうやらマッサージは終わりらしいと知った。

言われた内容は、ある意味予想通りだ。それでも数秒考えて、和はそろりと口にする。

「……おれが、お荷物だから？」

「そういう問題じゃない。どのみち、右脚は限界に来てる。これ以上は駄目だ」

「そこまではないよ。たぶん、急激に冷えたからびっくりしたんだと思う。感覚が薄くなってるだけで痛みもないし、さっきも言ったけどどこもぶつけてない」

「和」

言い掛けた言葉を、露骨に遮られる。ヒリつくような響きに覚悟を決めて身を起こそうとしたら、伸びてきた手が助けてくれた。右脚が楽なように座り直して、和は理史を見る。

「本当だってば。あとは、おれの用意が足りなかっただけで」

「何を用意しても無駄だな。あの状況で、和だけに必要もないゴミ捨てをさせるくらいだ」

「理史くん、それは」

「他に、誰も出てなかっただろうが。というより、他は全員休憩中だったな。厨房の奥の暖房が効いた部屋で、コーヒーと菓子を前にくつろいでたぞ」

間髪を容《い》れずの反駁《はんばく》は、怒気を帯びて強い。それを、理史は初めて和本人に向けてきた。

「百歩譲ってゴミ捨てが必要だったとしても、スタッフ全員でやればいいことだ。どうして和ひとりが、雨の中でやらなきゃならない？」

「だから、それは違うってばっ」

負けないように、和は声を強くする。理史の気持ちは嬉《うれ》しいけれど、そこだけを見て判断してもらっては困るのだ。

「前に理史くんが言った通り、開店準備作業の中でおれができることってほとんどなかったんだ。だから、おれが自分で探した。物を持ち歩く時に落としても支障がなくて、進藤さんの都合に合わせて調整できて、他の人に迷惑をかけないことはないかって」

極力事務的に、できるだけ客観的に和は仕事が決まるまでの流れを説明する。眉を顰めたままの理史を見返して、丁寧《ていねい》に言う。

「おれとスタッフさんが別行動なのは最初からだし、だったら休憩時間も違って当たり前だよね？　あの時に休憩中だったのは偶然だし、ゴミ捨てはおれの仕事だから、おれひとりでやるのは当たり前だよ。ただ、今日は運悪く雨が降ってただけだ」

「……運悪く？」

「おれの準備不足だったんだ。合羽ももっとちゃんとしたのを着て、タオルとか着替えも持っていくべきだった。そうしたらあそこまで冷えなかったし、転びかけることもなかったと思う。だから、今後はああいうことにならないように気をつける。それでいいよね？」

できるだけ何でもないふうに言ったのに、理史はさらに表情を険しくした。吐き捨てるように言う。

「いいわけがあるか。経緯より状況が問題じゃねえか。あれで誰も動かないって、ふざけるにも限度があるぞ」

「だからそれは、おれの仕事だからおれが自分でやるって言っ……」

「もういい。とにかく、新店舗でのバイトは今日で終わりだ。疲れも溜まってるようだし、和はしばらくバイトを休んでのんびりしろ」

押し込むように言われて、目の前でドアを閉じられたような気がした。

これでは、昨夜よりもっとひどい。理史は、和の言うことなどまるで聞こうともしない。

そう思ったら、勝手に言葉が口から出ていた。

「――厭《いや》だ。そんなの、勝手に決めてほしくない」

「和っ」

「理史くんがおれを心配してくれてるのはわかってるし、嬉しいと思う。けど、あそこでの仕事内容は、おれとスタッフさんとで話し合って決めたんだ。問題があるんだったら明日にでも、進藤さんに伝えてスタッフさんと話し合ってどうするか考えたい。それが筋だと思うんだけど、違う？」

「そういう問題じゃねえし、あんな連中と話し合ったたって無駄だ。第一、その脚で行けるわけないだろうが」

「マッサージしてもらったし、今日休んだら十分行けるよ。あと四日で終わりなんだし、猫の手くらいにでも役に立つんだったら最後まで続けたい。大丈夫、だか――」

「大丈夫なわけがあるか！　自分が何言ってるか、わかってるのか⁉」

いきなりの怒声に、座ったまま全身が硬直した。

昨夜の理史の言い方は強かったけれど、それでもきちんと抑制されていた。けれど、今は感情的になるほど――つまりは本気で怒っている。

空気に含まれた怒気の強さに、反射的に謝ってしまいたくなった。謝って、理史に任せて何もかも言う通りにしたら、きっと和はとても楽だ。厭な思いをすることも減るだろうし、脚の具合も自分で気にしなくていい。何より、理史とこんなふうに言い合いをしなくてすむ。

そちらへと大きく傾きかけて、けれど反動のように「それでいいのか」と思う。確かに楽だけれど、理史も満足して笑ってくれるだろうけれど、そうしたら何もかもが元通りだ。理史の気遣いに甘えて過保護に守られていることも理解しきれないまま、寄りかかるだけのお荷物になってしまう。

「わかって、るよ。自分が大丈夫かどうかは、ちゃんと判断できる」

必死で振り絞った声は、奇妙に掠《かす》れて弱い。一秒の間を置いて返った声の温度の低さに、本能的に背すじがそそけだった。

「……本気で、言ってるのか」

「こんな時に嘘《うそ》なんか、言わない。とにかく、明日もバイトに行く、か――」

言い掛けた声が半端に途切れたのは、理史の顔から色が抜け落ちていたせいだ。いつも表情豊かな理史の無表情な貌《かお》を目にしたのは初めてで、見とれるほどの端整さが色を失ったとたんに作りものじみてしまうことを知った。

そして、――その表情のなさに底の知れない恐怖を覚えた。

本能的に、ベッドに手をついて後じさっていた。それがかえってまずかったと悟ったのは一拍ののち、強い力で肩を掴《つか》まれたと思った時にはもう和はベッドの上に転がされていて、真上から理史に見据えられている。

「ま、さちかく――、な、に……っ」

必死で絞った問いは、返事を貰《もら》うどころか語尾ごと強引なキスに飲み込まれた。思わず閉じた唇の合わせをいきなり探られ、嚙《か》みしめた歯列をなぞられる。無理にも口を開かせようとするやり方はこれまでの理史にはなかったはずで、知っているだけに混乱した。

突っ張った腕は呆気《あっけ》なく掴まれ、左右まとめて頭上に縫い止められる。思い出したように身動《みじろ》いだ腰は上になった重みに封じられ、辛うじて脚は動くもののその間にはもう重さも体温も覚えた理史の脚があって、数秒と経《た》たず逃げ場を失ったことを思い知らされた。

「ン、……ンぅ、――や、……っ」

首を振ってやっとキスから逃れたはずが、強い指に顎《あご》を取られて引き戻される。もう一度、先ほどと同じ強引さで呼吸を奪われた。

無理やりに開かされた歯列の間から、よく知っているはずの体温が割り込んでくる。遠慮のないやり方で上顎や頬の内側を探られ、無意識に逃げた舌を追い回されて、うまく呼吸ができずに鼻声がこぼれた。

首を振ろうにも顎を掴む指はびくともせず、シーツに押しつけられた両手首も一ミリも動かない。唯一自由になる脚をばたつかせて意思表示しても拘束する指が離れる気配はなく、かえってキスを深くされるばかりだ。

「っや、……んん、――ん、ぅ」

どうしてこんなことになったのか、理解できなかった。

生まれて初めて、理史に真っ向から反抗した。本気で怒らせたのだから、これからは言い合いになるのだと――もしかしたら今度こそ愛想を尽かされるかもしれないと、泣きたいような気持ちで覚悟した。

それなのに。

「……──大丈夫じゃなくなれば、諦《あきら》めるんだな？」

唸るような低い声を耳元で聞いて、いつもとは違う意味でどきりとする。肌の表面が、一気に粟立《あわだ》つのがわかった。

何度も瞬いたあとで、和はようやく呼吸が自由になっていたことに気づく。とはいえ両手は頭上に縫い止められ、顎は痛いほどの力で摑まれたままだ。

額をぶつけるほど近くで見つめられて、これは誰だろうと思った。

「だったら、諦められるようにしてやるよ」

「……っ、な、に言っ──ま、さちかく……っ」

語尾を吹き込むように、左側の耳朶《みみたぶ》に食いつかれる。歯を立てられて、かすかな痛みにびくんと肩が揺れた。

顎を捉えていたはずの指が、するりと喉を撫でて降りていく。襟元を引かれて間もなく、ぷつりとそこが緩む感覚がある。三度それを繰り返したかと思うと、いきなり胸元をよく知った手のひらにじかに撫《な》でられた。

「まさ、ちか、く──」

寝間着の前をはだけられていることに、遅れて気づく。耳朶をなぶっていたキスが、耳元を啄《ついば》んで顎の付け根に落ちた。ゆるりと動いた指が胸元の一点に辿りつき、慣れた仕草でくるりと転がし始める。──それで、和は「まさか」が現実になりかけていることを知った。

厭だ、と訴えた声は、自分でも呆れることに音にすらならなかった。小刻みに震える身体《からだ》を縮めても肌を伝うキスも指も離れる気配はなく、和がもがくたびかえって強くなっていく。

「や、だ……こ、んなの、やめ――」

首を振って発した拒絶は、顎を摑まれるなり落ちてきたキスに強引に呑まれた。抉るように舌先をまさぐられながら近すぎる距離で目が合って、和は喉の奥で悲鳴を飲み込む。

理史の目は、おそろしく静かで無機的だった。いつもの快活な色も穏やかさもなく、まるで底のない沼のようにどこまでも深い――。

これは誰だろうと、ほんの少し前にも思ったことが脳裏を掠めて過ぎた。

撫でられる腰や背中も竦んだままで、それに理史が気づかないはずがない。和が本気で厭がったのをいつも怖いくらい的確に見極めるのに、今は言葉だけでなく態度にも出ているはずなのに触れてくる指にも腕にも容赦がない。

――わかっていて、やっているのだ。遅れて気づいたその事実に、とてつもない恐怖が広がった。

理史の方が身体が大きく力も強くて、どうしたところで和では敵わない。ごく当たり前のことを、和は今、初めて思い知った。

# 8

目が覚めた時、自分がどこにいるのかすぐには思い出せなかった。

ぼんやりと、和は視界の先にある天井を見上げる。白に近いアイボリーに地模様は見慣れているけれど、天井の形が和の部屋と違う。――けれど、今見ているその形も和にとっては馴染みのものだ。

「……ま、……か、く……？」

部屋の主を呼んだはずの声は、喉《のど》に絡んで嗄《か》れていた。芯《しん》に残るような痛みに風邪でも引いただろうかと首を傾《かし》げて、和はゆるりと首を巡らせる。そのあとで、室内のカーテンが開かれていることに気がついた。

「……れ、……う、あっ？」

サイドテーブルの上、最初に目に入った時計が十一時を回っているのを目にして、和はぎょっとした。慌てて身を起こそうとして、それが叶《かな》わないことを思い知る。

泥の底に埋まったように、全身が重かった。身体のそこかしこに軋《きし》みに似た痛みがあって、喉がからからに渇いている。サイドテーブルの上には水差しとコップが見えるのに、それを奇妙に遠く感じた。

何度も肩で息をついて、少しずつ起き上がるタイミングを測る。事故のあとの入院中に看護師から教わったやり方で、どうにかこうにかベッドの上に座った。そのあとは、じりじりと這《は》うような動きでベッドの端に寄っていく。水を入れたコップを口元に運ぶ頃には、和はすっかり疲れ果てていた。

こんなに身体が重いのは、両親が逝《い》った事故の直後に目覚めた時以来だ。そして、それとは別にもうひとつ、身体が覚えている感覚がある。——腰から下の重い違和感は、理史と恋人らしいことをしたあとのものだ。

そう思ったとたんに、急に思い出す。先ほどのように目を覚まして、けれど動けなくて喉の乾きに悩まされている時に、ひどく辛《つら》そうな顔の理史がじっと和を見下ろしていたような覚えがある。手を貸して上半身を起こしてくれて、和の口元にコップを当てて水を飲ませてくれた、ような。

(今日は大学もバイトも休みにしろ。……昼には一度戻るから)

そう言って、和をもう一度ベッドに横たえてくれたはずだ。名残惜《なごりお》しそうに和の額にキスをして、部屋を出ていった。たぶん、あれは今朝のことだ。

「な、んで……?」

どうしてあの時、理史は泣きそうな顔をしていたんだろう。ベッドの上に座り込んだまま、和は手の中のコップに目を落とす。

恋人らしいことをしたあと、和にダメージがあるのはいつものことだ。それを慮《おもんぱか》ってだろう、理史は絶対に和に無茶や無理を強いて来ない。いつでもとても丁寧に、和の方が恥ずかしくなるくらい大事にしてくれている。

実際、今朝も水のあとでお粥《かゆ》を食べさせてもらったはずだ。サイドテーブルの上には水差しだけでなく簡単に摘《つ》まめそうなサンドイッチやカットフルーツがラップをかけて置いてあるし、退屈しのぎにか読みかけの本に理史のタブレット端末まであった。

「休み、……ってことは今日、平日？」

ふっと、そのことに違和感を覚えた。

体調不良で不意に休むことがある分、和はふだんの大学やバイトは極力出ることに決めている。それは理史も承知していて、だから平日に「する」ことはまずないと言っていい。

「昨夜って……どうしたんだっけ？」

ぽつりと口にした時、インターホンが鳴った。

もっとも今の和は寝間着の上、身体がこれでは応対のしようがない。宅配便の類ならボックスに入れてくれるだろうし、それ以外でも必要ならあとで沙汰《さた》があるだろうと気にしないことにした。

それより、頭の中が変にぼうっとしているようで落ち着かなかった。ふわふわと浮かんでは消える思考をまとめることも思いつかず、和はぼんやりと室内を見回す。

と、玄関先から物音がした。反射的に耳を澄ましてみると、誰かが入ってきた気配がする。

「まさちか、くん……？」

思わずつぶやいたのと、視線の先でドアノブが回ったのがほぼ同時だった。ひょいと覗いた顔はけれどどこの部屋の主のものではなく、和はぽかんと目を瞠る。

「……八嶋、さん？」

「うん、おはよう」

いつもの笑顔で応じてくれた八嶋は、けれど和を見て眉を顰めた。どこかおかしいのかと自分を見下ろした和に気づいてか、少し早口に言う。

「もしかして起こしたかな。だったら申し訳ないんだけど」

「いえ、さっき自分で起きたんです」

「そっか」

頷く顔は、けれどいつも通りの表情に戻っていて、見間違いだったのかとほっとした。そのあとで、和はつい八嶋の背後のドアに目を向ける。

すぐにそれと気づいたのか、八嶋は持っていた大きめの紙袋を床に下ろしながら苦笑した。

「理史から伝言。どうしても抜けられないんで代理を行かせるから、ちゃんと食べて休んでくれってさ。業者関係でちょっと問題が出たらしい」

「そ、なんですか。……あれ、でもどうやって、ここ」

「緊急事態ってことで合い鍵《かぎ》預かった。コピー禁止、すぐ返せって念を押されたよ。あいにくそういう趣味はないんだけどねえ」

言いながら、八嶋が紙袋から取り出したのはきれいな木目のトレイだ。いったい何をするのかと眺めていると、今度は密閉容器を複数取り出した。それも、器に蓋《ふた》がついた形のものだ。最終的にベッドの上の和の膝に載ったトレイには、雑炊とカットフルーツ、それに温かいお茶がセットされていた。

和がもそもそとそれを食べている間、八嶋は慣れたふうに着替えを用意しサイドテーブルの上の水差しの中身を取り替えてくれた。手つかずのサンドイッチとカットフルーツまで持ってきた新しいものと交換するのを目にして「そのままでいい」と伝えたけれど、「でもぱさぱさで温《ぬる》くなってると美味《おい》しくないよね？」の一言でいなされてしまった。

「今日も雨だから影響もあるだろうし。気になるんだったらできるだけ食べてやって？」

半分ほど残して終わった食事に渋い顔をした八嶋に促されて差し込んだ体温計は、三十七度六分だった。どうやら、熱まで出ていたらしい。

「微妙な温度だねえ。逆に上がりきってると楽なんだけど。……和くん、どっか痛いところはない？」

「ええと、それほどでも……よく寝たみたい、ですし」

実は関節だとか腰が痛むけれど、そこまでは言い出しかねた。曖昧《あいまい》に笑った和をベッド横で見つめて、八嶋はふいに真顔になる。

「そう。……昨日のことは覚えてる？」

「きのう？」

問いに首を傾げて、口の中で「昨日」と繰り返す。それで糸が切れたように、唐突に昨日あったことを思い出した。手のひらで口元を押さえて、和は小さく息を呑《の》む。

――新店舗でのバイト中に躓《つまず》いたのを見られて、理史に強引に連れ帰られた。手当をしてもらいほっとしたところでもう新店舗には行くなと言われて、反発して言い返したら、理史が豹変《ひょうへん》した。

（だったら、諦められるようにしてやるよ）

触れてくる手は優しかったけれど、行為そのものはひどく強引で執拗《しつよう》だった。どんなに頼んでも悲鳴を上げても流されて、どのくらい翻弄《ほんろう》されたのかも覚えていない。けれど、気が遠くなるほど長く解放してもらえなかったのは確かだ。

直接的な痛みや苦痛がなかった代わりに、過ぎる悦楽がどうしようもなく苦しいものだということを、和は初めて知ったのだ。同時に、これまでの理史がきっと意識して和に合わせてペースを作ってくれていたことを思い知った――。

「理史。かなり後悔してたよ。鬱陶《うっとう》しいくらい落ち込んでた。だからって和くんが許す必要はないと思うけどね」

八嶋の声が、宙に浮いたように響く。和は手の中の湯飲みを見下ろしたまま、ぎゅっと握りしめた。

「夕方には美花《みか》ちゃんも来るそうだから、何だったら彼女んちに移ってもいいんじゃないかな。理史と、それに美花ちゃんにもうまく言っておくから」

「……え、……？」

「言ったろ。和くんが許せないと思うなら、許さなくてもいいと思うって」

思いがけなさに顔を上げた和を見返す八嶋は、やはり真顔のままだ。おそらく何が起きたかおよそ察したか、理史から聞いたのだろうと予想して、和は再び視線を落とす。

どうしてこんなことになったんだろうと、昨夜にも何度となく考えたことを思った。和が、我《わ》が儘《まま》に我《が》を張ったのがいけなかったのか。大抵のことは許してくれる理史があれほど怒ったということは、よほど心外だったに違いなく――だとしたら本当に、理史にとっての和は甘やかすだけの存在でしかなかったということだろうか。

思考が迷路に落ちそうになった時、インターホンが鳴った。

「誰かな。……ちょっと見てくるよ」

反応できない和を見ていたらしい八嶋が、そう言って腰を上げる。

俯《うつむ》いたまま、足音に続いてドアが開閉する音を聞いていた。そう間を置かずインターホン越しに話す気配があって、じきに戻ってきた八嶋から「友達が来てるけど、どうする。会える?」と訊《き》かれた。

「……リビングで、会います」

即答し、のろのろとベッドの端に移動する。気遣わしげに眉を寄せた八嶋に、どうにか笑ってみせた。

「ここ、理史くんの部屋ですし。通すのはちょっと」

「確かにそうか。大丈夫かな、抱えて行こうか?」

「平気、です。壁伝いなら、十分なんで」

「そう?」

首を傾げた八嶋は、けれどそれ以上何も言わなかった。代わりに、「下の玄関開けて、出迎えとお茶はやっとくから」と先にリビングへと向かっていく。

ベッドの端に腰掛けたままで、ほっとした。

思い出してしまったら、理史のベッドにいることすら苦しくなったのだ。それに、友人たちがいれば八嶋とこれ以上話さなくてすむ。そう思って、自分の薄情さにぞっとした。

身体が重いのにも、きついのにも慣れている。その気になればどうにかできるもので、和はそろそろと廊下からリビングへ向かった。ドアを押して入った中は暖房を入れたばかりのようで、まだほんのりと寒い。

キッチンでしていた物音が、再び鳴ったインターホンで途切れる。手を拭いながら出てきた八嶋は、和に気づいてソファまで手を貸してくれた。いつも理史がするように、ソファに座らせた和を手近の膝掛けや毛布でくるんでからおもむろに玄関先へと向かう。

「いきなりすみません、浅川の携帯に連絡したんですけど出ないんで」

玄関が開く音に続いた声は中野のもので、いつもより少し畏《かしこ》まって聞こえる。よそ行きの声らしいと思ったあとで、そういえば携帯電話を見ていないのに気がついた。枕元《まくらもと》になかったから、すっかり忘れていたようだ。

「いえいえ。ちょうどよかったよ、悪いけど僕はそろそろ仕事に戻らないとだから」

「そうなんですか。じゃあ、俺らもすぐ」

「気にしなくていいから、時間があるんだったらつきあってあげてくれないかな。具合がよくない時にひとりにしたくないんだよね」

「はあ。そりゃ、こっちは構いませんけど」

玄関を上がったらしく、話し声が近くなる。やがて八嶋に続いて中野と、意外なことにそのあとに桧山まで入ってきた。

「よ。具合どう？」

「まあまあかな。昨日はありがとう、助かったよ」

「どういたしまして。これ見舞いな」

そう言う中野が、和の前のローテーブルに小さな紙袋を置く。白に青のラインが入ったそれの横、形よく描かれたロゴマークは、確か大学近くにあるケーキ屋のものだ。そのまま中野本人が出してみせたのは、中でも人気の白いプリンだった。

「それ、よく買えたねえ。たいてい午前中で売り切れるって聞いたけど」

持ってきたお茶を配りながら言う八嶋は、先に中身を聞いていたらしく三人分のスプーンまで出してくれた。ちらと腕時計を眺めてから、覗《のぞ》き込むように和を見る。

「じゃあ、僕はこれで帰るから。和くん、さっきの話だけどその方がよければ美花ちゃんに言ってみて」

「……はい。ありがとうございます」

和の返事を聞いて、八嶋はあっさり腰を上げた。中野たちに挨拶をして出ていく。

玄関ドアが閉じる音を、何となく耳を澄ませて聞いていた。そのあとで、中野たちが向かいのソファに座ったままじっとこちらを見ているのに気づく。

中野はともかく、桧山が静かなのは珍しい。そういえば、顔を見るのも二日振りだ。

「結構きつそうだな。やっぱ、バイトがきつかったんじゃないか？」

中野の言葉に、痛いところを突かれたと思った。反射的に、和は声を尖らせる。

「バイトは関係ないよ。おれが、雨に備えてなかっただけ」

「ふーん？　じゃあアレだ、今後の教訓だな」

さらりと切り返されたあとで、自分が過剰反応したことに気がついた。気まずく「ごめん」

と口にした和に、中野は「何が？」と首を竦めて流してくれる。それが、今はとてもありがたかった。

「けど、ふたりとも講義は？　今日は午後四コマまでだったろ」

「どっちも休講。ちょっと面倒があったんで、浅川に癒《いや》されに来た」

そう言う中野が差し出したのは、午前中の講義のノートのコピーだ。礼を言って受け取って、和はつい桧山を見てしまう。

面倒云々と中野が言った時、目に見えて桧山がびくっとしたのだ。

天真爛漫《てんしんらんまん》で、中野に言わせると「万年鳥頭の脳天気」だという桧山がこんなふうなのは滅多にない。

「桧山はどうしたの。何かあったんだ？」

「放っといていいぞ。傍迷惑《はためいわく》な痴話喧嘩《ちわげんか》をやらかしたあげく、落ち込んで拗《す》ねてるだけだ」

やはり無言のままの桧山の代わりのように、中野が言う。眼鏡を押し上げながらじろりと桧山を見るあたり、どうやら巻き込まれたか何かしたようだ。

先日にも見かけた桧山の彼女を思い出して、人前で痴話喧嘩は意外だと思った。見た限り彼女の方は、ひたすら桧山を頼りにしていたとしか思えなかったせいだ。

「そ、なんだ。早く仲直りできたらいいよね」

「……いい。オレ、やっぱりあいつとは別れるし」

「えっ」

　ここに来てからの桧山の第一声がそれで、思わず声を上げていた。そんな和をよそに、桧山は何かを絞り出すように言う。

「――だってさあ、いくら好きだからってアレはないだろっ⁉　甘えすぎってか、甘えるにも限度ってもんがさあっ」

　甘えすぎ、限度がある。――その言葉に、どきりとした。無意識に毛布の端を握りしめて、和は小さく息を呑む。

　一方、中野は頰杖をついてどうでもよさそうに言った。

「あ、そ。好きにすれば」

「そ、そうだよな、好きにしていいよなあっ？　そりゃあ最初はさ、甘えて来られて嬉しかったしすげえ可愛《かわい》かったよ⁉　けどピアスだけじゃなくてオレが奮発して買った下ろしたての上着とか鞄《かばん》とか、しまいには腕時計まで欲しがるし、大事だから駄目だって言ったら泣きそうな顔になるし、本当に泣くし！　それだけじゃなくてあっち行きたいこっち連れてけって注文多いし、実際連れてってても引率される幼稚園児みたく突っ立ったまんま全部オレがやるの待ってるだけだし！　トシいくつなんだよ、未成年ったってもう十九なんだろそれであんなんアリかよ、オレは都合のいい保護者じゃねえっつの！」

　怒濤《どとう》の勢いで言い募る声に、呆気に取られて言葉を失った。そんな和を横目に、中野はばっさりと言う。

「そんなもん、最初っからだろ。エスカレートしたのは自業自得だ。際限なく甘やかすから向こうも限度なしに言ってくるんだろ」

「だ、だって最初は可愛かったし、新品じゃなくてオレが使ってるのがいいって言われて嬉しかったんだよっ。いや今も可愛かったし今日も可愛いけど」

「見た目可愛けりゃなんでもよかったわけだ。今後の教訓だな」

「何かさあ、途中からすごい都合よく使われてんなって感じがさ……」

容赦のない中野の台詞《せりふ》が聞こえているのか聞き流しているのか、テンポよく続く割にふたりのやりとりは会話になっていない。ふだんならそれに感心する和は、けれどその時、どうにも思考が固まってしまっていた。

最初は甘えて来られて嬉しかったし、可愛かった。

際限なく甘やかすから、向こうも限度なしに言ってくる。

都合よく使われて――。

うわんと脳裏で響く声が、昨夜の表情のない理史に重なって溶ける。全然違うのに、あの女の子は和ではないし桧山は理史ではないのに、ちゃんとわかっているはずなのに――回り回った声に責められているような気がしてくる。

理史は和がどんなに甘えても、それを負担だとか迷惑だとは言わない。それはよく知っているのに――知っているからこそ、苦しくなってくる……。

「今さらか。あり得ないっていうか、気づくの遅すぎ」

ぼそりと言う中野の声が、和自身への糾弾に聞こえた。それはないと頭では理解しながら、
勝手に口から言葉はこぼれてしまう。

「……けど、甘やかそうって決めてそうしたの、桧山だよね」

「へ」

「は？」

ぎょっとしたようにこちらを見た桧山と、怪訝そうに眉を顰めた中野。そのふたりを見たまま、和は途方に暮れる。

少しでも負担になりたくなくて、対等に近づきたくて頑張った。それは、理史にとって余計なことだったのか。……だからあんな能面みたいな顔で怒って、和を縛るようなやり方をしたのだろうか。

和の言葉を聞いてくれなかったのは、甘やかすだけの相手にはそんな必要がないからだったのだろうか？

取り留めもなく流れていく思考を追いかけているうち、ふいに目の前が大きく揺らいだ。ソファもローテーブルも、中野たちも輪郭が滲《にじ》んで曖昧になって、間を置かずふっと形を取り戻す。同時に、毛布の端を摑んでいた指にぽつんと落ちた滴《しずく》が跳ねた。

「え、あ、ちょ……浅川？　何で、その」

「浅川、落ち着け。今の話とおまえの頭の中は全然違うはずだぞ」

中腰になっておろおろする桧山をよそに、中野はいつもの冷静な口調で言う。その言葉に、確かにそうだと気持ちのどこかで納得した。同じ部分で、今の自分がまるで感情をコントロールできなくなっているのに気づく。

……その通り、理史は全然違う。和が考えたことのほとんどが間違っていると、自分でもちゃんとわかっている。この世の中で姉と並んで、誰よりも和のことを考えてくれているのが理史だ。

「……、ごめ、ん。落ち着く、からちょっと、待って」

手元にタオルがあったのを幸いに、ぐいと顔を押しつける。自分でも、子どもの癇癪《かんしゃく》みたいだと呆れた。どうにか呼吸を落ち着け、ついでに顔をぐしぐしと拭いてから和は顔を上げる。

「悪い、けど。今日はもう、帰ってもらっていいかな。おれ、やっぱりおかしいみたいだし」

「や、あの、ごめんオレ」

「桧山のせいじゃないっていうか、桧山の事情とは関係ないんだ。いろいろあって、おれが勝手に不安定になってるだけだから、気にしないでいいよ」

「けどっ」

中腰のまま和を見ていたらしい桧山は、さっきのおろおろを継続中だ。黙ってこちらを見ている中野も、眼鏡《めがね》の奥で困っている気配がする。

いきなり友人に泣かれたのでは、困って当たり前だ。思考が止まったままでもそれはわかって、もう一度「ごめん」と謝った。最終的には中野が了解してくれて、まだ気にしている様子の桧山を促し腰を上げてくれた。

「浅川は座っていいぞ。勝手に帰るから」

「あー……でも、玄関は締めとかないと、理史くんが心配するんだ」

「……なるほど」

微妙な顔で頷いた中野が、壁伝いに歩く和と歩調を合わせる。後ろを気にしていた桧山も同じで、かなり時間をかけて玄関先に着いた。

先に靴を履いた桧山が、濡れた傘を手にドアの外に出ていく。外はまだ雨が降っているらしく、さらさらと雨音が聞こえてきた。

桧山がいなくなるのを待っていたように、中野は壁際に寄りかかって立つ和を見る。

「適当なところで桧山放り出して、また来るから」

「え、……」

「おい中野、おまえ遅すぎ」

返事をする前に、桧山が再び玄関ドアを開いて覗く。肩を竦めた中野と揃《そろ》えたように手を振って帰っていった。

閉じた玄関ドアをぼんやり眺めて、和は小さく首を傾げる。遅れて施錠しなければと思い出し、一歩前に出た瞬間に悟った。

――中野は、理史と繋《つな》がっている。きっと、さっきの和の様子も伝わるに決まっている。それ以前に、このままでは理史が帰ってきて、ふたりきりで顔を合わせることになる。

（夕方には美花ちゃんも来るそうだから、何だったら彼女んちに移ってもいいんじゃないかな）

八嶋はそう言ったけれど、話がそこまで簡単だとは思えない。具合の悪い時に泊まりに行くと言ったところで窘《たしな》められるのは目に見えているし、だからと言って事情を説明できるわけでもない。そもそも、姉はまだ理史と和の関係を知らないのだ。

……帰ってきた理史と、何を話せばいいのか。どんな顔で、会えばいいのだろうか？

考えたとたん、全身がぞっとした。半ば恐慌状態に陥って、和は急いで自室へと向かう。外は雨だと考えてサポーターの上から防水の温かいボトムを履き、上も寒くないよう重ね着をした。いつも使っているウエストポーチに杖と財布、それに買い置きの雨合羽とマンションの鍵を押し込んで、できるだけ急いで玄関先へと引き返す。和用に置いてある椅子に座って防水のブーツを履くと、壁伝いに玄関ドアを押した。

外廊下に出るなり、雨の音に押し包まれる。剝《む》き出しの頰と手が冷たくなってくるのがわかった。

玄関を施錠して、和はエレベーターへと向かう。中野に出くわす前に、マンションから離れたかった。

9

自分を馬鹿《ばか》だと思ったことは多々あったけれど、ここまで馬鹿だと痛感したのは初めてだ。車一台通るのがやっとの路地のすぐ脇《わき》、賃貸らしいマンションの駐車場の端になるコンクリートの柱に凭《もた》れるように立って、和は小さく息を吐いた。

できれば座りたいとは思うけれど、椅子が見あたらないここでは駄目だ。天気がよければ自力で、連れがいれば助けてもらうことでどうにかなるとしても、今のこの状況でそれをやったら絶対に立ち上がれなくなる。

見上げた空は、まだ午後も早い時刻だというのに鈍色《にびいろ》でどことなく周囲も薄暗い。一階部分が駐車場で、辛うじて雨避《あめよ》けがあるここを見つけられただけで十分幸運だ。

――マンションから最寄りのバス停までは、少々距離がある。近道するつもりでこの路地に入ったものの昨夜からのダメージはかなり大きかったようで、早々に右脚が進まなくなってしまったのだ。

こんなことならマンションの前にタクシーを呼ぶんだったと、痛感したのが五分前。目についた番地表示に、ここに呼んで来てもらえばいいのだと思いついてほっとしたはずが、肝心の携帯電話を持たずに出てきたと気づいて自分に呆れたのが三分前だ。今は、通りがかった人に声をかけるべきか、かけない方がいいかと迷っている。

現実問題として、助けを呼んでもらうにも相手がいないからだ。マンションに帰りたくない以上理史への連絡は論外だし、八嶋や姉を頼っても同じことになる。中野だって、今の和を見たら理史に連絡しないでほしいと頼んでも聞いてはくれないに違いない。

結局、理史のところに戻れなくなった時は、自動的に行き場がなくなるわけだ。

気がついて、一気に頭が冷えた。――それでも帰れないものはどうしようもない。

立ち往生した和にできることは、ただここで途方に暮れることくらいだ。自嘲《じちょう》気味に思って、和は「そういうことだ」とふいに納得した。

つまり、和はそうやって理史に守られていたわけだ。雨の日に困るなとは思っても実際に困った事態に陥ることがなかったのは、理史が当然のように車を出してくれていたからだ。帰りの心配をする前に迎えの予定を聞かされていたから、立ち往生する以前にその可能性すら考えていなかった。

……昨日の新店舗でのゴミ捨ても、同じだ。雨に濡れて冷えたら右脚が痛むし、思うように動かなくなる。それは知っていたはずなのに、そうなった時の対処までは思い至っていなかった。タオルしか持っていなかったから、中途半端な生乾きになって、結果脚を冷やして転びかけた。

（自分が大丈夫かどうかは、自分で判断できる）

昨夜口にした言葉を思い出して、失笑する。何が大丈夫でどう判断していたのかと呆れ返った。

――つまりはそういうことだ。自分でできる、判断すると言いながら、和は理史にどっぷりと甘えていた。そのくせ、そんな自分に気づいてすらいなかった。

（きみが事務所でバイトしていられるのは、オーナーの親類で特別扱いされてるからだぞ）

弓岡が、言った通りだ。そんなのが一人前の顔でうろついていたら、目障りに決まっている――。

吐く息の白さが気になって、寄りかかっていたコンクリートに額を押しつける。

何とか歩いて、広い通りまで。厭がられるかもしれないが、どうにかしてタクシーを拾ってビジネスホテルに行く。自分に言い聞かせて顔を上げた時、聞き覚えのある声がした。

「……和くん、じゃないか？」

「――、……」

のろりと顔を向けてみて、和は思いがけなさに瞬く。言葉もなくただ見つめていると、相手――進藤は急《せ》いたように駆け寄ってきた。傘を差し掛けようとしてやめ、手早く閉じてから胡乱《うろん》そうに見下ろしてくる。

「どうしてこんなところにひとりでいる？　……いや、話はあとだ。そこで待て、絶対に動くなよ」

言ったかと思うと、進藤は傘を閉じたまま雨の中に飛び出していった。少し先で右に折れて、すぐに姿が見えなくなる。

夢でも見たんだろうかとぼんやり思った時、一台の車が走ってきて和のすぐ横で停まった。慌ただしく運転席から降りてきたのは進藤で、あとは少し強引に雨合羽を脱がされ、助手席に押し込まれた。暖房をフル回転させているのか、大きな音が耳につく。

「いったいどういう……冷え切ってるじゃないか！」

険しく言った進藤に、脱ぎたての上着を被せられた。思い出したように運転席を出たかと思うと、トランクを開け閉めして駆け戻る。進藤には似合わない、女の子が好きそうなアニメキャラクターの毛布を被せられた。

あまりのイメージの合わなさに、ついまじまじと毛布と進藤とを見比べていた。

「――先日遊びに来た姪《めい》っ子の忘れ物だ。念のため言っておくが、断じて俺の趣味じゃない」

妙に真剣に言われて、こちらも真面目に頷く。と、進藤は和にシートベルトを嵌《は》めてしまい、「移動するぞ」と口にした。

「ここは駐禁なんだ。近くで落ち着ける場所を探す」

否やはなく、和はもう一度頷く。その様子をちらりと見てから、進藤は車を出した。

気のせいか、フロントガラスを叩く雨はさらに激しくなったようだ。忙しなく動くワイパーを目で追いながら、和はどことなく宙に浮いたような心地になる。

見知ったスーパーマーケットの駐車場に乗り入れて、進藤は車を停めた。あえてそうしたのだろう、場所は人の流れから大きく外れたすみのあたりだ。よく理史と買い物に来るから知っている――。

考えかけて、そこで止める。今は、理史のことを考えたくなかった。

ぼうっとしていた横合いから、冷たい手に額を覆われる。目を向けると、進藤が露骨に顔を顰《しか》めていた。

「熱があるのに、何で雨の中をうろうろしてたんだ。具合が悪いから休んだんだろうに」

「進藤さん、は……仕事、はいいんですか?」

咄嗟《とっさ》に返事を思いつけず、逆にそう訊いていた。そのあとで、進藤がここにいることのあり得なさに気づいてきょとんとする。

新店舗の開店まで、今日を入れてあと四日しかない。今は直前の準備に忙殺されているはずで、特に進藤はろくに休みもなく夜遅くまで動いていたはずだ。昼間から、こんなところにいるのはどう考えてもおかしい。

「昼前に八嶋さんと打ち合わせをした時、少し休めと言われたんだ。夜の打ち合わせは免除しないから、午後から夜まで仕事禁止で帰宅しろ、とな。それで帰る途中だったんだが……きみが体調を崩して大学も休んだと聞いたのを思い出したら、気になった」

「あ、の。もしかして、じゃあ、おれに会い、に？」

「浅川さんのマンションには、現時点で客用の駐車場はないと聞いている。近くのパーキングをナビで探して、車を停めて歩いて向かう途中だった。——あそこで会えたからよかったものの、いったいどうする気だったんだ？　どう見てもひとりで出歩ける状態じゃないぞ」

呆れたような顔でまじまじと見据えられて、急に泣きたくなった。それをどうにか堪《こら》えて、和はぎこちなく笑みを作る。

「脚は一応、調子が戻ってきてたんです。冷えたせいで止まっただけで……ええと、だったらおれはここで降りますね。進藤さんは帰って休憩しないと」

「馬鹿を言え。この雨にひとりで行かせられるか。このまま送って行こう」

「……厭です！　帰りたくありませんっ」

気がついた時には、そう叫んでいた。驚いたように進藤が仰《の》け反《ぞ》るのを知っていて、それでも言葉が止まらなかった。

「おれは、あそこにはいられません。いちゃいけないんだと、思います……っ」

空白のような沈黙が落ちた。運転席の進藤はじっと和を見つめているし、和はその視線を横顔に感じたまま、言葉が続かず唇を噛む。どうにか気持ちを落ち着けて、わざと丁寧に言った。

「いきなり、大声を出してすみません。助けてくださって、ありがとうございました。あとはひとりでも大丈夫なので、もう」

「どう大丈夫なんだ。行くあてはあるのか？　浅川さんが駄目なら八嶋さんに連絡する手もあるが」

「……八嶋さんも、無理です。自動的に、理史くんにバレるし」

「きみのお姉さんはどうだ。近所に住んでいると八嶋さんから聞いたが」

これには、和は首を横に振った。すると、今度は「だったら友人は」と訊かれる。

「友達も、理史くんと知り合いなんで……ちょっと時間を置きたいから、ビジネスホテルにでも行こうかと」

「なるほど。そういうことか」

短い声とともに、広がりかけていた毛布の襟元《えりもと》を合わされる。つられた和がそこを押さえると、すぐに進藤の手は離れていった。そのあとで、和は車のエンジンがかかったままなのは暖房を効かせておくためだと気づく。

申し訳なさに、いたたまれなくなった。顔を上げ、「あの」と言い掛けた時、運転席で進藤が動く。間を置かず聞き覚えのある音がして、車がバックしていくのを知った。

「進藤さん、おれ、降ります」

「それより、脚の手当に必要なものは何だ？」

「脚、って……そんなの、温めてマッサージするくらいで」

「電気毛布があればいいのか？　それとも湯湯婆《ゆたんぽ》や懐炉？」

「って、あの？」

矢継ぎ早の問いに困惑した和をちらりと眺めて、進藤はあっさりと言う。

「必要なものがあるなら買って行こう。あいにくうちには電気毛布くらいしかないんだ」

「え、……うち、って」

慣れた運転で駐車場を出、幹線道路の流れに合流したあとで、進藤は当然のように言う。

「行き場がないんだろう。だったらとりあえず、うちに来ればいい」

10

聞き慣れない物音で、目が覚めた。

暗闇《くらやみ》の中で何度か瞬いて、和は怪訝に周囲を見回した。

すでに夜になっているらしく、室内は暗かった。街灯でも当たっているのか、弱い光が窓辺のカーテン越しにうっすらと窓の輪郭を映している。

自室ではないし、理史の部屋でもない。くるまった毛布も布団も暖かいけれど肌触りが慣れないし、身体の下のマットレスも固い。何より、部屋の匂《にお》いそのものがまるで違っている。

「……、え、っ――」

ぎょっとして飛び起きていた。とたんにそこかしこの関節に走った痛みに顔を顰めて、すぐその理由を思い出す。理史に会いたくなくてマンションを出て、脚が動かず立ち往生しているところに声をかけてくれたのが進藤で――。

そこまで思い出した時、金属製のドアが開く重い音がした。ベッドの上、座り込んだまま目を向けたとたんに天井の明かりが灯《とも》る。

「やっぱり起きてたか。……起こした気もするが」

「い、え。あの、今何時頃、でしょうか」

「十時半にはなってないはずだ。で、具合は？」

話す間にベッドの傍までやってきた進藤に、額を押さえられる。ひんやりした手のひらが気持ちよくて目を閉じていると、笑うような声で「猫みたいな反応だな」と言われた。

「少しは下がったようだな。じゃあ、まずは食事だ。そこでおとなしく待ってろ」

「はい。……迷惑をかけてしまってすみません」

「――放っておくと寝覚めが悪かっただけだ。いいから動くなよ」

念を押すように言って、進藤は壁際のキッチンの前に立った。手伝いを申し出る前に封じられて、和は小さくため息をつく。

——進藤の車で彼が暮らすこのマンションに連れて来られた和は、早々に進藤の寝間着に着替えさせられ、ベッドに押し込まれたのだ。冷やすな、寝ていろと言われ電気毛布を入れられて、そのままうとうとしてしまったのだと思う。半分寝ているところに「すぐ戻るから寝てろよ」と言われて、頷いた覚えがあるようなないような。

小さく息をついて見渡した部屋は、一目でそれと知れるワンルームだ。狙《ねら》ったのか、キッチンから玄関のあたりは一段ほど高くなっていて、来た時にそこを降りるのに苦労した。結局進藤の手を借りたのだけれど、それ以外では和にとって動きやすい部屋だ。おそらく進藤の性分なのだろうけれど、もとからカーペット敷きらしい床に置かれているのはベッドとローテーブルくらいで、他に何も見当たらない。

仮住まいなのか、それとも忙しすぎて後回しになっているのか。どっちだろうと考えている間に、進藤がトレイを手にこちらへ歩いてくる。ベッドに座った膝の上に当然のように置かれそうになって、慌てて言った。

「あの、ベッドの上だと行儀悪いし。降ります、から」

「病人がいらない遠慮をするな。ついでに見ての通り、うちには椅子なんてものはないんだ。楽なようにした方がいいに決まってる」

呆れを含んだ声音に、すっかり把握《はあく》されているらしいと思い知った。結局、布団をかけた膝の上にトレイを置かれ、食べるように促された。

小振りの丼《どんぶり》に盛りつけられているのは、リゾットだ。それに、市販のフルーツゼリーと湯気の立つお茶が添えられている。

匙《さじ》を口に運んで、和はそのまま動きを止めた。つい、じっと丼を見つめてしまう。

「一口だけでわかるのか。――だったら隠す必要もないな。食後はこれを飲んでおけ」

そう言って、ベッドの傍にしゃがんでいた進藤がトレイの上に見覚えのある錠剤を置く。和が熱を出した時、いつも飲んでいる解熱鎮痛剤だ。そして、和は進藤にそれを教えた覚えはなかった。

丼の中のリゾットは、理史の味だった。体調を崩して食欲がない時にたびたび作ってくれた、和にとって一番食べやすくて好きな味。

「浅川さんが、食欲ないなら余計食べないと熱が下がらないってさ。全部食べるまで見届けろって言われてるんだから残すなよ」

「……じゃあ、あの……理史くんには」

「断りもなく悪いとは思ったが、こっちとしても誘拐略取で警察の世話になる気はないんでね。――打ち合わせに行ってみたら、なかなかとんでもないことになってたぞ」

他人事のように言う進藤によると、どうやら理史たちは午後の早い段階で和の不在に気づいていたらしい。何でも、和の友人が部屋を訪ねても反応がなく、マンション管理人に訊いてみたら外出したと言われて、理史は仕事中だからと和のバイト先になる事務所の方に連絡してきたのだそうだ。やはりと言うのか、どうやらすれ違いに近い形で中野に捕まらずにすんだらしい。

八嶋はひとまず友人に和の捜索を頼み、自らも必要な仕事だけ片づけてそれに加わった。理史にも連絡が行ったもののシフトの関係で抜けるわけにはいかず、代わりに和の姉に連絡して彼女の手も借りたという。

「体調が悪いし脚の具合もよくない。すぐ見つかるはずと思ったのに、夜になっても見つからない。早い段階で携帯電話に連絡しても応答がなくて、これはもう警察に届けるしかない、となったところで打ち合わせになったわけだ。だから、その場で保護してうちで休ませていると伝えておいた。——ところで携帯電話はどうしたんだ?」

「……持ち出すの、忘れてました。たぶん、リュックサックの中じゃないかと」

「なるほど。……とりあえず冷める前に食べてしまえ。でないと薬も飲めないぞ」

「はい」

頷いたものの、気持ちがざわざわと落ち着かず匙を持つ手が動かない。そんな和を眺めて、進藤は思い出したように言う。

「心配しなくても、浅川さんはここには来ないぞ」

「え、……っ」

「俺と八嶋さんで止めた。その代わり、明日の昼過ぎに八嶋さんが来ることになってる」

言われたことの意味が、よくわからなかった。ただ目を瞠って、和は進藤を見つめる。

「どういう、ことでしょうか」

「全部食べ終えたら説明してやる。俺は風呂に入ってくる」

すっぱりと言い切って、進藤はさっさと腰を上げた。着替えを手に、本当に浴室に入っていってしまう。

閉じたドアを数秒見つめてから、和は手元に視線を落とす。少し冷めてしまったリゾットを匙で掬い、口に入れた。

（具合が悪くても、とにかく食え。でないと治るものも治らねえだろ）

脳裏によみがえったのは、和が体調を崩した時に必ず理史が口にする言葉だ。

当たり前のことだけれど、心配をかけたのだ。理史や八嶋、それに姉や中野にも、迷惑をかけた。ほんの少し考えればわかったはずなのに、あの時はそこまで思い至らなかった――。

食事を終えた和が薬を飲んだのと前後して、進藤が風呂から上がってきた。何かを思い出したように寝間着の上から上着を羽織ったかと思うと、そのまま玄関から外に出ていく。怪訝に見ている間に布団一式を抱えて戻ってきて、ベッドから少し間を空けた場所に広げだした。

それを目にして、遅ればせに違和感を覚えた。

ここはどう見ても一人住まいの部屋で、ベッドもひとつだ。外から持ってきたのだからあの布団は買うか借りるかしたわけで、それを床に敷いた上に進藤本人がそこに座り込んだ、ということは。

「……っ、すみません！　あの、おれがそっちで休みます――」

ベッドから降りようとしたら、呆れ顔で見据えられた。気圧されて動けなくなった和に、進藤は淡々と言う。

「俺のベッドでは寝られないとでも？」

「そうじゃなくて、だってここは進藤さんの部屋で」

「その通り、部屋の主は俺だ。どこで寝るかは俺が決める。今夜はここでいい」

「で、でも」

そういう話じゃないだろうと、申し訳ない気持ちになった。おろおろと進藤を見つめていると、彼は面白いものを見つけたような顔で和を眺めている。

「言い換えよう、ここがいいんだ。何しろ、そっちよりいい布団だからな」

「そ、……うなんですか？」

「肌触りが違うからそうじゃないか？　言っておくが、交換には応じないぞ」

作ったような意地の悪い顔で言われて、和は言葉に詰まる。短くお礼を言うと、またしても呆れ顔をされた。思い出したように腰を上げ、トレイをキッチンに片づけてしまう。

手早く洗って戻る様子に、申し訳なさが募る。そんな和に、進藤は不意打ちで言った。

「八嶋さんだが、かなり怒ってたぞ。——浅川さんに、だが」

「理史くんに、ですか。おれじゃあなくて？」

「きみに関しては、むしろ同情しているようだったな。ところで、きみは八嶋さんに怒られたことがあるのか」

　気を引かれたように、進藤が言う。珍しく興味津々な様子に、和は苦笑した。

「一年ほど前ですけど、かなりがっつり……怒られたっていうか、叱《しか》られました」

「なるほど。どの程度かは置いておくとして、そのがっつりってヤツだろうな。浅川さんがあそこまで一方的にやられているのを見たのは初めてだ」

「一方的に、ですか」

　和の知る限り、八嶋と理史は対等な間柄だ。バイトするようになってたまに言い合いを見聞きするようになったけれど、どっちもどっちというのか、言い合いになったらどちらも負けていない。正直、理史がおとなしく怒られるままでいるというのは想像がつかない。

「八嶋さんによると、浅川さんが暴走したのが問題なんだそうだ」

「暴走、ってでも、それはおれが」

「まあ待て。これはあくまで八嶋さんの言い分だが、今回は全面的に浅川さんが悪いんだそうだ。何でも八嶋さん本人にも非はあるらしいが、どのみち話し合いをするにせよ、その前にお互い頭を冷やすため時間を置いた方がいい、という話だったな。特に浅川さんは余分に時間をかけて反省する必要があるらしいな。だからといってきみを俺に預けっ放しするわけにはいかないし、きみも落ち着ける場所にいた方がいい。そのあたりの相談をするために、八嶋さんが明日きみと会うんだそうだ」

「相談するために、八嶋さんが？」

「浅川さんが来るより妥当じゃないか？　あの様子だと、下手したら話し合いなしで強引にでも連れ帰られかねないぞ」

「そんなに、ですか」

そろりと訊いてみたら、進藤は何とも微妙な顔をした。

「そのへんは、きみの方がわかっていそうに思うが。――いずれにしても、詳しい話は明日八嶋さんとしてくれ。俺はそこまで関知できない」

「はい。……いろいろ、ありがとうございます。ご迷惑をおかけします」

ベッドの上で、丁寧に頭を下げた。反応のなさに「あれ」と思いながら顔を上げると、進藤は何とも言い難い顔でじっと和を眺めている。

和はベッドの上で、進藤は床に敷いた布団の上で、そうなるといつもと視線の高さが逆だ。それを新鮮に思いながら首を傾げると、ぽつりとした声で言われた。

「昨日から思っていたんだが。きみは俺に対して、文句だとか言いたいことはないのか」

「えーと、ですから、ありがとうございます……と、すみません……？」

重ねて言ってみたら、今度は露骨に顔を顰められた。その反応の意味がわからずにいると、進藤は思わずといった様子で長いため息をつく。

「そこで礼を言って謝るのが性分なんだろうな。——考えるまでもなく、きみの現況の発端を作ったのは俺なんだが？　おまけに、バイト中も配慮しなかったしな」

「配慮だったら十分してもらいましたし、今もしてもらってますよ。それと、逆だと思います。おれが我が儘っていうか、我を張ってこんなことになったんです」

「……どういう意味だ」

胡乱そうに、進藤が目を細める。それへ、和は苦笑してみせた。

「あの時、進藤さんに言われた内容は図星っていうか、前から自分でも思ってたことだったんです。面と向かってはっきり言ってもらって、かえってすっきりしたっていうか、背中を押してもらった感じでした。……今、こういうことになっているのは、おれが自分のことをちゃんとわかってなくて、変に過大評価してたせいなんです」

「——弓岡さんに、何を言われた？」

いきなりの問いは、けれど和には意味不明のもので、つい首を傾げていた。それへ、進藤は顔を歪めて言う。

「きみは、あの人に目を付けられているようだが。自覚はないのか？」

「目を付けられるっていうか、嫌われてるのは知ってます」

目の敵《かたき》にされているのは六日間のバイトだけで十分思い知ったし、それがなくてももともと苦手だった相手だ。けれど、言われた内容そのものは事実であって、こんなふうに名指しでどうこう言うことではないと思う。

一方、進藤の方は別の言葉が気にかかったらしい。

「嫌われてるって、何かやった覚えはあるのか？」

「個人的に関わるのは、今回の開店準備のバイトが初めてです。けど、弓岡さんて古参スタッフだし、理史くんにかなり傾倒してるみたいで」

仕事内容や流れがよくわかっているからこそ、和のようにアテにならないどころか足を引っ張るバイトは邪魔なのだろう。

「そんなのがオーナーの親類だって特別扱いだったらふつうに厭ですよね？　おまけに忙しい八嶋さんや理史くんに送迎させてるのも事実ですから、都合よく使ってるって言われても否定できないですし」

「……また、ずいぶん耳の痛い言い分だな」

「事実ですから、痛むことないです。要するに、おれの考えが甘かったんです。甘やかされてるくせに、自分が甘えてることもちゃんとわかってなかったし」

「弓岡さんに、そう言われたわけだな？」

流したはずの話を引き戻されて、和はただ苦笑する。それを眺めて、進藤は自嘲するように言った。

「まだ本店にいた時に、俺もほぼ同じ話を聞かされた。……きみとまともに話しもせず信じたわけだから、あの人のせいにはできないが。きみが実際にバイトに入ってからも、きみの反応を見るつもりであの人がやってることを黙認していたしな」

「それは、当たり前じゃないでしょうか。傍目《はため》にそう見えるのは、おれにもわかりますし。それに進藤さん、途中からはおれのこと結構気にかけてくれてましたよね？」

「何？」

「不都合があれば言えって、ことあるごとに訊いてくれるようになったじゃないですか。雨の中、傘持って迎えに来てくれたりとかも」

「――――」

和の指摘に、進藤は複雑そうに黙る。ややあって、ぼそりと言う。

「……初対面の時点であり得ないと思ったからな。今考えると、あそこまで脂下《やにさ》がった浅川さんを見たのは初めてで、まずそこで唖然《あぜん》としてたんだろうが」

事務所で会って、マンションに泊まって翌朝別れるまで。進藤は理史の和への構い方を見るたび、過保護にも限度があるだろうと思ったのだそうだ。

「恋人同士で甘くしているだけならまだしも、バイトとして雇った上に送迎つきだ。万事にきみの都合優先にしか見えなかったし、きみもそれにべったり甘えているとしか思えなかっ脚のことを聞いてからも、杖なしで歩けるのに大袈裟だと。なのにどうして八嶋さんまで甘やかしているのかと呆れた」

天井を向いて息を吐くと、進藤は改めて和を見た。

「プライベートだけのことなら俺が口を挟むことじゃないが、バイトとして関わっている上にスタッフにまで悪影響があるものを放置するわけにはいかない。ただ、その中にあってもきみは浅川さんたちを窘める側に回っていただろう。だったら直接本人を見て、話してみようと思った。それで、バイトの話を持ちかけたんだ」

「そう、なんですか。何か、……聞いてて無理ないかもって思います。実際、おれは結構なお荷物になってて」

「実際はどうやらまるで違うらしいと、バイトに入ったきみを見ていてわかってきたわけだ」

「え、……」

きょとんと顔を上げた和を見上げて、進藤は苦笑した。

「一昨日、直接言ったはずだが。忘れたか?」

「ええと、……いえ、覚えてます、けど」

「俺の言うことは信用できないか」

そう言う進藤の表情は自嘲混じりで、かえって罪悪感を覚えた。首を横に振った和に、進藤は肩を竦める。

「俺は世辞が苦手だし、そもそも喋《しゃべ》るのも下手だ。そこがもっと上手ければ、とっくに自分の店を持っていたはずだ。機会だけはあったからな」

「機会？」

「営業にリップサービスはつきものだって話だ。何しろ、スポンサー候補に喋りが理由で逃げられたからな」

口にした内容にそぐわず妙に楽しそうな進藤に、和は何とも言えない気分になる。

「いずれにしても、弓岡さんはなかなか微妙な人だったわけだ。仕事熱心で真面目なのは間違いないが、扱いが面倒だな。特に人物評に関しては、話半分以下だと思った方がよさそうだ。——そんなつもりはなかったが、きみを人身御供《ひとみごくう》にしたようで申し訳なかった」

「いえ。……ってことは、やっぱり弓岡さんてフロアマネージャー候補なんですよね」

ぽろっと口にしたあとで、まずかったと気がついた。咄嗟に手で口を押さえた和を眺めて、進藤は肩で笑う。

「やっぱり知ってたか。まあ、そうだろうな」

「……その、当たり前ですけど誰にも言ってないです」

「気にしなくていい。本人が知らない以上、それで終わりだ」

その言い方で、どうやら弓岡は候補として、進藤の中で却下されたらしいと察しがついた。だったら誰になるんだろうとちらりと思ったものの、和は候補そのものが誰かを知らないし、知る必要もないはずだ。

「ところで、不躾《ぶしつけ》を承知で訊くんだが……きみのその脚は実際どの程度なら無理なく動けるんだ？」

いきなり変わった話題に困惑したものの、進藤の様子でどうやらずっと気にかけてくれていたらしいと察しがついた。ここまで迷惑をかけて隠すこともないだろうと、和はあっさり説明する。

「天気と調子がよければ、そこそこ人並みに歩けますよ。ただ、長距離になると膝の負担が増えるので休憩を増やすかサポーターの用意が必要になります。あと冷えるとダイレクトに動かなくなるので、冬場には注意しないとまずいんです」

ものを持って歩くこともできるが、落とした時のことを考慮して事務所や自宅ではワゴンを使うことや、少々の痛みや疲労なら自分でマッサージすれば回復できること、最初から脚のことを考えて動くよう自己管理していることを話すと、進藤は感心したように頷いた。

「ただ、自力だけでどこまでやれるか、ギリギリまで試してみたことがないんです。いつも理史くんが先回りして助けてくれるから、その必要もなくて。……だから、今後は少しずつ試していこうかと思ってます」

「試してどうするんだ？」

「前にも言ったかもしれませんけど、いつも誰かが助けてくれるとは限らないし、アテにできるとは限らないですから。そういう意味で、進藤さんのところでのバイトはすごくいい経験になったと思います」

「……おい」

皮肉か、とこぼれた声は気に障ったのでなく、呆れたようだ。申し訳なさを覚えながら、和は首を竦めてしまう。

「雨の日は理史くんが車を出してくれるかタクシーを使うのが当たり前で、それができない時の対処とかはまるっきり考えてなかったんです。それも甘えだと思いますし、だから今後は考えていこうかと。……進藤さんのところでのバイトは、もう無理かもしれませんけど」

昨夜の理史の剣幕を思い出してぽつりと付け加えると、進藤は「そうかもな」と息を吐いた。そのあとで、わずかに笑って言う。

「そこまで自覚できれば上等だ。今の、明日八嶋さんに言ってみな。あの人たちに足りないのはそこだと思うぞ」

「そのつもりです。その、頑張ってみます」

「挫《くじ》けるなよ。あの人たちの過保護に飲まれたら終わりだぞ」

いささかの同情が籠《こ》もった物言いに、どうやら進藤はわかってくれたようだとほっとした。

「寝るぞ」と宣言した進藤が、部屋の明かりを落とす。

慣れない寝床で天井を見上げた和が眠りに入る寸前に思い出したのは、今朝に目にした理史の泣き出しそうな顔だった。

# 11

他人の部屋で過ごす時間というのは、結構新鮮だ。

中野や桧山のようにそれなりのつきあいがある相手であってもそう思うのだから、個人的に親しいとは言えない相手の部屋となるとなおさらだ。しかも、部屋の主はとうに出勤してしまい、和だけがベッドに腰掛けて時間を過ごしている。

（完全には下がりきってないな。八嶋さんが来るまで部屋から出るな。テレビやキッチンは好きに使っていいからおとなしくしていろ）

保護者よろしくそう言った進藤は、昨日の時点ですっかり湿っていた和の衣類を洗濯し乾燥機にまでかけてくれていた。

過分なほどよくしてもらったと、改めてそう思う。初対面からマンションに泊まった翌朝の経緯を思い出すと、不思議なくらいだ。

好きにしろと言われても、人の部屋の中を勝手にいじるのははばかられた。それで、和はベッドに腰を下ろしたまま、自分の考えを整理している。八嶋に言いたいこと、理史に言っておきたいことをまとめて一息ついた時には、時刻はすでに午《ひる》を回っていた。

昼食は八嶋が用意すると、進藤から聞いている。ベッドから出て借り物の寝間着から自分の服に着替え、簡単にシーツを整えておいた。一息ついて水でも貰おうかと思った時、インターホンが鳴った。

ここの音はブザーみたいだと感心しながら玄関先まで行って、和はドアスコープを確認する。実は出がけの進藤から、たまに妙な勧誘が来るから安易にドアを開けるなと注意されたのだ。

丸い視界に映ったよく知る顔にほっとしたあとで、ほんの少しだけ緊張する。小さく息を吐き、大丈夫、ちゃんと話せると自分で自分に言い聞かせた。それから、施錠を外してドアを開ける。

「おはよう、じゃなくてこんにちは、かな。熱がまだ下がりきらないって聞いたけど、気分はどう？」

「かなり楽になりました。……昨日は勝手をして迷惑をかけて、すみませんでした」

ドアを挟んで突っ立ったまま、けれどまず最初にと思って頭を下げた。そのまま待っても返事はなく、やはり実は怒っていたのだろうかと和はそろりと顔を上げる。

八嶋は、複雑そうで困った顔をしていた。息を吐き頭を掻《か》いて、おもむろに言う。

「その話は中でしようか。とりあえず入れてもらっていい？」

「どうぞ。……って言ってもここ進藤さんの部屋ですけど、許可は貰ってますので」

必要なら部屋で話して構わない、むしろそうしろと進藤から言われていたのだ。昨夜の「挫けるな」は本気だったらしく、今朝には「負けるなよ」とまで言われた。

「知ってるけど、一応ね」

思い出して苦笑した和を見て、八嶋は表情を緩ませる。それを目にして、緊張していたのが自分だけではなかったらしいと気がついた。あえてそこには触れず先に入って奥へと促すと、八嶋は玄関を閉じ靴を脱いで上がってくる。

「うーわ、見事に何もないんだけど。あいつ、本当にここに住んでんの？」

「八嶋さん、それはちょっと失礼だと思います……」

「うん、これ内緒の話だから。あ、和くんはベッドに座らせてもらいな。床はやめといた方がいいだろうし」

先回りして言われて、素直に頷いた。ベッドに腰を下ろした和に続いて自分はカーペットの上であぐらをかいて、八嶋は思いついたように言う。

「和くん、もしかして昨夜はそのベッド借りて寝てたんだ？」

「はい。進藤さんが、その方は楽だろうって。面倒をかけてばかりなのに、いろいろ気遣ってもらって申し訳なかったです。……でも、おかげで少し落ち着きました」

「そっか。それでそんな顔してるんだ」

今度こそほっとしたように、八嶋が言う。「そんな顔」とはいったいどんなと思い、反射的に自分の顔をぺたぺた触ってしまっていた。それとは別に、八嶋の言葉に納得してもいる。

否定するでもなく抑えつけるでもなく、聞いてもらえたからだ。相手がこれまで一度も和を甘やかすことのなかった進藤だからこそ、あんなふうにすんなり自分の気持ちが言えたのかもしれなかった。

「進藤から多少は聞いてるかもしれないけど、今後について和くんに相談しに来た。熱があるところ悪いけど、いいかな」

「はい。よろしくお願いします」

「じゃあ、まずは謝らせてもらおうかな。——ごめんね、和くんには申し訳ないことをしたと思ってる」

言うなり、八嶋は深く頭を下げた。

思いも寄らない状況に、和はきょとんと八嶋の頭のてっぺんを見下ろす。八嶋をこんなふうに見下ろすのは初めてではないかと、頭のすみでそんなことを思った。

バイト先での直属の上司になる八嶋は仕事のできる人で、注意されるのは和の方だ。けれど頭でっかちなわけではなく、ほんの小さなことであっても自分が悪かったとか間違えていたと判断すると、すっきり謝ってくれる潔い人でもある。

これまでに何度か、八嶋から謝られたことはある。けれど、今のこれは過去と比較できないくらい真剣で丁寧なものだ。だからこそ困惑して、和は声を上げる。

「いえ、あの迷惑かけたのはおれだし謝らなきゃならないのもおれの方なんでっ。本当にすみませんでした！」

もう一度、和は深く頭を下げる。

座る位置の関係で、そうしていても八嶋がまだ頭を上げていないのはもろに見えた。和から先に顔を上げるわけにはいかないとその姿勢を続けていると、途中で気づいたらしい八嶋がちらりとこちらを見た。

期せずして互いに頭を下げあっている状況でのお見合いになってしまい、どちらからともなく表情が緩む。最後は、申し合わせたように顔を上げることになった。

「そうだ、お茶買ってきてたんだ。和くん、紅茶と緑茶、どっちがいい？」

「じゃあ、緑茶いいでしょうか。……わざわざ買って来られたんですか？」

差し出されたペットボトルを受け取りながら訊いてみると、八嶋はふっと目を細めて言う。

「進藤に言われてね。人に出すお茶はないって」

「え、……でも、おれにはキッチンを好きに使っていいって」

「要するに、僕に出すお茶はないってことだね。それにしても和くんはずいぶん――」

言い掛けて、気を取り直したように八嶋は口を閉じる。おもむろに和を見て言った。

「さっきの話だけど、謝るべきは和くんじゃなく僕と理史なんだよ。その上で、理史の方が罪状が重いと判断した。だから、あいつには来させなかったんだ」

「何ですか、罪状って。そんなの」

「理史にとって一番応えるのは、和くんに会えないことだ。だからあえてそうさせてもらった」

「えー……」

何とも答えようがなく、和は曖昧に首を傾げる。相当なことを言われているのはわかっていたけれど、わけがわからないままでは顔を赤くする余裕もなかった。

「和くんが謝ったのって、昨日の家出の件限定って解釈でいいかな？」

躊躇《ためら》いなく頷いたあとで、八嶋の言葉のニュアンスに気づく。同時に、一昨日の新店舗での騒ぎも迷惑のうちだったと思い出した。

あの場を騒がせて、バイトを早退したことは申し訳ないと思う。けれど、理史との言い合いや逆らったことは後悔していないし、謝るのではなく話し合いがしたい。訥々《とつとつ》とそう付け加えると、八嶋は穏やかに頷いた。

「それならやっぱり謝らなくていいよ。少なくとも、僕や理史にそうする必要はない。……ただ、美花さんと中野くんには一言お礼とお詫《わ》びを言っておいた方がいい。無事見つかってちゃんとしたところで休んでるとは伝えたけど、ふたりともずいぶん心配してたし、雨の中必死で探してたから」

「はい。それはすぐにでも。あと、新店舗のスタッフさんにも謝りたいです」

「その新店舗の件だけど。進藤が和くんをバイトにって僕に切り出した時、あいつが何を言ったかは覚えてる？」

「何を言ったか、ですか」

八嶋の弁に流されそうになった和を、押し戻してくれたのは記憶にある。とはいえ具体的な内容までは思い出せず、和は素直にそう口にした。

じっと和を見つめていた八嶋が、それを聞いて苦笑する。数秒の間合いのあとで、さらりと言った。

「僕や理史が、和くんの意思を無視して物事を決めてるって言ったんだよ」

「……あ」

聞いたあとで、そういえばと思い出した。和のその反応に薄く笑って、進藤は続ける。

「真面目な話、言われた時に図星だと思ったんだ。心当たりはありすぎるほどあった。ただ和くんは自分の希望を強く押して来ないし、身体のこともあって遠慮してるんだとしか思っていなかったんだ。本当の意味で不満はないんだろうって何となく決めつけて、思い違いをしていたんだと思う」

「…………」

「理史もそうだけど、和くんに関しては僕も何かと先回りばかりしてたよね。和くんのスケジュールを把握して困らないように先に算段して、それでいいと思ってた。——結果的にそれが、和くんに余計な引け目を持たせてたんじゃないかって、和くんが進藤の店にバイトに行くようになってから気がついたんだ」

そう言う八嶋の頬に浮かぶ笑みは、ひどく苦い。

「僕や理史が仕事の合間に都合をつけて和くんを優先する形になってる以上、和くんは下手に言いたいことは言えなくなる。単純に希望を言うことすら我が儘になりかねない。そういう状況を、僕と理史は作ってたわけだ」

「あ、あの！　それ、違うと思います。おれ――おれが、考えなしに甘えてたから……甘えるのが当たり前で、寄りかかってることにも気づかなくて、そのくせ自分はできる気になってただけで、それじゃ駄目だってやっと気がついたんです。だから」

「うん。でもそれ、進藤んとこにバイトに行くようになったからだよね。それがなかったら気づけなかったよね？」

和の言葉に、けれど八嶋の表情は変わらないままだ。それが、たまらなく苦しいと思った。

「理史くんや八嶋さんは、おれのことを考えて動いてくれてただけです。それに、そうやって甘やかしてもらってなかったら、とてもじゃないけどバイトは続かなかったと思います。実際、最初の頃はすぐ体調崩してた上に何もできなくて、八嶋さんにたくさん迷惑かけましたし」

最初の半年は、掃除や整理整頓、お茶出しといった雑用をこなすだけで精一杯だった。次の半年には少し書類やパソコンの扱いを覚えたものの、事務室を出て仕事するなど思いも寄らなかったのだ。あの頃の和にとって、ふたりの気遣いや手配は確かに得難いものだった。

「けど、あの頃よりは強くなったはずだし、できればもっと頑張りたいんです。いつまでも変わらず何もできないままだとは思われたくなかったし、それで足を引っ張りたくなく、て」

「うん。和くんが言ってたのは、そういうことだったんだよね。けど、僕も理史もうまく聞き入れられなかった」

八嶋の穏やかな声を聞きながら気づく。要するに、和はふたりに認めて欲しかったのだ。もうそこまで弱くはないと、もう少し頑張れるとわかってほしかった。

「気がついたから謝りにきたんだ。今後はちゃんと考慮するから、また事務所のバイトに戻ってきてくれないかな」

「え、……」

理史からは何度となく言われたけれど、八嶋からは一度も——正式に新店舗に行くようになってからは本当に一度も聞かなかった台詞に、大きく目を瞠っていた。

微妙にばつの悪そうな顔で、八嶋は続ける。

「和くんが進藤の店に行くのに僕が反対した理由って、本当に困るからだったんだよ。開店に向けて雑務や連絡が増えていろいろ煩雑になるし、僕もほとんど出ずっぱりになるから和くんに事務所を任せたかったんだ。……白状するけど、今の状態って相当ひどいよ？　何もかもしっちゃかめっちゃかで、整理なんて言葉とは無縁になってる。だから、切実に戻ってきてほしいんだよね」

「……けど、おれはただのバイトで」

「最初の一年は確かにそうだった。知らないことが多いのはしょうがないにしても、しょっちゅう体調は崩すし送り迎えに手を取るしで、それでも受け入れたのは理史の頼みだったからだ。けど、和くんはそんな中でも頑張って、知らないことは自分で調べて必要な勉強もしたよね。だから二年目からお使いを頼もうかと思えたんだよ」

怪訝に首を傾げた和を見つめて、八嶋はにっこりと笑う。

「バイトだろうが正社員だろうが使えもしない人間をお使いに出すとか、ましてや外部の業者と会わせるような真似はしないよ。下手やられて面倒が増えた時に迷惑被《こうむ》るのは僕だし、そういうのむかつくし嫌いなんだよね」

にっこり笑顔で、ちょっと怖いことを言われた。軽く固まった和をにこやかに眺めて、八嶋は言う。

「あと、和くんの就職の話だけど。事務所にって言い出したのは理史じゃなくて僕だから」

「……はい？　けど、おれがそれ聞いたのってバイトを始める前で」

「だったらそれは別口だねえ。理史のことだし、本店のどっかに潜り込ませるつもりだったんじゃないの」

「本店のどっか……」

「事務所にって話は聞かなかったし、聞いたらその時点でバイトそのものを立ち消えにするか、始まった早々に和くんに引導渡してたんじゃないかなあ。そんな覚えある？　ないよね？」

はあ、としか言えない和をにこにこと見つめて、八嶋は真面目な顔を作る。

「ってことで、就職について今後は僕に聞いて。理史に事務所のことを聞いても無駄だから、それも忘れないようにね」

とても鮮やかな笑みで言われて、内容の信憑性《しんぴょうせい》が跳ね上がった。さらに「無駄」と言い切られて、理史が可哀想《かわいそう》な気がしてくる。

「で、今後の話なんだけど。和くんにはこれからしばらくの間、美花さんのところで暮らして欲しいんだ。大学に必要なものとか着替えとかは、移動する時に取りに行けばいいから」

「あの、それって」

つまり、あのマンションには帰らないということか。言下に察して戸惑っていると、八嶋はにこにこ顔で言う。

「大丈夫、美花さんには話して了承を貰ってるし。久しぶりに一緒に暮らせるってずいぶん喜んでたよ」

「え、っと」

「じゃあ支度して移動しようか。和くん、荷物は？」

「ないです。そこのウエストポーチだけで」

「なるほど、身軽だなあ。よし、じゃあすぐ出られるよね？」

うまく言い出せずにいる間に、あれよあれよと玄関先まで押し出された。どのみちここに居座るわけにもいかないと、和は納得して靴を履く。玄関の外に出て閉じたドアに鍵をかけていると、傍で見ていた八嶋が窺《うかが》うように言った。

「合い鍵貰ったんだ？　ずいぶん仲良くなったみたいだねえ。もしかして、理史よりあいつの方がよくなった？」

あり得ない台詞にぎょっとして、危うくキーホルダーごと鍵を落としそうになった。八嶋を見上げて、和はきっぱりと言う。

「開けっ放しで無人になったら困るからって、預かっただけです！　っていうか、何でそうなるんですかっ？」

「進藤って、あれで結構人見知りだよ？　それが簡単に自宅の鍵を預けるとは思えないんだけど。……まあ、昨夜泊めた時点で何かあるんだろうとは思ってたんだよねえ」

「やめてくださいよ。そういうの、進藤さんに失礼です」

幸いにして今日は曇りだ。青空はわずかしか見えないが、雨が降りそうな気配もない。そのことにほっとして、和は八嶋について駐車場へと向かった。

「大学の件だけど、行く時は僕が送って行くからね。帰りは当面、中野くんが車を出してくれるそうだから甘えるといいよ。明日行くかどうかは、和くんの体調次第だと思うけど」

車を出してすぐに、八嶋はいつものペースで言う。さくさくと進む話もだが、言っている内容も以前のそのままでしかなく、和は無意識に眉を顰めていたらしい。ちらりとこちらを見た八嶋が、くすくすと笑うのが聞こえた。

「まだ熱があるし体調も天気も微妙だし、右脚が復調するまでは無理しない方がいいよね？その代わり、体調が戻ったらまずは天気のいい日限定でバス通学してみたり、脚の状態次第では自転車を使うことも考えていいんじゃないかな。ただそのへんは相談の上で慎重にやりたいから、進藤の店が無事開店して落ち着くまで待って欲しいんだ」

「――――」

予想外の譲歩に、思わず目を丸くしていた。

バスはこれまでも使うことがあったからともかく、自転車は危ないという理由で理史に禁止されているのだ。リハビリで練習してそこそこ乗れるようになっていただけに残念で、けれど当時はそれも仕方ないと諦《あきら》めていた。

そんな和を楽しそうに横目に眺めて、八嶋は「そうそう」と付け加える。

「和くん、当分理史とは会えないから。メールと電話も禁止するから、理史から何かあっても応答しないようにね。緊急時は僕か美花さんに連絡してくれたらいいから」

「電話、とメールも……？」

「そう。あと顔を合わせる可能性があるから、進藤のとこでのバイトも中止。事務所のバイトに関しては理史のシフトを見て絶対来ない日を選んで、体調が戻るのを待って再開してもらおうと思ってるけど、ひとまず身体を休めるのが先かな」

あまりのことに、思考が固まった。それが露骨に伝わったのだろう、赤信号で車を停めた八嶋はおもむろに和へと顔を向ける。

「さっきも言ったけど、理史には頭を冷やす時間が必要だと思うんだ。和くんの意思を無視するようで申し訳ないけど、しばらくの間でいいから待ってやってくれないかな。でないと、今回の和くんの頑張りが無駄になりそうだ。──どうにもこうにも、理史は和くんが可愛くて仕方がないんだよねえ。過保護にするのも癖っていうか、完全に染み着いてるみたいでさ」

困ったもんだと軽く言いながら、八嶋は前を向いて車を出す。その横顔を見つめて、和はゆっくりと息を吐いた。

……実際のところ、今日これから理史に会えと言われたら、きっと和は対処に困る。一昨日の夜から変に感情的になっていたのも確かだし、だったら和も頭を冷やすべきなのだろう。

「わかりました。待ちます」

ぽつんと答えたら、運転席から伸びてきた手に頭を撫でられた。その感触すら妙に懐かしく感じて、和は小さく苦笑した。

──そういえば今日は平日だったと思い出したのは、立ち寄った理史のマンションから当座必要なものを持ち出して、姉が暮らすアパートへと向かった時だ。

姉が勤務する店舗の定休日は月二回で、スタッフの休みはローテーションになる。今日の今日、偶然姉が休みなどという都合のいいことがあるだろうか。考えているうちに車はアパートの前に辿りついてしまった。

「八嶋さん、姉さんって今日は仕事じゃあ」

「んー。そのへんはタイミングがいいっていうかね。ほら、外」

促されるままに窓の外に目をやって、和は大きく目を瞠る。——いつのまにか、助手席の窓のすぐ向こうに姉がいて、少し怒ったような顔でじっと和を見つめていた。和が動けないことに気づいたのか、外からドアを開けて言う。

「おかえりなさい。家出は楽しかった？」

「う、……ごめんなさい。その、もう二度とやらない、から」

自覚していたけれど、和は姉に泣かれるのと同じくらい叱られるのに弱い。俯いて謝ると、伸びてきた指先に頬をつつかれた。

「そんなこと言って、言質《げんち》取られたらどうするの。ちょっとくらい言い訳しなきゃ駄目でしょうに」

「……へ？」

「問題は家出じゃなくて、具合が悪い時に出歩いたことでしょ。しかも雨の日にだなんて、そんな無茶する前にどうしてわたしに連絡してこなかったの？」

予想外の言葉に顔を上げると、困った顔で笑う姉と目が合った。

「理由が言えないんだったら、はっきりそう言えばいいだけでしょう。身体のことも考えずに何やってるの。いい？　今度似たようなことがあったら、絶対すぐにうちに来るのよ」

「姉さん……？」

「心配、したんだから。雨は止まないし冷え込んでくるし夜になってもどこにいるかわからないし、もしかしたらどこかで倒れてるんじゃないかって、すごく、不安で」

そう言う姉の顔が今にも泣きそうに見えて、和は思わず呼吸を止める。ここまで心配させていたのだと、その気持ちはきっと中野も理史も八嶋も同じだと、改めて思い知った。

「ごめんなさい。……もし次があったら、絶対に姉さんに連絡する、から」

「約束よ。大丈夫、和がそうしてほしいんだったら理史兄さんには絶対に内緒にするから」

真面目な顔で言われて、こちらも真面目に頷いた。そのあとで顔を見合わせて、どちらからともなく苦笑する。

「具合はどう？　まだ熱があるって聞いてるけど、脚は大丈夫？　歩けそう？」

「うん。……まだちょっときつい時もある、けど」

「ふーん。初耳だなあ。僕には平気って言ったのに」

姉が相手だからとつい本音をこぼしたら、横合いから速攻で突っ込まれた。見れば、いつの間にか運転席を降りた八嶋が和の荷物を抱えて興味津々に覗き込んでいる。返事に詰まった和ににんまりと笑みを見せたかと思うと、今度は姉に声をかけた。

「じゃあ悪いけど、部屋開けてもらっていいかな。荷物、運んでおくから」

「いえ、それはわたしが」

「ここまで来たら同じことだし、気にしないで。第一、女の子にはかさばるし重いよ」

「ええと……じゃあ、すみません。お願いしていいでしょうか？」

「了解」

頷く八嶋とほっとしたように笑う姉が、どことなく親密そうに見えるのは気のせいだろうか。微妙に入れない空気を感じた和が何となく見つめていると、気づいた姉に手を差し出された。

「はい、摑まって」

「……うん。ありがとう」

杖があるからいいよとは、今は言いたくなかった。素直に姉の手を借りて、和は何度か泊まったことのある二階の部屋へと向かう。手摺《てす》り伝いに共用廊下に辿りついた時には、その間に車との間を二往復した八嶋が部屋の前で待ち構えていた。

てっきり中まで入るかと思ったのに、八嶋は玄関を入ってすぐの場所に荷物を下ろしただけで、あっさり「じゃあ、僕は仕事に戻るから」と口にした。姉とお礼合戦をしたあと、和を見て意味深に笑う。

「くれぐれも、理史を相手にしないように。緊急連絡は僕だからよろしく」

「わかってます」

少しばかりむっとして答えた和に手を振って、八嶋は外階段を降りていった。玄関先に立って何となくそれを見送っていると、荷物を奥に入れていたらしい姉から声がかかる。

「和？　お見送り終わったらすぐベッドに入らなきゃ駄目よ」

「はーい」

頷いて玄関ドアを閉じ、靴を脱いで中に入った。

姉が暮らす部屋はいわゆる２Ｋだ。一人住まいにはやや広く二人で住むには狭いという微妙な物件の特徴はキッチンの充実ぶりで、それが気に入って入居を決めたと引っ越し前に聞かされたのを覚えている。

その奥の部屋のベッドに、和はあっという間に追いやられた。さっそく出したらしい寝間着を渡され着替えを促されて、「家の中でおとなしくしてるのに」と言ってみたら当然のように叱られた。

「まだ熱があるくせに何言ってるの。すぐお昼ごはんにするから、食べてお薬飲んで寝なきゃ駄目でしょ」

「あ。そっか、お昼……あれ、八嶋さんは一緒じゃなかったんだ？」

八嶋が持ってくるという話だったが、渡されたのはお茶だけだ。せっかくだから一緒に食べてもいいだろうにと思った和に気づいたらしく、キッチンから振り返ってこちらを見た姉は微妙な顔をしていた。

「今はお忙しくて、ゆっくり食事する時間も取れないみたいよ。それに和のお昼はお粥で、わたしは今朝の残りものなの。そんなもの、出すわけにはいかないでしょう」

何で姉が八嶋の状況を知っているのかとも思ったけれど、それ以上に納得した。

新店舗開店は、文字通り目の前だ。なのに、和との話やここまで送ってくるだけで相当な時間を貰っている。確かに、一緒に食事など無理に違いなかった。

……だから、和をここに置いて行ったのだと、何となくそう思った。和が本当の意味で安心して甘えられる相手は姉と理史だけで、きっと八嶋はそれに気づいているのだろう。

ただ、問題がひとつある。一昨日の夜からの和の経緯について、姉が何をどこまで知っているかがまったくわからないことだ。正確に言えば、八嶋に聞くつもりで忘れていた。

言いたくなければ言わなくていいというのは、一応は落ち着いた今でも有効なのだろうか。心の片隅で気にしながら、姉が作ってくれた卵粥を平らげて薬を飲んだ。和がベッドに横になると、姉はその傍で趣味の編み物を始めてしまい、何となく始まった会話にやたら緊張した。けれど話題と言えば姉の近況や和の大学のことばかりで、一昨夜からのことについてはいっさい触れられることがなかった。

うとうとしながら、内心でほっとした。けれど、翌朝になってもさらに次の夜が明けても――数日が過ぎても何も聞いて来ない姉に、和はかえって不安を覚える羽目になったのだった。

## 12

「でしたらそのオススメのケーキと、ブレンドでお願いします。で、浅川はどうする？」

迷う素振りもなくそう言って、中野はおもむろにテーブルの向かいに座る和を見た。目の前で繰り広げられていた会話に感心していた和は、不意の問いに我に返って瞬く。

「……じゃあ、おれも同じので。飲み物はアメリカンがいいかなあ」

「そうねえ。和にはここのブレンドは苦いかもね」

「だよね。だったらそれでお願いします」

最後だけは客らしく敬語で言って軽く頭を下げると、「花水木《はなみずき》」全店に共通のお仕着せが似合う和の姉――美花は伝票を書き込む手を止めてくすりと笑った。

「畏まりました。それではケーキセットをおふたつ、どちらも本日のオススメのケーキで、お飲物はブレンドとアメリカンということでよろしいですか？」

「よろしいです。……って姉さん、笑い過ぎ」

「ごめんね。和がそうやってわたしに敬語使ってるのって、何だか」

言葉を笑いでごまかして、姉はそそくさとカウンターへ向かった。華奢《きゃしゃ》なその背中を見送って、和はつい渋面になる。一方、中野は店内を見回して感心したように言った。

「それにしても、見るからにターゲットは女性って店だな。まあ、売ってるもの考えたら無理もないけどさ。浅川は、さっきの様子だとあんまり来ないのか？」

「事務所のお使いにはよく来てたけど、お客としては二度目かな。姉さんがここで働き出して間もない頃に、こっそり様子を見に来たんだ。……すぐバレたけど」

「そりゃそうだ。バレないと思うのが間違ってる。ついでに、ここに男ひとりで来たらかなり目立つだろ」

「……今日はふたりだから、倍は目立ってると思うけどね」

「違いない」

平然と笑う中野に首を竦めて、和は店内を見渡した。

姉の勤務先になるここは「花水木」系列の三号店で、ダイニングバーを称する本店とはがらりと違ってケーキを始めとした洋菓子を扱っている。当初はテイクアウトのみだったのが途中からイートインを始め、一昨年に店を拡張して本格的な喫茶スペースを併設した。「花水木」系列のデザート類にはここの商品を使っているため、双方からお互いに客が流れることも珍しくない。

いつもは落ち着いた雰囲気の店内は、けれど期間限定で視覚的に賑《にぎ》やかだ。通りに面した大きな窓には白いラインで雪の結晶や横文字が描かれ、その奥には天井に届くほどの大きな樅《もみ》の木が、とりどりのオーナメントで飾られている。カウンターの上のポインセチアの赤と緑に、限定のギフトセット包装に使われているシルバーとゴールドが、もうじきクリスマスだと自己主張していた。

「お待たせいたしました。ケーキセットでございます」

どうやら店長が気を利かせてくれたらしく、商品を持ってきてくれたのはオーダーの時と同様に和の姉だ。テーブルに置いていく手つきも慣れていて、何となく安心した。

「そうなんです、実は彼女がここに来たがっていたので、下見にと言いますか」

「でしたら、今度は是非《ぜひ》彼女さんといらしてください。わたしが不在でも店長に、ちょっとサービスしてもらうようお願いしておきますから」

「マジですか。だったらいつにしようかな。って言っても、あいつが帰省してからなんで年末年始あたりになると思うんですよね。すみませんけど、ここの休みってどうなってます?」

「そうですねえ」

目の前のケーキ皿にフルーツソースで描かれたクリスマス限定サービスのイラストに気を取られている間に、姉と中野は再び話し込んでいた。

どうやら、姉はそこそこ中野に気を許しているようだ。そして、中野は和の姉を気に入ったらしい。

そもそもこの店でケーキセットを注文する羽目になったのは、和の捜索の際に姉がここに勤めていることを知った中野から「どうしても行きたいからつきあってくれ」と頼み込まれたからだ。現在進行形で「花水木」系列に近寄ってはいけないはずの和だが、これまでの経緯に加えて滅多に頼みごとをしてこない中野の要望ということもあって、思い切って八嶋に相談してみた。そうしたら、実にいい笑顔で複数の日付を教えてくれた。

（ここにある日の午後ならいつでも行っていいよ。美花さんも出勤してるはずだしね）

「では、ごゆっくりどうぞ」

「ありがとうございます」

短いやりとりで我に返ると、にっこり笑顔の姉が一礼して離れていくところだった。

和が上の空だったのに気づいてか、こちらに目を向けてきた中野に先ほど気がついたことを訊いてみた。

「中野の彼女の地元って、こっち？」

「そう。ここまで歩いて来るにはきついけど」

「そうなんだ。……けど、どうやって知り合ったわけ？　中野は地元こっちじゃないし、長期の休みはバイトで忙しくしてるよね」

「そのへんは秘匿する。――浅川はいいけど、桧山には言うなよ？」

「言わないよ」

噂の桧山は今は不在だ。午後の講義までは一緒にいたけれど、終わるなり臨時のバイトがあるとかでかっとんで帰っていった。

そもそも和の捜索に協力したのは中野だけで、桧山は家出事件そのものを知らないのだ。中野曰く理由《いわわけ》アリなのは見えていたからあえて巻き込まなかったとのことだが、この件に関しては心底感謝している。万事にストレートで裏のない桧山に事情を訊かれたりしたら、絶対にとても困ることになったはずだ。

ちなみに、桧山は噂の彼女とは別れたそうだ。どういうわけか和にまで頭を下げて謝ってきて、怪訝に見返したら「だって浅川にも泣かれたし」と言われた。過去の醜態《しゅうたい》を思い出して悶絶《もんぜつ》した和が謝り返すまでの一部始終を通りすがりの中野に見られて、冷静な声で「どっちも不毛」と言われることになった。

少し気になって、あの彼女は納得してくれたのかと訊いてみた。とたんにすうっと青い顔になった桧山の「女の子って豹変するイキモノなんだな……」との台詞を最後に、その話はそこで終わることになった。

「あ、これ美味い」

「だろ。ここのケーキって甘さがしつこくなくて好きなんだ」

姉のオススメのケーキは、期間限定のブッシュドノエルだ。切り株を模したごくシンプルなケーキで、口に入れるとほどよい甘さで溶けていく。

揃って同じタイミングでケーキを食べ終えて、あとはカップを口に運んだ。そろそろ帰ろうかと伝票を探してきょろきょろしていると、小さな紙袋を手にした姉が傍にやってくる。紙袋を中野に差し出して言った。

「これ、少しですけど彼女さんと一緒にどうぞ。賞味期限は年明けのあとですから」

「え、いやそんなわけにはいかないですよ！　払います、おいくらですか」

「ご遠慮なく。いつも和と仲良くしてくださってありがとう。この前は雨の中助けてもらったし、帰りも乗せてもらってるでしょう？」

もともとそうだったのを単に和が知らなかったのか、それともここで勤めるようになって変わったのか、意外なほど姉の押しが強い。椅子の上で中腰になった中野が、珍しくおたついている。

「お礼なら、浅川にいつも昼食を奢《おご》ってもらってます。それで十分ですんでっ」

「それとこれとは別枠ですよね？　お嫌いではないみたいですし、どうぞ」

「……浅川あ」

どうにも対処に困ったらしく、中野に助けを求められた。

肩を竦めて腰を上げると、和は姉に手を差し出した。即座に渡された紙袋と同時に、「支払いは終わってるから」と言われて苦笑する。

「埋め合わせは今度でいい？」

「そうねえ。お年始に、和のお雑煮が食べたいかな」

「……了解」

呆気に取られた様子の中野の背中を押して、和はそのまま店を出た。駐車場に停めていた中野の車に乗る前に、後部座席に紙袋を置いておく。

「な、おい浅川、何でそんなとこにっ」

「降りる時、持って出るの忘れそう？　だったらおれが持っといてもいいけど」

「そうじゃなくて、何で受け取ってんだよ。浅川のお姉さんにそこまでしてもらう理由がないだろっ？」

「悪いけど、おれが抵抗しても無駄だから。中野も押し切られてたんだし、ここはもう諦めるしかないんじゃないかな」

さらりと言って助手席に座った和を見て、中野が盛大なため息をつく。車の前を回り込んで運転席に座ると、唸るように言った。

「俺も何か埋め合わせを考えておく。お姉さん、好き嫌いはないよな？」

「ないけど、やめておいた方がいいと思うよ？　あと、埋め合わせ合戦になってもおれは関知しない」

「あー……そういう人か」

「単純に嬉しかったんじゃないかな。おれのこと、必死で探してくれたのがさ」

「俺は当たり前のことしかしてないぞ」

憮然《ぶぜん》と言った中野は、どうやらそれで諦めたらしい。ため息混じりに、車を走らせていく。

姉の職場からアパートまでは、車で走ればすぐだ。建物の前で下ろしてもらい、このあとバイトがあるという中野の車を見送りながら、和は小さく息をつく。

事務所でのバイトは八嶋から指定された日時のみに行くことになっていて、今日はその日に当たらない。レポートの類も片づけてしまったから、それこそ本でも読んでいるしかない。

理史のマンションにいるなら掃除したり片づけたりできるけれど、今寝起きしている部屋は姉のものだ。留守中に家の中を探るに近い真似をするのは、いかに姉弟《きょうだい》でもまずい気がした。

「……ただいま」

外階段で二階に上がり、鍵を開けて中に入る。後ろ手にドアを閉じながら、滞在期間二週間になってもこの言葉をここで口にするたび違和感を覚えてしまう。

——理史が「お帰り」と言ってくれるのを、待っている自分を思い知らされる……。

「そういや最近の中野って、理史くんのこと全然言わなくなったなあ」

ふっと気がついて、記憶を探ってみる。確か、最後に進藤の店にバイトに送ってもらった時にはこれでもかというほど「又従兄弟さん」と口にしていたはずだ。それが家出後から一度もないあたり、あえて避けているのは明らかだ。

中野本人に思うところがあるのか、それとも八嶋から注意でもされたのか。どっちだろうとぼんやり思った時、携帯電話が鳴った。

八嶋からのメールだった。宛名には和と姉のアドレスが並んでいて、内容は今夜三人で食事に行こうというものだ。

反射的に、どうせなら姉とふたりで行けばいいのにと思ってしまった。たぶん応じることになるだろうという予感があって、だったらこれから何をしようかと思う。

今日の夕飯は和が作るつもりだったのに、やることがなくなってしまったのだ。

部屋に上がり暖房を入れて、和は奥の部屋にあるソファに腰を下ろす。脚を冷やさないよう膝掛けをして、手の中の携帯電話を意味なく操作した。

——和が理史のマンションを出て、そろそろ二週間になる。

姉と一緒に住むのは数年振りでふたり暮らしそのものは初めてだったのに、和は意外なくらいすんなりとその生活に馴染んだ。

何もかも甘える気はなかったから、体調が戻ってからは家事は姉と分担してすませることに決めた。当初の一週間は念のためと称して大学への行き来を八嶋と中野の車に乗せてもらっていたけれど、最近は天気がよく体調に問題なければバスを使って行くのがふつうにもなった。

唯一どうにも気になっていたのは、和が姉のベッドを占領してしまったことだ。けれど、それも居候四日目に八嶋が折り畳み式でマットレスつきのベッドなるものを届けてくれたおかげで無事に解消していた。

バイトの方はあくまで事務所内にとどまる範囲で、本店を含め系列店に出向くことはいっさいなくなった。言ってみれば一年目と同じ状況に戻ったわけだが、やってみてあまりの窮屈さに八嶋の提案に頷いたことを後悔した。とはいえ今になって厭だと言えるわけもなく、バイトそのものがなくなるよりはマシと自分に言い聞かせている。

進藤の店は、予定通り無事に開店したそうだ。初日からそれなりに盛況で、今は連日一定数の予約が入るという。ここまで忙しいとは想定外だと、開店三日目に寄越したメールに愚痴とも照れ隠しとも取れる内容が綴《つづ》られていた。

進藤の部屋に泊まった時に、メールアドレスとナンバーを教えてもらっていたのだ。姉の部屋に移った夜に和の方からもメールして、以来ぽつぽつとやりとりをしている。もっとも通話はいっさいないから、つまりメル友ということになるのだろうか。

顔を合わせていないせいで、進藤の部屋の合い鍵は未《いま》だに和が持ったままだ。いくら何でも長すぎると気になって、八嶋に預けて返してもらっていいかとメールで尋ねてみたら、進藤らしくなく速攻で「それだけはやめろ」との返信があった。急ぐ必要はない、次回会った時に返してくれと念を押されたため、和は合い鍵をなくさないようしまい込んでいる。

（和くん、当分理史とは会えないから）

あの時の八嶋の言葉通り、理史とはあれきり一度も会っていない。必要なものをマンションまで取りに行くことはあっても、それは理史が不在の時に限っている。

八嶋に禁じられているせいか理史からの電話はなく、メールも届かない。

言われた時は落ち着く時間があった方がいいと思ったのに、今になって和は後悔している。誰にも言えないけれど、どうにも寂しいと思う時が増えた。理史に、会いたくて仕方がない。

こっそり会いに行ってしまおうかと、何度も考えた。そのたび思いとどまっているのは八嶋云々ではなく、怖い気持ちが先立つからだ。言い合いをした翌朝、意識がはっきりしないまま別れた理史が和をどう思っているのかが、わからないからだった。

理史の気持ちを、疑うつもりはない。けれど、好きだから何もかも許してもらえるとは限らない。

我が儘を言って怒らせた和が、最後に見た理史の顔はとても辛そうだった。少し落ち着いた今、理史が和の身勝手さに呆れていないとは限らない。というより、呆れられても仕方がないことをしたと思う。

会いたいけれど、会うのが怖い。どんな顔をすればいいのかわからない。そもそも、会いに行くきっかけが摑めない。

小さく息を吐いて、和は手の中の携帯電話を見つめる。

理史からの電話かメールがあれば、八嶋の言いつけなんか無視して飛んでいくのに。そう思い、やっぱり自分は我が儘だと痛感した。


その夜、八嶋が連れて行ってくれたのは郊外にあるダイニングバーだった。

「商売敵の視察？」

駐車場で車を降りる直前にぽそりと訊いてみたら、八嶋は「当たらずとも遠からずかな」と笑った。

「和くんと美花さんは気にしないで食事を楽しんだらいいよ」

さらりと言って、当然のように姉をエスコートする。その様子に、やはり自分はお邪魔虫らしいと再確認した。

頼んだ料理は基本のコースで、八嶋が車ということもあってアルコールは抜きだ。和の自宅外での飲酒は相変わらず禁じられているし、姉は自分だけ飲んでも楽しくないからと笑って断った。

料理そのものは和風寄りの創作もので、味付けの傾向が「花水木」系列とは違う。おそらく客の方も別扱いしてくれるだろうと、バイトらしく少しほっとした。

デザートの蕨餅《わらびもち》と緑茶を終え、支払いを終えて車に戻る。車中での話はやはり料理のことで、八嶋も和と同意見だと知った。

「そうだ、忘れるところだった。和くん、これ渡しておくから」

姉のアパートに近い赤信号で停まっている時、思い出したような声とともに運転席から一通の封筒を差し出された。反射的に受け取ったそれの手触りのしっかり具合はふつうの封筒とは一線を画していて、和はしげしげと眺めてしまう。

「何ですか、これ」

「今日中に忘れず見ておいて」

即答は、けれどどう聞いても返事になっていない。胡乱に運転席に目をやると、ルームミラー越しに笑う八嶋と目が合った。

「お楽しみってことで、たまにはいいんじゃない？　先に答えを聞く癖はつけない方がいいよ」

「はあ」

相手が八嶋だから先に答えが聞きたいのだが。思いはしても口に出す気になれず、和は指先で摘まんだ封筒をコートのポケットに入れておいた。

姉のアパートの前で、車が停まる。助手席の姉を待たず先に降りて待っていると、姉が出たあとのドア越しに「和くん」と呼ばれた。

「明日のバイトだけど、大学が終わったらまっすぐ来られそう？」

「予定に入れてますし、すぐ行きます」

「了解。じゃあそういうことで」

頷いた八嶋はそのあと姉と挨拶をしただけで、すんなり帰って行った。姉の方も車が角を曲がるまで見送ったものの、見えなくなるとすぐに和に声をかけてアパートへと向かう。

お邪魔虫が言うことではないとは思うけれど、「いいのかな」と思った。なので、二階の姉の部屋に戻り、双方が風呂をすませたあとで訊いてみた。

「姉さんさ。明日の約束とか、しなくてよかったんだ？」

「明日って？」

「クリスマスイブだよ？　八嶋さんと、食事とかさ。……つきあってる、みたいなもんなんだよね？」

問いかけが曖昧になるのは、和が見た限りふたりの関係が今ひとつはっきりしないからだ。友人と呼ぶには近すぎて、恋人と呼ぶには親密さが足りない。それでも、いい雰囲気だというのは伝わってくる。

もっとも、和がそれを知ったのは二週間前、つまりここに居候するようになってからのことだ。知らない間に、姉と八嶋はたまにふたりで食事に行く間柄になっていた。

実際のところ、八嶋といる時の姉は和が知らない顔をする。具体的に言えば、弟の目にも「可愛い」と思えるような。

和の問いに、けれど姉は鏡台に向かったままだ。肌の手入れをしながら、柔らかに言う。

「おつきあいしているとは言えないかな。時々、誘っていただいてるだけだもの」

「……けど姉さん、八嶋さんのこと好きだよね」

和の知る限り、姉は男友達とふたりきりで食事に行くようなタイプではない。去年の離婚騒ぎの影響もあってか、むしろ異性には警戒する傾向が強かったはずだ。

知り合いから見合いだの紹介だのといった話があっても断り続けていたし、友人伝いに声をかけられてもやんわりと、けれどはっきり固辞したと聞いている。

その姉が八嶋とはふたりきりで食事に行き、車の助手席に抵抗なく座り、一緒にいると可愛くなる。それはもう、確定でしかない。

「和。いきなりそんな生意気言わないの」

咎《とが》める声で言ったところで、頬が湯上がり直後以上に赤くなっているのだから無意味だ。

そんな気持ちで見ていると、姉はブラシを置いておもむろにこちらを見た。

「明日の夜だったら、わたしも八嶋さんも、和にも予定があるのよ？」

「へ？」

「さっきの封筒、見てみたら？」

「あ」

そういえばと腰を上げ、隣のダイニングに行ってみた。テーブルに置いたままにしていた封筒を手にベッドに座り込んで眺めてみても、差出人どころか宛名もない。

首を傾げながら封を開け、入っていたカードを引き出す。そこに書いてある文字を認めて、呼吸が止まるかと思った。

ほんの少しだけ右上がりの大胆な文字は、理史のものだ。短く記されているのは明日の日付と時刻、そして本店の住所と――最後に理史の署名があった。

「わたしと八嶋さんと和の三人をディナーに招待してくれるんですって。何だか個室まで押さえちゃったみたいよ？」

「……理史くんも、一緒に？」

「一緒に食事するんじゃなくて、お料理と、テーブルについて給仕をしてくれるみたい。和限定のサービスで、わたしと八嶋さんはおまけなんですって」

くすくす笑う姉を呆然《ぼうぜん》と見返して、こぼれた言葉は我ながら間が抜けていた。

「個室って、……イブに空いてるわけないじゃん」

本店のクリスマスディナーコースは、例年告知して数日と経たずに予約でいっぱいになる。今年予約を押さえるとしたら先月の頭にはやっておかねばならないはずだけれど、理史はそんなことは一言も言わなかった。むしろ、今年もイブは仕事で遅いからクリスマスは繰り上げてやるかと訊かれたくらいだ。

カードを見たまま黙り込んだ和が気になったのか、姉がやってきて隣に腰を下ろす。首を傾げて、和を覗き込んだ。

「理史兄さんに会いたくない……わけじゃないわよね？」

声は出なかったけれど、すぐさま頷いた。そんな和に苦笑して、姉は言う。

「理史兄さんて確かに和には過保護だけど、その理由、わたしにはわかる気がするのよね。それと同じくらい、和が甘えすぎだって気にしてるのもわかるんだけど」

唐突に言われて、どきりとした。

居候していたこの二週間で、姉が理史と和の関係について口にしたのは初めてだ。下手に口に出すと何もかも話さなければならなくなる気がして、結局和から家出の理由や理史から離れた原因を説明することもできなかった。

「八嶋さんから、何か聞いたんだ？」

「今、言った分くらいね。それが原因でちょっと行き違ってて、理史兄さんの方がヒートアップしてるって。……けど、和が兄さんに申し訳ない思ってたり、引け目を感じてるのは見てたらわかったから」

「そ、っか」

それだけで、何も言わず傍にいてくれたのだ。そう思い、改めてありがたくなった。

「理史兄さんだけど、たぶん事故のあとの和のことが忘れられないんじゃないかなって思うのよ。直後の和のことも病院で見てるし、歩けなくなるかもしれないって言われた時も一緒にいてくれた。最初の手術の時も、そのあと何度か手術した時も全部、兄さんはできるだけ傍にいてくれたでしょう？」

「……うん？」

「和がどれだけリハビリを頑張って歩けるようになったのかも、一度突き飛ばされただけでまた入院してやり直しになったのも知ってる。その時の和がどんなに辛かったかは、たぶんわたしよりよくわかってるんじゃないかと思うの。だから和の右脚のことを気にするし、転ぶかもしれない状況に過敏になる。それで過保護になるんじゃないかって」

黙ったまま、和は隣に座る姉に目を向ける。視線に気づいたのだろう、姉は少し笑って続けた。

「新しいお店の開店準備を手伝うって聞いた時、わたしもやめてほしいと思ったの。もっと言っていいならバイトなんかしなくていい、転ぶことを考えたらタクシーでも何でも使って歩く機会も減らしてほしい。和には窮屈だろうけど、痛い思いや辛い思いをさせるくらいならその方がずっといい」

「…………」

予想外の言葉に、何を言えばいいのかわからなくなった。

事故のあとの入院も手術も、その後にあった入院騒ぎも和にとって苦痛の記憶だ。けれど、現在進行形ではなく過去に過ぎない。転ぶのは確かに怖いし、それでまた膝を痛めて歩けなくなったらと考えることもある。

けれど、それを理由に歩かないのでは本末転倒だ。自分の脚で歩きたいから、少しでも可能性があるならと思ったからこそ、複数の手術もリハビリも頑張れた。

——姉の言い分は、よくわかる。けれど、痛めた右膝で歩く以上、いつかは転ぶ。どのくらい先かはわからないけれど、いずれは歩けなくなる時が来る。それを怖がって過剰に大事にするのは、やはり違うと思ってしまう。

「それは……でも今は膝も落ち着いてるし。自分でもちゃんと気をつけて」

「わかってるけど、それでも心配で怖いのよ。和が転んだとか、痛みが出たって聞くと」

「……怖い？」

問いに、姉は小さく頷く。するりと伸ばした腕を和の腕に絡め、ほんの少し寄りかかってきた。

「逆だったら、和はどう思う？　理史兄さんが事故で脚を痛めて、もう歩けないかもしれないって言われながら何度も手術してリハビリして、ようやく歩けるようになって。その矢先に転んで痛めたところをぶつけて入院したって聞いても平気？　まだ歩くのに支障があるのに、大丈夫だって仕事に戻ったりしたら？」

「そ、んなの駄目に決まってんじゃん！　もしそれでひどくしたら」

反射的に言い掛けて、気づく。姉が言いたいのはそういうことだ。和にとっては自分のことで、痛みの程度や脚の感覚でおよその状態がわかったとしても、理史や姉はそうはいかない。だからこそあんなにも気にかけてくれるし、過保護になる。

「兄さんて、ずっと和を傍で見てるでしょう。たぶん和が転んだり、転びそうなところを見たりするたびに、あの頃のことを思い出してるんじゃないかって。事故のあとも手術の時もリハビリを見てる時も、変わってやれたらいいのにって何度も言ってたのよ。……去年のあの騒ぎの時だって、目を離すんじゃなかった、傍にいるんだったって後悔してたもの」

「何で、……だってあれは、おれが勝手に動いただけで」

言いながら、和は当時のことを思い出す。

姉の元夫に連れ出され、思い通りにならないならと突き飛ばされ、転がされて脚を狙われた。それを目にした時の理史の表情のない顔と、有無を言わさず病院に向かう車中での沈黙の意味を、今さらに理解する。

「でもね。その反面、わたしは理史兄さんのやり方を見ていて、やりすぎだ、過保護にもほどがあるって思ってもいたの」

「……へ？」

今の今まで言われていた内容を根こそぎひっくり返すような言葉に、和はぽかんとする。

「去年こっちに帰ってくるまでは、わたしも理史兄さんと同じように思ってたのよ。身体が辛くて高校に通うのもやっとで、だから無理なんてとんでもない。バイトなんてあり得ないって。……けど、この一年見ていてわかってきたの。和はずいぶんしっかりしてきたし、自分の脚のこともちゃんと管理できてる。足りないところもあるだろうけど、それはこれから頑張ればいいことでしょう?」

「姉さん、……?」

「理史兄さんのやり方って、いつ転ぶかわからない、自分では対処しきれない、以前の和にするのと同じなのよね。それは今の和にとっては窮屈だし、悔しくて当たり前かなって」

まともに言い当てられて、和は思わず頷く。その様子に、姉が笑うのがわかった。

「わたしがそれに気がつけたのは、いろいろあってしばらく和から離れてたからだと思うのよ。兄さんはずっと和の傍にいたから。近くに居すぎて、かえって気づきにくいのかもしれないわね」

「そう、かも。……おれも、そのへんはうまく言えなかったから」

「だったらそのあたりの話し合いが必要ね。もう二週間だし、和も元気になったんだし?」

「そうする」

もうひとつ頷いて、和は右腕に寄りかかってくる姉を見た。

理史に会うのは、正直怖い。怖いけれど、会いたいのだ。せっかくの機会を、逃すことはしたくなかった。

「明日のディナーって、もしかして八嶋さんが企んだんだ?」

思いついて訊いてみたら、姉は目を丸くした。ややあってくすくすと笑う。

「まさか。理史兄さんに決まってるでしょ。和に会う口実を、頑張って考えたんだと思うわよ?」

「……そ、っか」

答えながら、自分で恥ずかしくなってきた。さりげなく視線を余所《よそ》に逃がしていると、取られたままの右腕を軽く引かれる。

「せっかくだから、ひとつ教えてあげる。去年の年末に兄さんと話した時、和はちゃんと自己管理できてるって自慢そうな顔で言われたわよ」

「へ」

「兄さんが過保護なのって、和の脚のせいだけじゃないかもしれないわね。――気になるんだったら和が自分で訊いてみたら?」

さらりと言って、姉は洗面所に立ってしまった。

ベッドの上に取り残されて、和はひとりで狼狽《ろうばい》する。――考え過ぎであってほしいけれど、姉のあの言い方は「全部知っている」ようにしか聞こえなかった。

久しぶりに訪れた「花水木」本店は、クリスマスイブだけあって和たちが着いた時にはすでに満席になっていた。

予約なしの客が座る待合いを素通りした八嶋がカウンターの中にいるスタッフに何か言う前に、向こうから「お疲れさまです」との声がかかる。短く頷いた八嶋が促すまでもなく、すんなり奥の個室へと案内された。

人の多い通路を歩きながら、和は懐かしい気持ちになる。一か月にもならないのにと首を傾げたあとで、事務所でバイトをしていた頃には週に二回はここに顔を出していたのだと思い出した。

「あ。和くんだ、元気？」

「具合どう。もう大丈夫なのか？」

他の客が多い場所ではあえて避けていたらしく、人気《ひとけ》の少ない個室への通路に入ったとたん複数のスタッフから声をかけられた。そのたび笑顔で答えながら、何となく微妙な気分になってしまう。

どういうわけか、スタッフのほとんどが和に声をかけたあとで笑いをかみ殺す顔をするのだ。よくよく見れば先を行くフロアマネージャーのみならず八嶋までもが同じで、知らず顔を顰めていた。

「八嶋さん、……スタッフさんたちに何か言いました？」

「知らないなあ。和くんこそ、心当たりは？」

満面の笑みで切り返されて、つい眉根を寄せてしまう。そんな和を見上げて、姉は「ずいぶん可愛がってもらってるのねえ」と嬉しそうに言うのだ。そうなると渋面ではいられずに、和はため息をつく。

「こちらです。どうぞ」

開かれたドアの中は、半径一・三メートルほどの丸テーブルと四脚の椅子、それに専用のクローゼットと荷物置き場となる壁際の棚が置いてあって、狭くもなく広くもないという絶妙の空間だ。八嶋にエスコートされた姉がコートを預けてテーブルにつくのを眺めながら、和は傍にいるフロアマネージャーに声をかける。

「ここ、よく空いてましたね。毎年真っ先に塞《ふさ》がる部屋ですよね？」

「そうですねえ。まあ、裏技というものがありますしね」

「裏技？」

初めて聞いた言葉に、つい首を傾げていた。そんな和の手からコートを受け取って「どうぞ」と席に促すフロアマネージャーは、理史の現場での片腕として開店時から本店フロアを統括する強者だ。理史より年上だという彼にそれ以上説明する気はないらしく、だったらあとで八嶋を問いつめようと決める。

三人が席についてまもなく、理史が姿を見せる。すっかり見慣れているはずの白いお仕着

せが、けれどいつもとは違って見えた。和と目が合ったものの特別に何を言うこともなく、短い挨拶をして下がってしまった。

せめて一言くらい声をかけてくれるだろうと思っていたから、落胆した。じきに前菜を運んできた時も、メインの皿の説明をする時にも理史は泰然としていて、和を見ても声まではかけてこない。

……まるで、何事もなかったみたいに。今朝いつものように大学前で別れて、夜になって和が知り合いを連れて客として食事に来ただけ、とでも言うように。

理史が平然としていることに、安堵したのに物足りなさを感じた。表面では姉や八嶋に合わせて話をし料理を口にしながら、和は全神経で理史を追いかけてしまう。

ずっと会いたいと思っていたのは、和だけだったんだろうか。

ふと、そんな思考が胸に落ちた。そんなはずはない、今は仕事中だから顔に出さないし特別声をかけてこないだけだ。自分にそう言い聞かせながら、和は複雑な気分になる。

そんな時に妙にちらちらとこちらの様子を窺われたのでは、気にならない方が嘘だ。デザートを供した理史が端然と個室を出ていくのを待って、和はじろりとテーブルの斜め向かいに座る八嶋を睨む。

「……何です。おれ、どっか変ですか」

「和。そういう言い方は失礼でしょ」

「構わないよ。じろじろ見てたのは僕だから、むしろ謝らないと」

殊勝に言うフリでまた笑うあたり、口ほどの反省もしていなさそうだ。さらに顔を顰めた和だったが、じっと向けられた姉の視線に窘められて仕方なしに表情を緩めた。気にしても仕方がないと、デザートに集中する。系列店で作って本店に送られるデザートは、客のリピート率に大きく貢献する本格派だ。

デザートを食べ終えた頃に、理史が挨拶に顔を出した。今度こそと思ったもののその隣にはフロアマネージャーがいて、和はどうしようかと迷う。

いつも通りの延長なら、ここで何とでも言える。けれど、最後に別れた時の状況があれで、それきりまともに話せなかったことを思うと、そうするのは憚《はばか》られた。

八嶋には聞かれたくないし、姉には聞かせたくない内容になりかねないからだ。ちなみにフロアマネージャーに関しては、聞かせるのは間違いだと判断した。結局理史と個人的に話す機会を掴めないまま、和は八嶋と姉について個室を出るしかなくなってしまう。

もしかして、あとから理史が来てくれないだろうか。そんな希望を抱《いだ》いてわざとゆっくり歩いてみたものの、それらしい姿はどこにもない。振り返った姉が遅れている和に気付いて足を止めたのを知って、仕方なく歩調を戻すことにした。

……つまり、今日はこれで終わりなのか。理史の顔をただ見ただけで、姉のアパートに帰ることになるのか?

カウンターの前を行き過ぎながらそう思い、これでは埒《らち》があかないと悟った。

どこまで気付いているかわからない姉の目は、確かに気になる。八嶋の言いつけを破ることになるのだとも思う。けれど、動くのは今しかないと思った。

まだ客で賑わう店を出てすぐに、前を歩く姉の袖《そで》を引っ張った。気付いて振り返った姉に、声を落として言う。

「悪いけど、姉さんは八嶋さんと一緒に帰って」

「……和はどうするの」

「理史くんと会って、ちゃんと話してくる」

和の返答に、軽く首を傾げていた姉はにっこりと笑った。

「わかったわ。それで、帰りはどうする？」

「時間遅いし、タクシーで……じゃなくて、そのまんま姉さんとこには帰らない、かも」

「そう」

かなり思い切って言ったのに、姉の返事はあっさりしたものだ。和から背後に視線を移して、そこにいた八嶋に声をかける。いつ気付いていたのか立ち止まってこちらを見ていた八嶋はまたしても笑いをかみ殺すような顔をしていて、和はつい眉根を寄せてしまう。

「了解、ちゃんと聞こえたよ。じゃあ、和くんにはこれ」

言葉とともに、ひょいと何かを投げ渡された。反射的に受け取って、和は目を瞠る。

「たぶん使わないっていうか、いらない気がすごくするけどね。荷物は明日以降に引き取りってことで」

今度は全開の笑顔で言って、八嶋は姉を促し駐車場へと歩いて行く。

見知った八嶋の車が幹線道路に合流して見えなくなるのを、突っ立ったままで眺めていた。そのあとで我に返って、和は手の中の鍵に目を落とす。

ややごつめの車の鍵に似合わない、間の抜けた顔の小さなヌイグルミのキーホルダーは、小学校の修学旅行のお土産にと和が理史に渡したものだ。買った和自身「何でこんなものを」と思うようなこれを気に入ったとかで、理史はずっと愛用してくれている。

物持ちのよさには感心するし、気持ちは嬉しいと思いはするが、和本人は何度となく「もう捨てたらいいのに」と言ったのだ。何しろ品物自体が微妙だし、古いせいでかなり色褪《いろあ》せてもいる。

（この顔が気に入ってるんだからいいだろ。たまに洗濯してるし、きれいだろうが）

なのに理史はそう言って、このキーホルダーを愛車のスペアキーにつけている。車は間で二度変わったのに、キーホルダーだけが現役続投中だ。

――つまり、理史の車の中で待てばいい、ということだ。認識するなり、全身から力が抜けた。柔らかいキーホルダーを握りしめて、和は八嶋が停めていた客用ではなく従業員用の駐車場へと足を向ける。

すでに午後九時を回った今、周囲はすっかり夜だ。幹線道路沿いのここは街灯の明かりや車のライト、それに店舗の明かりがあるため明るいが、見上げた空は藍色《あいいろ》に染まっていた。吹き付ける風に、コートの襟をかき寄せマフラーに顎を埋める。しっかり着込んでいても、冬の夜は足元から冷え込む。気持ち足を早めて歩いて、従業員用の駐車場に着いた。

指定されているわけではないが、古参スタッフが車を置く場所は大抵決まっている。理史などは、本人が知らない間に目印がしてあったらしい。

理史の車は、すぐ目に入った。ほっとして近づく途中、和は「あれ」と思い足を止める。

気のせいでなく、運転席のあたりがほのかに明るく見えたのだ。さらに数歩近づいて目を凝らすと、ガラスの向こうに理史が座っているのがわかった。

思いがけなさに、その場から動けなくなった。

「花水木」本店は二十三時まで営業だ。理史は店長で今日はクリスマスイブで、だから最終まで仕事だとばかり思っていた。

そういえば、八嶋はさっき「いらない気がする」と言わなかったか。ぼんやり思い返していると、車中の理史が何かに気がついたようにこちらを見た。

夜の中なのに、まともに目が合った。ぽかんとしている和と何だか難しい顔の理史と、どちらもしばらく黙ったままでどことなくお見合いの様相を呈してくる。

どのくらいの間があっただろうか。するすると音を立てて、運転席の窓が下りた。さらに数秒後、ひそめたような声で名を呼ばれる。

「……和？」

「うん」

返事をしたあとで、理史の声に何かを確かめるような響きがあったような気がした。その理由が気になったのにそれ以上に気持ちが溢《あふ》れて、和は何も言えなくなる。

ずっと会いたかったんだと、泣きたいような気持ちで再認識する。本当に好きで、どうしようもないくらい好きで、呆れられてもいいから嫌われたくない。心の底から、そう思った。

もう一歩近づこうとして、ふいに強い風が吹いた。持って行かれそうになったマフラーをかき寄せてつい身震いすると、とたんに焦《あせ》ったような声がかかる。

「早く乗れ。冷えるだろ」

「……うん」

ほっとして、できるだけ急いで助手席に乗った。

シートに腰を落ち着け、シートベルトに手を伸ばそうとしたら、横から膝に毛布をかけられる。え、と目を向けると、運転席の理史が真面目な顔で和の足元まで毛布でくるみ、肩には膝掛けをかけてくれる。

丁寧な手つきで前まで合わせてもらって、甘えすぎだろうかとちらりと思う。けれど今は人前ではないし、行動を制限されたわけでもない。

だったら素直に甘えていいはずだ。妙にすとんとそう思った。

「……マンションに帰ろうと思うんだが」

ややあって聞こえた理史の声は、どことなく固い。それが気になって見上げると、物言いたげな理史と目が合う。

家出の翌日に進藤の部屋までやってきた八嶋を、急に思い出す。あの時の八嶋はらしくなく緊張していたから、理史もそうなのかもしれない。和が理史の動向を知らされなかったように、理史も和の状況を聞いていないのかもしれない。

もし知っていたとしても、状況だけで相手の気持ちは見えない。だとしたら、……理史も和と同じように不安だったのではないだろうか。和の気持ちがわからなくて怖いと、感じていたのではないか?

そう思ったから、和ははっきり気持ちを言葉にして告げた。

「うん。理史くんと一緒に、帰りたい」

「――――」

目を見開いた理史の表情が、ふわりと緩んでいく。その様子に、予想が当たっていたことを知って安心した。呆れられている可能性は消えないけれど、少なくとも嫌われてはいない。

そう信じていいはずだ。

「よし、帰ろうな」

ほんの少しぎこちなく笑った理史に、ふわりと頭を撫でられる。久しぶりの重みと体温が嬉しくてつい笑っていると、ゆるりと動いた手のひらに今度は頬を撫でられた。顔の半分をくるむ形で止まった手から離れたくなくて、和は理史のその手に自分の手のひらを重ねる。

本当に帰れるのだと、心の底からほっとした。

あのマンションが自分の居場所なのだと、改めてそう思った。

## 14

マンションの駐車場で車を下りようとして、先に下りて助手席側に回り込んできた理史に手を差し出された。

冬とはいえ今日は天気がよかったし、昼間もそこそこ暖かかった。このマンションの駐車場からエントランスまでは段差がないし、そもそも体調がいい時の和は車を下りるにも部屋まで帰るにも手を借りる必要はない。

「理史くん？」

きょとんと見上げた和が今夜杖を使っていないことを知っているはずの理史は、けれど相変わらず手を差し出したままだ。

少し考えて頷いて、素直に手を借りてみた。調子が悪い時にしてもらうように、体重の一部を預かってもらって歩く。そのまま集合玄関から中に入り、エレベーターに乗った時に確信した。――和を支えるためでなく、なるべく近くにいるためにこうしているのだ。

どことなく面映《おもは》ゆい気分で、理史の部屋に帰りつく。玄関ドアを開けて中に入ったとたん、懐かしい気持ちになった。

「わ、……っ」

自動的に点った明かりの中、靴を脱ごうとしたらいきなり背後へと抱き込まれた。驚いたものの逆らうことはせず、和は胸下に巻き付いてきた長い腕に手のひらを重ねてみる。寄りかかるようにわざと後ろに体重をかけても、理史はびくともしない。

「――ごめんな」

帰ってきてほっとして、気持ちが浮き立っていた。だからこそ、上から落ちてきた低い声の、苦しげに押し殺した響きにどきりとしたのだ。やっと会えただけで、まだ何の話もしていないことを思い出した。

「こっちこそ、こめん。おれが勝手なことばっかりした、から」

「いや。俺が悪かったんだ。……和の言い分を、ちゃんと聞いてなかった。あれこれ理由をつけて、勝手に決めつけてた。心配だからって何をやってもいいわけじゃねえのにな」

声は落ち着いて静かなのに、抱きしめる腕が強くなった。言葉だけでなく全身から理史の思いが伝わってくる気がして、和は自分なりに言葉を探す。

「理史くんが、姉さんと同じくらいに——たぶん姉さん以上におれのことを考えてくれてるのは、わかってるんだ。おれがこれ以上脚を痛めないですむように、無理がないように、厭な思いをしないように気配りしてくれるのも、知ってる。それがすごく嬉しかったけど、申し訳ないとも思ってた。……けど、去年まではまだ平気だったんだ」

「去年？」

「よくしてもらってるのはおれが理史くんの弟分の又従兄弟だからで、だったら大学を卒業するか、理史くんが再婚したら必ず離れることになる。期間限定だったら甘えていいかなって、そんなふうに思ってた。——だけど、恋人になれて欲が出た」

「……うん？」

訝《いぶか》しげな声に、和はひとつ息を飲む。

「又従兄弟でしかなかった時は、少しでも近くにいられたらそれで十分だったんだ。おれに大したことができなくても、どのみち長くは続かないから仕方ないって。けど、恋人になって、ずっと一緒にいられるかもしれないって考えたら、そんなのは厭だと思った。一方的に助けられるばっかりじゃなくて、少しでも理史くんの役に立ちたかったんだ。……年の差があるしおれがこんなだから難しいのはわかってるけど、いつか清水《しみず》さんみたいに理史くんと話せるようになればいいなって」

「は？」

一生懸命告げたはずの言葉に、けれど理史は露骨に怪訝そうな声を上げる。むっとした和が振り返り気味に見上げると、慌てたように早口で言った。

「いや待て、今の内容じゃなくて！　清水って、あの清水か。うちに出入りしてる営業の？」

「……そうだけど」

「駄目だ、それだけは勘弁してくれ。和がああなったら俺は泣くぞ」

「へ？」

見上げた理史は、やや明度の低い明かりの中でもはっきりとげんなりしていた。それが意外で、和はそろりと訊いてみる。

「理史くん、清水さんと仲いいっていうか、親しいよね？」

「昔からの知り合いが営業に来たってだけだ。親しいとは、できれば言いたくねえな」

「……気の置けない間柄、って言うんじゃあ？」

「冗談だろ。油断すると厄介事《やっかいごと》持ち込んでくるわ和にはちょっかい出すわで、どっちかって言うと面倒な相手なんだよ」

とても厭そうな顔で言われて、いつかの弓岡の言い分を思い出した。

「でも、聞いた話だと清水さんは理史くんのことが好きで、理史くんも憎からず――」

「よせ。そんなもん、あいつに聞かれたら当分ネタにされる。第一、あいつ既婚者だぞ」

「そうなんだ？　けど指輪してないし、そういう話も聞かないよ」

「いろいろ便利だからわざと隠してるんだとさ。どう便利かは聞いてねえし、興味もないけどな。……言っとくが和、間違っても直接訊いたりするなよ？」

「はーい……」

少々残念な気分で首を竦めたら、伸びてきた手のひらにするりと頰を撫でられた。さらに、妙に真面目な顔で付け加えて言われる。

「この際言っておくが、和の方がよっぽど気の置けない相手だからな？」

「わかった。……じゃあ、対等な相手、かな。一方的じゃなくて持ちつ持たれつ、みたいな。理史くんとはそういう関係になりたい。無理かもしれないけど、少しでも近づきたい。いつまでも、お荷物のまんまではいたくない、から」

言ったあとで、最後の一言はまずかったかもしれないと思った。

けれど、理史は黙って和を見下ろしたままだ。いつの間にか向かい合う形で抱き込まれていたのを知って、和はそろりと顔を上げる。

「誰に何を言われたとかじゃなくて、甘えて助けてもらってばかりで恋人っていうのは違うんじゃないかと思ったんだ。もう少し頑張りたいと思ったから、進藤さんの提案に乗った。……結局、自己管理が中途半端だったせいであんなことになったけど」

いったん言葉を切った和を見下ろして、理史が頷く。先を促す仕草にほっとして、和は慎重に言葉を選ぶ。

「でも、一度の失敗でもう無理だとは思わないし、諦めたくない。バイトを始めた頃よりちょっとは強くなれたはずだから、今よりもう少しだけ信用してほしい。理史くんが事故のこととか覚えてて、だから過保護になるっていうのは無理もないと思うから、次からは無茶しないし、もしする時も必ずその前に相談する。だから」

言いたいことは全部言った、はずだ。自分の言葉を反芻《はんすう》して、和はそう納得する。そのまま、黙って理史を見つめた。

理史は、けれどやはり無言のままだ。困ったような複雑そうな、何とも言えない顔でじっと和を見下ろしている。

膠着《こうちゃく》状態が終わったのはおよそ二分後、ふと理史が身を屈《かが》めてきた。目を丸くして見つめる和の肩にとんと額を乗せてくる。――器用なことに和の腰を抱いたままで、だ。

意味をはかりかねて、和はされるまま受け入れる。そうしながら、別の意味で「やっぱり理史は理史だ」とじんわり感じていた。

抱き込んだ和の肩に額を乗せた格好でいるのに、少しも和に負荷がかかっていないのだ。むしろ、どうやってだか右側にかかる体重のいくらかを引き受けてもらっている。

「……悪かった」

しばらくあとで耳に入った言葉は、ここに戻ってすぐに言われたのと同じだ。けれど、どことなくニュアンスが違って聞こえた。

「進藤のやつに俺らが和の意向を無視してると言われたって聡《さとし》から聞いた時、すげえ腹が立った。だから、和にあいつの店を手伝いたいって言われても行かせる気はなかったんだ。仕方なく折れたあとも、二、三日で気がすんで事務所に戻ってくるだろうと思ってた。……開店準備となるとほとんど力仕事だし、和はずっと事務所にいて店舗の仕事は詳しく知らないだろ？　今まであえてさせてこなかったしな」

「……うん」

「和は俺のもので、俺が一番よくわかってる。そう思ってたから、何度か顔を合わせただけの外野が適当なことを言ってるとしか考えなかった。和があんなに必死になってたのに、どうして必要もない苦労をしたがるんだとしか思わなかった。その結果が、アレだ」

言われた内容は家出前夜のことに違いなく、和は黙って耳を傾ける。肩に顔を伏せているせいで時折頰に理史の髪が触れていて、それをやけに意識した。

「嫌われても、愛想を尽かされても仕方がない。それはわかってるのに、どうしても和は俺のだと思っちまうんだよな……」

気がついたら手を伸ばして、理史の頭に触れていた。和のよりも短くて剛い髪をそっと撫でながらいつもと立場が逆だと思い、それを少しも厭だと感じない自分に気づく。

「間違ってないよ。おれは理史くんのだし」

するりと口にしたとたんに、腰に回る腕が強くなった。肩にかかる重みも強くなって、和は理史の頭を抱きしめる。

「――……進藤の店に行かせたくなかったのは、過保護のせいだけじゃない。俺の目が届かない場所に和をやりたくなかったし、進藤に近づけたくなかった。あいつ、うちに泊まった翌朝から和のことを気にしてたからな」

「え、……」

「最後に言い合いをした時、和は進藤のことを言っただろう。あれが、俺よりあいつの方が信用できるって意味に聞こえたんだ」

「理史、くん？」

思わず問い返した和に、肩の上で理史が笑うのが聞こえた。

「つまり嫉妬《しっと》したわけだ。和が過保護だって言ってるのも、半分は配慮じゃなくただの独占欲なんだよ。俺があれだけ構っていれば、少なくともうちの系列のスタッフは安易に手を出せないだろ？　けど、進藤の店はスタッフもほとんどが新人だしな」

「――」

思いがけない言葉の連続に、何も言えなくなった。

少しも腹は立たなかった。それどころか、むしろ嬉しいと思う。――理史の周囲の女性に警戒するのも、親しげにしている相手にやきもきするのも和だけだと思っていたのだ。理史はいつも泰然としていたから、さほど気にしていないのだと考えていた。

「――じゃあさ、同じだったんじゃん？」

我ながら、場違いなくらい明るい声になった。身動ぎはあったものの身を起こす気配のない理史に焦《じ》れて、和は肩の上にある理史の頭を必死で持ち上げる。

理史の顔が、見たかったのだ。互いの表情も知らないまま言葉を交わすのでなく、きちんと顔を見て伝えたいことがあった。

仕方なさそうに、理史が顔を上げる。その頬に手を当て、ぴたりと目を合わせて言った。

「だったらさ。お互い様で終わりにしようよ。おれは今後もっとはっきり意思表示するから、理史くんはそれをちゃんと聞いて？　少しでも追いつけるよう頑張りたいから、そこも見ていてほしいんだ」

「……それだと和が損するだろ」

苦い顔で言う理史に、和は大きく首を横に振った。

「理史くんだけが悪いんじゃないよ。おれもいろいろ足りなかったからさ。――それでいいよね？」

重ねて言って笑ってみせたのに、理史の表情は冴《さ》えないまま、返事もない。

このままではちゃんと終われない。だったらどうすればと考えて、ひとつだけ方法を見つけた。要するに、和の気持ちをもっとはっきり伝えればいい。

理史の頬を摑んでいたのを幸いに、和はその場で背伸びをする。少し足りないところは理史の顔を引っ張って、唇に触れて離れるだけのキスをした。顔を離す前に理史が顔じゅうで驚いているのがわかって、とたんに全身が熱くなってしまう。

恋人になって一年にもなるのに、和は自分からキスするのが苦手なのだ。過去にしたのは全部理史にせがまれてのことで、本当の意味で自発的なのはこれが初めてだと思う。

「……とにかく、先に上がろうよ。ここだと冷えるしさ」

気恥ずかしさにそのまま離れようとしたら、肩を取られて引き戻された。背中に触れたのは理史に違いなく、ぎゅっと抱き込まれた上に耳元で名前を呼ばれて、その場から逃げ出したくなる。横顔にすり寄る気配を感じたかと思うと、横から伸びてきた指に顎を取られ、慣れたやり方で横向けられた。

「ん、……」

そっと触れてきたキスは、ひどく優しかった。先ほど和がしたのを繰り返すように、柔らかく啄んでは離れていく。

じきに離れていくかと思ったキスは、けれど唇の間をなぞり歯列を割って深くなった。気がついた時には和は理史と向かい合う形で腰を抱き込まれていて、理史の頬に触れていたはずの和の手は、コートを着たままの広い肩にしがみついている。

上顎を撫でて過ぎた体温に、頬の内側を抉《えぐ》られる。歯列の裏を辿られ、無意識に逃げていた舌先をつつかれる。呼吸を詰めたせいかリップ音を立てて離れて、けれど和が息をつくの

を待ちかまえていたように唇を塞いでしまう。

「……ン、……んぅ、――っ」

搦《から》め捕られた舌先をこすられ、きつく吸われて肩が跳ねる。無意識に逃げかけたせいだろう、首の後ろを強い力で摑まれ固定された。

ぎくんと、背中が慄《おのの》いたのはその時だ。無意識に動いた指が理史を押しのけようとしたのに、一拍遅れて気がついた。

唐突に、キスが離れていく。覗き込むように見つめる顔が理史なのは疑いようがないのに、和の中で何かが怖がっているような気がした。

「……ごめんな。厭だっただろ」

低い声で言われて、それが今のキスではなくあの夜の――家出する前夜のことだと、どうしてか伝わってきた。考えるより先に、和はぽつんと声を落としている。

「厭、じゃなくて、怖かった。理史くんじゃあ、ないみたいで、途中から苦しくて、でも終わらなかったから」

「そっか。そうだよな」

深い声と同時に、そっと抱きしめられる。ほっとしたのも少しの間で、呆気なくその腕は和から離れていった。靴を脱いで、廊下へと上がっていく。

物理的な意味だけでなく、このままでは離れていってしまうと感じた。それは厭だと思ったとたんに身体が動いて、和は理史の腰にしがみついている。

「和？　いいから先に上がろうって」

優しい声の響きに、いつもと違う色がある。それが不吉に思えて、和は理史の背中に埋《うず》めた顔を横に振った。

「なーぎ？　冷えちまったし、風呂入って暖まらないとまずいだろ。脚もマッサージしてやるから」

「理史くんと、一緒に？」

言って、どうにか顔を上げた。振り返ってこちらを見る理史は本当に弱った顔をしていて、それを見るなり予感が確信へと変わる。

「一緒なら、いいよ。おれ、理史くんと一緒に風呂に入る」

盛大なため息が、上から落ちてきた。ついで、困り切った声が聞こえてくる。

「怖くて苦しくて、それでも終わらなかったんだろ？　だったら」

「いつもの理史くんだったら、怖くない。だから、怖くないようにしてよ。苦しいのも、なしにして」

とたんに、理史は目を瞠った。その様子に、今日は理史の知らなかった顔をたくさん見たのだと改めて思う。

じっと見つめてみても、理史は無言のままだ。そのまま待って待ち続けて、けれど待ちきれなくなって、和はやっとのことで言う。

「そういうのだと駄目、かな……」

「駄目じゃないのかって聞きたいのは、こっちの方なんだが」

ぽつりと言ったかと思うと、理史が顔を寄せてくる。互いに目を閉じないまま啄むような
キスをして、そのあとで理史に言われた。

「風呂上がったら俺の部屋に連れ込むぞ。いいのか？」

躊躇うことなく頷いて、和はまっすぐに理史を見上げる。肯定の代わりに、別の言葉を唇
に乗せた。

「怖かったのも苦しかったのも、忘れたいから。責任とって、理史くんが上書きして？」


血迷った。

もとい、この場合はとち狂った、というべきだろうか。

「ううう……」

もうすっかり見慣れた理史の部屋のベッドの上で、和は顔を赤くしてひとり悶絶していた。

原因は玄関先での己の不用意な発言だ。

（一緒なら、いいよ。おれ、理史くんと一緒に風呂に入る）

あえて弁明させてもらえば、あの時の和は必死だった。

あのまま何も言わずにいたら、きっと今、和はここにはいなかったはずだ。湯上がりの理史は間違いなくマッサージに来てくれただろうけれど、終わったら「おやすみ」だけで自室に戻ってしまったに違いない。——瞬時にそれと察しがつくほど、あの時の理史の表情には罪悪感と後悔が滲んでいた。

だから、理史に手を引かれて風呂に向かう時も、脱衣所で服を脱ぐ時も躊躇わなかった。早くいつもの理史に戻ってほしくて、それだけしか考えられなかった。

その結果、理史に捕まって頭のてっぺんから足の先まで洗われてしまうという、小学校低学年以来の体験をする羽目になったわけだ。

「理史くんて、あんなにすけべだったんだ……ていうか、理史くんてあんな身体してた、んだ」

湯の中でのぼせた和を引き上げ、寝間着を着せてここに運んでくれた理史は、まだ髪を洗っていないからと浴室に引き返していった。おそらく、じきに戻ってくるはずだ。

思ったとたん、浴室で見た理史を思い出して思考が茹《ゆ》だった。自分の狼狽えように呆れて、和はまたしても頭を抱える。

恋人になって一年になるのにと言うべきか、まだ一年だからと言っていいのか。幼い頃は別として、恋人になってから理史と一緒に風呂に入ったのは今日が初めてだったのだ。

去年、恋人になったその日にどさくさ紛れに誘われた時は、理史の方から冗談にしてくれた。その後も何度か言われたことはあるものの、毎回必ず逃げ場があったから——その手のことで無理強いはされなかったから、今までうまく逃れていた。

言い出しっぺは自分だから、文句を言うつもりはない。まだ甘かったとはいえ脱衣所ではそれなりの覚悟をしたし、丸洗いされる時も悲鳴は上げても逃げるのだけは堪えた。さすがに浴槽の中でくっついていて不埒な真似をされそうになった時は顔に水をかけて反撃したけれど、それは許してもらっていいと思う。

そんなことをひとりでぶつぶつ考え込んでいたせいで、気づくのが遅れた。

「何だそれ。そんなもん、和が一番よく知ってるはずだろうに」

「……っわ！」

声とともにいきなり背後から抱き込まれて、和は思わず声を上げる。仰け反って見上げた先、やはりと言うべきか適当に拭いただけの髪にタオルを被った理史が、苦笑混じりに和を見下ろしていた。

「び、っくりした……いきなり声するし」

「足音は殺してないぞ。ずいぶん熱心に唸ってたから聞こえなかったんだろ」

「熱心に唸ってるって、何か変じゃん。ていうか理史くん、その髪駄目だってば」

ベッドの上でくるりと向きを変えて、和は理史の頭にかかったタオルを掴む。髪の毛全体をくるんで、そっと水気を拭っていった。その間もじいっと見つめられて、知らず顔が赤くなってくる。

「理史くん、今おれを見るの駄目だよ。禁止」

「何でだ。久しぶりなんだし、好きなだけ見てもいいだろ」

「や、だってさ……その」

理史と恋人同士になってから、初めて知ったことはたくさんある。そのうちのひとつが、理史の視線が時にとても雄弁になるということだ。ちょうど今がそれに当たっていて、真っ直ぐに和に注がれる目はとても優しい。優しいのに、……少しだけ背すじがぴりぴりする感覚がある。

怖いのとも違うとても複雑で奇妙なその感じは、たとえて言えばその場から飛んで逃げてしまいたくなるようなものだ。それをどう説明すればいいのかと手を動かしながら悩んでいると、鼻先に何かがぶつかってきた。

「へ、……ん、――ふ、ぅ……っ」

いつの間にか、理史はベッドの上で和の向かいに座っていた。和が理史の髪を拭うのに任せて、その合間にキスを仕掛けてきたのだ。軽く啄んだだけで離れていったキスは間を置かず戻ってきて、今度はざらりと和の唇を嘗《な》めた。

遊びのようなキスと、口元に触れる吐息と、知らない間に和の腰を抱き込んでいた腕と。

その全部にそれぞれ気を取られて、和はあっという間にいっぱいいっぱいになった。

「なーぎ。両手が留守」

「ん、……っ、だ、……からっ、拭いてるん、だからっ！　そ、ういうの、やめ――んぅ、……んン」

何しろ両手で理史の髪を拭いているから抵抗できないし、距離を取るのも無理だ。なのに何で悪戯《いたずら》するのかと顎を引いて睨《にら》んだら、間近の理史がにんまりと笑った。

白状すると、全身がぞくっとした。――確かに笑ったのに、見たとたん反射的に「食われる」と思ってしまったせいだ。

「和？　ちゃんと髪、拭いて」

「ン、……んぅ」

催促するその口で、理史はさらにキスを仕掛けてくる。唇の合わせを舌でなぞったかと思うと、遊ぶように和の唇を咥《くわ》えて引っ張ってきた。唇から離れて鼻の頭を齧《かじ》り、頬から耳へとキスを移していく。耳朶を嘗められやんわりと歯を立てられ、首を竦めたはずが左右から顎の下をくるむように摑む手のひらに阻まれる。

「和、……」

リップ音の合間に和の名を呼ぶ声が、低く掠れている。その響きだけで、勝手に背すじが小さく震えた。いつの間にかぎゅっと目を閉じていた和には音しか聞こえなかったけれど、おそらく今の理史の顔は見なくて正解だ。根拠はないけれど、まともに見ていたらきっと和はぐずぐずになっていたと思う。

「……っ、ン……ぅ、」

喉からこぼれて落ちた声が、露骨な色を含んでいる。自分の耳でもはっきりわかるそれを、恥ずかしいと頭のどこかで思った。

必死で伸ばした指先が、少し剛い髪に絡む。抱き込むように縋《すが》りついたあとで、その髪がまだ湿っていると――つい先ほどまで和が拭いていたはずだと気がついた。何がどうしてと引っかかりを覚えてどうにか目を凝らしてみて、和はそうしたことを後悔する。

キスをしたままの理史が、あの目でじっと和を見つめていたからだ。視線がぶつかったとたんに色を帯びた笑みを浮かべ、今の今まで唇だけで遊んでいたキスを一気に深くした。わざとのように歯列をなぞり、やや強引にその奥をまさぐってくる。

「ん、……ふ、……っ」

「なぎ、――」

口の中をかき回され、舌先を搦め捕られる。もう慣れたはずのキスに翻弄されて、飲み込みきれない唾液《だえき》が唇の端からこぼれるのがわかる。息苦しさと羞恥《しゅうち》とで辛うじて顔を背けたら、今度は顎から喉を伝って柔らかい肌に歯を立てられた。小さく竦んだ背中をもう馴染んだ体温に撫でられて、身体の奥からじわりと熱が滲んでくるのがわかる。

「ん、――ん……？」

あれ、と思ったのはその時だ。喉から顎の裏を辿るキスに息を飲みながらやっとのことで視線を落として、和は思いがけなさに「ええ」と声を上げてしまった。

「ん？　どうした？」

「だ、……い、つのまに、寝間着……」

ベッドの上に座り込んで、キスをしていただけだ。なのに今、寝間着の前ボタンは全部外され、襟どころか片方の袖までは腕から抜けていた。

瞬いて記憶を探ってみても、見事なくらい覚えがない。いったいどうやって、ときょとんとしていると、喉元に触れたままの理史の唇が笑ったのがわかった。

「和も協力してくれたぞ？　まあ、それどころじゃなさそうには見えたが」

「……っあ、」

声と同時に、胸元のそこだけ色を変えた箇所を指先でぐるりと撫でられた。知らない間に尖っていたそこに疼《うず》くような感覚を覚えて、和は目を瞠る。

嘘、とこぼした声を塞ぐように、喉から顎へと上ったキスに呼吸を奪われる。舌先が絡むキスに小さく声を上げている間に、心得たような指先にさらに胸元をいじられた。じわじわと加速していく熱を帯びた感覚に、和はしがみついていた理史の肩に指を強く食い込ませる。

「っん、……あ、や――」

色のついた自分の声を聞いたあとで、キスが終わっていたことに気がついた。

喉から鎖骨にかけてを辿っていくキスに、無意識に身体が捩《よじ》れる。とたんに背中から腰へと動いた腕に引き戻され、仰け反った胸の過敏になった尖りにキスをされた。

「や、……、待っ――」

上げたはずの声が、途中で崩れて音になる。湿った音を立てる舌にその箇所をなぞられて、小刻みに首を振った。そうして、和は先ほどからの違和感の正体に気づく。

いつもとは、全然勝手が違うのだ。年齢差を思えば当然のことに理史はこの手のことには慣れていて、だから和はいつも流されるように翻弄される。じわじわと、水が熱湯に変わっていくように時間をかけて高められ、自分ではどうにもならない場所まで追い詰められる。けれど、今日はまだ上をはだけただけだ。肩から上にキスをされ、指で胸や背中をいじられただけで、――なのにどうしてここまで熱が上がっているのか。

無茶をされているわけでは、けしてない。前回どころか、その前の時より丁寧で優しいかもしれない。そのくせ容赦がないのも、触れられた肌から伝わってきていた。

「和、……」

「う、ん。ん――」

ベッドの上に横たえられて、胸元から喉へとキスをされる。脇腹を撫でた手のひらがすっと動くのに気がついて、無意識に呼吸を詰めていた。寝間着のズボンをずり下ろされ、脚に触れる手に促されて、和はどうにか腰を上げる。臀部《でんぶ》がシーツに触れる感覚で、下着ごと脱がされたのを知った。

「……っあっ！」

脚の間の過敏な箇所を、よく知った手のひらで覆われる。わずかに触れられただけでそこが張り詰めているのがわかって、かあっと全身が熱くなった。小さく首を振っていると、胸元で理史が言う。

「——怖い？」

「こわ、い。だって、何かおれ、ヘン、だよ。い、つもとちが、——」

「ん？　ああ、敏感になってるよな。俺は嬉しいんだが、和は厭か」

「いや、じゃない、けど。いやじゃないのが、怖い」

前回は、逃がさないとでも言うような強引さが怖かった。

——今は、逃げたいのに逃げようとしない自分の反応が怖い。頭では戸惑っているのに、自分の変化について行けないのに、身体だけが素直に理史の言いなりになっている。

「……やめた方がいいか？」

「そ、れも、やだ。だっ——」

だって、もう自分の思うようにならない。言いかけて、それも違うと思う。必死で探してもどうにも言葉が見つからない。うまく言えず半分べそをかいていると、長い指に頬を撫でられた。滲んだ視界を凝らす前に落ちてきたキスに安心して、和は理史の首にしがみつく。

「厭じゃないなら、もう少し頑張れる?」

囁《ささや》く声は低くて、ぞっとするほど甘い。返事が声にならず、だから頷いて肯定した。ご褒美のようにもう一度唇を齧られて、和はぎゅっと目を閉じる。

「っあ、——やっ……」

胸元の尖りを痛みを覚えるまでなぶられたあとで膝を割られ、今度は先ほどまでさんざん指先で煽《あお》られた箇所にキスをされる。ほとんど同時に腰の奥をそろりと撫でられて、馴染みの違和感だけでなくぞっとするような感覚が走ったように思えた。何度されても慣れない感覚は繋がるために必要なことで、そう知らされてからはなおさら、されるたび居たたまれない気持ちになる。

恥ずかしくて、消えたくて、泣きたい。まだ湿ったままの理史の髪に両方の指を絡めて、追い詰められた先でそう思う。必死で訴えても理史がやめてくれるわけがなく、けれど本当は和自身も本気でやめてほしいわけではない。その事実を今、目の前に突きつけられたような気がした。

「……なぎ」

「ん、——う、んっ」

慣れたはずの悦楽は、けれど浅い海で溺《おぼ》れているようだと和は思う。あと少しのところに水面があるのに、伸ばした手には届くのに、どうしても顔だけが浮かんでくれない。息苦しさに意識が霞《かす》む頃にようやく呼吸ができて、安心した直後にまた底まで引き込まれる。いつか終わるとわかっているのに、それを永遠のように遠く感じる。

脚の間と腰の奥と、二か所を同時になぶられて、身体の奥へと熱が落ちていく。滴《したた》ったそれは毒に似て、触れ合った肌だけなく湿った髪の冷たさにすらびくびくと震えがきた。

無意識に逃げかけた腰は強い腕に囚《とら》われてびくともせず、そのことにすら煽られた。つい先ほどまで上がっていた声が掠れて、呼吸だけになる。急速に温度を上げた熱が肌の内側で暴れて逃げ場を失った。押しては返す波に似た感覚に揺らされて、和は後戻りのきかない限界の際まで追い詰められていく。

「……っ――」

目の前で光が弾けたような錯覚に、思わず目を見開いていた。喘《あえ》ぐような呼吸の中、するりと額を撫でられる。低い声に名を呼ばれ、許可を求める言葉を聞かされた。

そんなもの、わざわざ訊かなくてもいいのにと思った。それだから、和は傍《かたわ》らで身体を伸ばした理史の首に自分からしがみつく。

「怖い、けど。……理史くんだから、平気」

「おまえね……この状況でそれ言うのか」

呆れ声の後半は、キスと一緒に口の中に吹き込まれた。

上になった重みと体温にほっとして、和は理史の肩に顔を埋める。その顎を取られ、今度は呼吸を共有する深いキスをされた。同時に、膝の間のつい先ほどまで熱を溜めていた箇所をやんわりと探られて、びくんと腰が大きく跳ねる。

「大丈夫だから、気持ちいいことだけ追っかけてな」

「……ん、――う、ん」

キスの合間に告げた声は、和の返事を聞かずにまた口を塞いだ。抗議する前に舌先を搦め捕られ、呼吸が乱れる場所をなぞられて、和はしがみつく指に力を込める。

何が来るかはわかっていたのに、キスに夢中で失念していた。膝から太腿《ふともも》を撫でる手もひどく優しくて、ほっとして力を抜いてもいた。だから――身構えるほどの余裕は、なかったと思う。

内腿を撫でた手に膝を押し上げられたと、思った時にはもう腰の奥を深く抉られていた。それなりに慣れたとはいえ最後までするのは久しぶりで、痛みこそ薄いものの強い圧迫感に無意識に腰が逃げた。それを抱き込む腕で阻止されて、和は理史の肩に爪《つめ》を立ててしまう。

「和、――」

落ち着くまで待ってくれるのか、理史はすぐには動かなかった。指先で和のこめかみを撫で、髪を梳《す》いてキスを落とす。優しい触れ方にほっとした和が緊張を緩めるのを待っていたように、もう一度唇にキスをされた。

歯列を割ってその奥をなぞったキスが移って、耳の付け根にやんわりと歯を立てる。隙間《すきま》なく触れた肌から、馴染んだ体温が伝わってくる。それと同時に、脚の間で再び形を変え始めた場所をなぶるように撫でられた。

「ん、――っあ、……」

身動きが取れないほどきつく抱き込まれているせいか、肌の表面に浮いたはずの熱が再び沈んでいく。外に逃げられなかった熱はそのまま内へと流れ込み、寄り集まってさらに温度を上げた。全身が炙《あぶ》られるような感覚に、さらに濃度と粘度を上げていく。

知らず動いた脚が、理史のそれに擦り寄るように触れる。その時、喉元に落ちるキスにかすかな声が混じったように聞こえた。

和、と耳元で低く呼ばれて、それが合図だとうっすらわかった。直後にゆるりと大きく揺らされて、喉の奥で引きつった声がする。

理史が動くたび、腰の奥から身体全体にうねりのような感覚が起きるのがわかった。続けざまの波は優しいけれど容赦なく、和を押し潰すように溢れてくる。肌の底がざわめき波紋を作り、やがてそれも波になって、指先や脚の先からこぼれていくようだった。

逃げたいのに、逃げられない。浮かされるようにそう思って、そのあとで違うと気づく。

逃げたいけれど、逃げたくないのだ。強くて優しくてちょっと強引で、けれど誰よりも和を思ってくれる人から、離れたくない――。

「ま、……か、く――」

名前を呼びたいのに、うまく声にならない。それで必死に目を開いてみたら、額がぶつかりそうなほど近くで見つめる目と視線がぶつかった。

溶けるほど優しいのに、容赦のない目だ。少し怖いのに、だから好きだとも思ってしまう。自分の矛盾が妙におかしくて、頬が緩むのがわかった。

「……和？」

「う、ん。まさ、……かく、」

大好きだと、言いたかったはずの言葉は声になってくれただろうか。それを確かめる暇もなく、和は遠い高みへと押し上げられた。

## 15

あえて意図したのか否かは定かではないが、今日が土曜日で本当に助かった。

目の前の、どうにも減ってくれない朝食――兼、昼食を持て余しながら、和はつくづくとそう思った。

時刻はすでに午後一時を回っている。先に起き出したのは理史だが、和も十二時過ぎには起こされて、毛布ごとここリビングのソファに連れて来られた。その後理史はふつうに作り置きのパスタで、和は食欲がないためまたしてもお粥で食事にした。

食べ始めたのは同時だったのに、食べ終えたのは理史が先だ。それも少々どころではなく、とうに皿を片づけ洗濯まで仕掛けてしまっている。和はと言えば、お粥の椀《わん》を前にそれを眺めているばかりだ。

「和、せめて器に入ってる分は食え。残すなよ」

「はーいー」

間延びした返事をしてみたら、喉に絡んで咳《せき》が出た。なかなか止まらず困っていたら、すぐさま隣に来た理史が背中を撫でてくれる。ようよう落ち着いて長い息を吐いたら、大きな手のひらで額を覆われた。

「熱はないんだよなあ」

「……へーき。ちょっと声が嗄れただけ。誰かさんが、無茶したから」

抗議のつもりでぽそりと付け加えたらまだ隣にいた理史に顎を取られ、ひょいと顔を横向けられた。真正面から顔を合わせることになって、和はつい渋い顔になってしまう。

「無茶したか？　ちゃんと加減はしたし、怖いとも苦しいとも言わなかったよな？」

「わ、ざわざそういうの、ここで言わなくていいから！　ていうか理史くん、確かに優しかったけどちょっとしつこかったよね？　それ、自分でもわかってるよね」

「自覚はある。だから無茶してないって言ってんだろ。それともいつもより身体がきつかったりとか――」

「だからそういうの、昼間っからここで言うのはなしだってばっ」

即答で言い返しながら、首から上が一気に赤くなるのが感覚だけでわかった。

牙《きば》があれば剝いてやりたい気分だけれど、あいにく和にはそんなもの存在しない。ちなみに歯を剝いたことは過去にあって、その時は問答無用にキスされた。学習経験として覚えたため、理史の前では禁忌としている。

和が盛大に文句を言っているのに、理史は平気な顔だ。気のせいか楽しそうにすら見えて、余計に和はむっとする。

その時、インターホンが鳴った。反射的にインターホンの応答画面に目をやると、遠目にも間違えようのない二人組が映り込んでいる。

「あれ、どうしたんだろ」

「……何しに来やがった」

口にしたのはほぼ同時だけれど、理史のは些《いささ》かどころではなく不穏だ。先ほどまでの上機嫌が一転、すっかり不機嫌になってしまっている。

「理史くん、その言い方……姉さんもいるのにさ」

「美花だけならいつ来てもいいんだ。問題は、あのオマケの方だろ」

「えーと……でもほら、今回はいろいろお世話になったし」

「ちゃっかり自分だけ逃げやがったしな」

鼻息荒く腰を上げた理史が、インターホンの受話器を手に取る。速攻で八嶋に文句を言うかと思いきや、耳に当てたまましばらく無言だった。ややあって、わざとのような大きなため息をつく。

「……てめえは好きに上がればいいだろ。美花は気をつけて来いよ。そいつがろくでもない真似したら蹴飛《けと》ばしてやれ」

言うなり、受話器を置いて和がいるソファに戻ってきた。すみに畳んであった毛布を手に、慣れた様子で和をくるんでいく。

「ええと、そこまでしなくていいと思うよ？　部屋の中は暖まってるんだし」

「美花がいるだろ。一応隠しとけ」

「……だったら、理史くんが注意してくれたらいいのに」

要するに、首と言わず手と言わず脚と言わず、無尽蔵と言いたくなる勢いで残っている痕《あと》を気にしてくれたわけだ。姉が和と理史のことに気付いているかどうか曖昧な現状を思えばありがたいが、できればその気遣いは事前に別の方面で出してもらえないものか。

そんな願いを込めて見上げたら、にっこり笑顔で唇に食いつかれた。

「理史くんっ」

「ご馳走《ちそう》さん。……で、和はそれ空にしちまいな。美花にまで叱られたくないだろ」

「うー」

言われてみればその通りだ。マンションに帰ったと思えば少々ぐったり気味で、おまけに食事まで中途半端と知れば、あの姉は完食までにこやかに傍で見ていてくれるに違いない。その場合、当然のことに理史も同じことをするに決まっている。

それは厭だと、慌てて匙を手に取った。押し込む勢いでお粥を口に入れていると、またしてもインターホンが鳴る。画面が暗いままだから、今度はこの部屋の玄関前にいるはずだ。

応対に出る理史の背中を見ながら、最後の一口を無理にも飲み込む。お茶で流し込んでいるうちに、理史が八嶋と姉を引き連れてリビングに戻ってきた。

「和？　どうしたの、調子悪いの？」

「あー、うん。ちょっと」

ソファで毛布巻きになった和を目にした姉が、心配そうに言う。和が返答に迷っていると、代わりのように理史が声を投げてきた。

「昨夜油断して湯冷めしたんだ。本人は平気だと言うが、喉をやっちまってるようなんで念のため巻いといた」

「そうなの？　駄目よ、気をつけないと」

「はーい……」

多少の異議はあるものの、ここは言わぬが花というやつだ。素直に頷いた和に安心したらしい姉は、キッチンにいる理史を手伝うと言って離れていく。

「油断して湯冷めかあ。理史の監督責任問題だね」

ひとりソファに残った八嶋が、笑顔で言う。下手を言って突っ込まれるよりはと、和はしおらしく「そうなるんでしょうか」とだけ言っておいた。あとは、理史に丸投げだ。

「そうそう、和くんの荷物持ってきたよ。玄関に置いてあるから、あとで確認しておいてくれるかな。美花さんが荷造りしたから大丈夫だと思うけど」

「……持ってきてくれたんですか？　でも、昨日は取りに行くようにって」

「たまたまっていうか、そういうタイミングでね」

あっさり言われて、和は少し考え込む。

ちらりと目をやったキッチンでは、姉と理史が話しながら何やら準備中だ。それを確かめ、声を落として言ってみた。

「それ、絶対口実にしてますよね」

「立ってる者は親でも使えって言うからねえ」

しれっと返されて、確信した。じっと八嶋を見つめて、和は真剣に言う。

「本気ですよね。遊びだったら許しませんけど」

「遊びはもう十分っていうか、どうせ遊ぶなら手軽で面倒がない方がいいよね」

わざと一般論で返してくれるあたり、気配りはあるわけだ。ついでに八嶋のその言い方は、間違いなく肯定だった。

理史は、和とは別の意味で姉を気にかけている。なので、姉に遊びを仕掛ける相手には容赦せず食いついていくはずだ。そもそも八嶋がいい加減で信用ならない人物であれば、簡単に姉に近づけるはずもない。

「だったらいいです。けど、本人確認だけは確実にお願いします。追加で、泣かせたらおれが恨みます」

「和くんが恨むんだ。……っていうか、意志確認して同意があればいいんだ？」

「基本ですから。それもできない人は近寄らないでほしいです」

わざと睨むようにして言ったら、八嶋は初めて見るような何とも言えない顔をした。拍子抜けしたとも安心したともつかない、不思議な表情だ。

「了解、心得ておこう。――ちなみに和くんと理史も元の鞘《さや》に戻ってよかったねえ」

「それはどうも。ていうか、さっきのたとえってちょっとニュアンス違いません？」

最近になって気づいたけれど、八嶋の揶揄《やゆ》から逃れるには会話そのものを転換するのが一番だ。かわされることもあるけれど、意外なところで食いついてくることも多い。

「ニュアンスねえ。どう違ったかな」

幸いにして今回は引っかかってくれたようだ。ほっとしている間に姉と理史がお茶の準備を終えてソファのところまでやってきた。

四人でテーブルを囲んであれこれと話をし、小一時間経った頃に「そろそろ帰ろうか」と八嶋が言う。素直に頷いた姉が後片付けしようとするのを断って、和も玄関先まで送りに出た。少々不本意なことに、理史の手を借りて、だ。

「そういえば和くん、進藤に合い鍵は返した？」

靴を履き、いよいよ玄関ドアを出るという時に、思い出したように八嶋が言う。よく覚えているものだと感心して、和は首を竦めて返す。

「まだですね。会えてないですから」

「そっか。じゃあ落ち着いたら進藤の店に行かなきゃな」

「はい。またバイトの時にでも――」

「何だ、その合い鍵って」

話の途中で、いきなり理史が割って入った。思わず見上げてみて、和は首を傾げてしまう。姉のおかげか、理史の機嫌はそこそこよくなっていたはずだ。なのに今は、とても厭そうな顔で、どういうわけか和ではなく八嶋を睨んでいる。

怪訝そうな顔で和と理史とを見比べていた八嶋は、けれど何かに気づいたように「ああ」と頷いた。理史に目をやり、にっこりと笑う。――その笑顔に、厭な予感がした。

「理史は聞いてなかった？　僕が和くんを迎えに行ったのって、進藤が出勤したあとだったろ。物騒だから施錠を頼むって、あいつ和くんに部屋の鍵を預けてたんだよ。次に会った時に返してくれって」

「……何で次に会った時なんだ。おまえが預かって渡せばいいじゃねえか。どうせ何度もあいつの店に行ってるんだろう」

「それも考えて和くんが進藤本人に確認してくれたんだけど、あいつ即答で却下したらしいんだよ。僕じゃなくて、和くんから直接返してほしいらしい。僕にずいぶん失礼だよねえ?」

「……へえ」

たった二音の相槌を、怖いと思ったのは初めてだ。つい首を縮めた和をよそにそのまま八嶋は姉を連れて帰ってしまい、玄関先には和と理史だけが残される。

リビングに戻ろうとしたら、腰を抱く腕に止められた。そろりと見上げた先で無表情な理史と目が合って、和はかちんと固まってしまう。

「合い鍵ってどこにある?」

「大事なものだし、無くすとまずいから荷物の中に」

「出して見せてみろ」

何もそこまでとは思ったけれど、言える雰囲気ではなくなっていた。じゃあとばかりに少し離れた床に置いてあったボストンバッグの底を探って、巾着袋《きんちゃくぶくろ》に入れた鍵を引っ張り出す。取り出して見せる前に腰ごと掬われ、和はソファまで運ばれてしまった。

これはきっと過保護ではなく、恋人同士の甘やかしだ。運ばれながら、だったらいいかと結論を出して、和はソファに座り直す。

引き出した合い鍵を見せると、理史は露骨な渋面になった。それを目にして、和ははたと昨夜の話を思い出す。——つまり、これが理史の焼き餅《もち》なわけだ。

つい緩みそうになった頬を、すぐに引き締めた。ついでに、何気なく伸びてきた理史の手に奪われないよう、手の中に鍵を握り込む。

「ものついでに、俺が返しておくが？」

「でも、人には預けないでくれって頼まれたから」

「何だそれ。雇用主が信用できないと？」

むっとした理史が口にしたのは、和ではなく進藤に対するものだ。それもまずい気がして、和は急いで言う。

「じゃあちょっと待ってくれる？　進藤さんに確認してみるから」

「必要ないだろ。進藤の部屋だって手配したのはこっちだぞ」

「だけど、家の鍵だよ？　理史くんなら大丈夫だっておれは知ってるけど、勝手な判断で人の家の鍵をどうこうできないよ。そんなに時間はかからないから大丈夫、今メールしておけば仕事上がりに返信してくれると思——」

「——……いつの間に、あいつとアドレス交換した？」

とんでもなく低い声で言われて、そっちも駄目だったのかと肝が冷えた。

「え、と……家出の時、に」

「で？　電話でもやりとりしてたわけか？」

「そ、そっちは一度もないよ!?　メールだけで、その、メル友っぽいっていうか」

「ほほー。俺が和と会えず電話もメールもできずにいる間に、あいつは楽しく和のメル友やってたわけか」

「ちょ、ちょっと待って！　おれが言うこと、ちゃんと聞いてっ」

焦って、和は理史の腕を摑んだ。ぐいぐいと揺さぶりながら、必死で言い募る。

「メールったってたまにだし、近況報告っていうか、途中でバイト抜けた形だから気になって、進藤さんのお店の状況を教えてもらってただけだから！　あと合い鍵は、八嶋さん経由で返そうかって聞いたら速攻でそれだけは絶対やめてくれって返ってきたから持ってただけだし！　おれがどうこうじゃなくて、進藤さんは単に八嶋さんに頼みたくないだけだと思う！」

「ふうん？」

ソファに横向きに座り、背凭れに片方の肘《ひじ》を預けて座る理史は、どう見てもやさぐれているようだ。今の今、宥《なだ》めるのに困りながらもそういうのもいいかもしれないと思っているあたり、自分もちょっとおかしい気がする。

どうしたものかと、向かい合ったまま考えた。出てきた打開策はひとつしかなく、和はそれを口にする。

「じゃあさ、今度理史くんの都合がつく時でいいから一緒に行ってくれる？」

「行くって、進藤の店にか」

「うん。開店してから一度も行ってないし、最後に見た時はまだ片づいてなかったし。そういや、あそこのフロアマネージャーって結局誰になった？」

思いついて訊いてみたら、理史は少し考える顔になった。

「鈴原だな。ものの考え方が柔軟でそこが自分には足りないからいてくれると助かると、進藤が言っていた」

「鈴原さんて、……けど弓岡さんや西根《にしね》さんの方が経験長いよね」

「経験は無視できないが、長ければいいってもんでもない。あと、弓岡は月末で辞めることになったぞ」

思いがけない言葉に「え」と目を瞠っていた。何とも言えない気分になって、和はすとんと気落ちしてしまう。

「それって、おれが騒ぎ起こしたせいだよね？」

「その件で進藤から注意を受けたのが気に入らなかったようだから、きっかけではあるだろうな。けど、直接の原因は進藤が思うようにならなかったからだろう」

「進藤さんが、思い通りに……？」

首を傾げた和に、理史は苦い顔で言う。

「どうやら今度こそフロアマネージャーになる気でいたらしい。鈴原に決まったあとで、盛大にクレームをつけてきたそうだ」

「クレームって、でもフロアマネージャーを決めるのは店長で、理史くんたちは承認だよね」

よほどのことがない限り店長の決定には口を出さないと、これは八嶋から聞いたことだ。

それを、フロアスタッフの弓岡が口にしたということに驚いた。

「それが、どうやら自分を指名させるつもりで新店舗への異動を希望したらしい。進藤が自分より年下で、外部から来るからうまく取り入れば可能性があると踏んだんだろうな。確かに進藤よりは弓岡の方が本店や系列店に詳しいし、顔も利く。弓岡本人の評価も低くはないから、蔑ろにはできない。……どうやら、前々から自分がフロアマネージャーに指名されないのが気に入らなかったらしい」

理史の言葉に、「ああ」と思う。そういえば、本店は別枠として系列店の店長やフロアマネージャーのほぼ全員が、弓岡と同じ最古参スタッフなのだ。

「新店舗のフロアマネージャーは、表向きもう決まってることになってたのに？」

「責任者が揃って外部の者だと現場スタッフが困ると、はっきり進藤に言ったそうだ。ついでに、どうせわからないならおとなしく自分の言うことを聞けばいい、と」

「……何でそうなるのかな。弓岡さんて真面目にきちんと仕事する人だったと思うんだけど」

「仕事は真面目でも、自分の考えに固執する傾向が強いからな。本人にも何度かそこがネックだと話したんだが、理解できなかったんだろう。何でもフロアマネージャー目線で見れば、和のようなバイトは無用で無駄なんだそうだ」

吐き捨てるような物言いに苦笑して、和はそろりと言う。

「それ、弓岡さんが言ったんだ。……進藤さんに？」

「ああ。スタッフ全員の総意だってぶち上げたらしい。もっとも、その場にいた鈴原は即座に、自分はそんなこと思ってないから除外しろと主張したそうだ。進藤も、それは弓岡が決めることじゃないと即答したと聞いた」

「でも、おれのせいで迷惑をかけたのも事実だよ。最後の日の騒ぎだって、結局は自己管理が足りなかったせいで」

「ふつうにゴミ捨てだけやっててああなったなら、確かに和の自業自得だ。けど、あれは雨の中で必要もない作業をさせた結果だろう。問題があるのは、それを指示したスタッフ側だ」

きっぱりと言い切られて困惑していると、理史は苦く笑った。

「和はバイトで、正社員スタッフの指示には逆らえないだろ？　そして、弓岡は和の脚のことを承知の上で指示したわけだ。そこまでわかれば、あとは進藤の判断だな」

「進藤さん？　じゃあ、あのあとの処理って」

「進藤の店で起きたことだから、進藤に一任した。あいつが弓岡を含めた全スタッフを集めて注意した結果が、弓岡の退職願いだ。他のスタッフは通常通り働いてる」

「そっか」

答えながら心底ほっとした。

理史の様子が様子だっただけに、あのあとどうなったのかずっと気になっていたのだ。進藤にメールで訊こうにも何となく敷居が高くて、今まで確かめられずにいた。

「和が落ち着くまでは接触禁止ってことにしておいたが、鈴原はずいぶん心配してたぞ」

「うん。鈴原さんにはバイト中もいつも助けてもらってて……って、接触禁止って何」

「俺が会えないのに、他のヤツに会わせてたまるかって話」

「……理史くん、そういうのは大人げないって、言――」

呆れて言い掛けた唇を、塞がれる。軽く啄んで離れるなり、近い距離で眉を上げて和を見つめて拗ねたように言う。

「大人げない俺は気に入らない?」

「そんなこと言ってないっていうか、それも理史くんだからいいよ。……あのさ、どうせだったら進藤さんとこ予約して、一緒に食事しに行かない？　その時に鍵も返せばいいしさ」

うっすらと思うだけだけれど、たぶんひとりで進藤のところには行かない方がいい。焼き餅は嬉しいけれど、度が過ぎると怖いし進藤に迷惑だ。

和の申し出は正解だったらしく、理史の表情にばつの悪そうな色が混じった。あえて気づかないフリでじっと見つめていると、苦笑混じりに頭を撫でられる。

「そうだな。近いうちに予約するか。確かに、和にとって無関係の店じゃないしな」

いつもの理史に戻ったと直感して、心底ほっとした。同時に、先ほどまでの理史も間違いなく理史なんだと改めて心に留める。

偶然かもしれないし、気のせいかもしれない。けれど何となく、理史がこれまで和に隠していた部分をほんの少しだけ見せてくれるようになったように思えたのだ。手の届かないずっと年上の又従兄弟、つまり保護者でいるのではなく、恋人寄りになってくれた。

もちろん、まだまだだと和は自分でも思う。どうしても追いつけない年齢差と経験の差で、きっと見せていない部分の方が多い。

だから、少しずつでいい。今日より明日、明日より明後日――そうやって積み重ねていって、つま先立ちでも背伸びしてでも、いつか理史に届くようになればいい。心の底からそう願った。

## あとがき

おつきあいくださり、ありがとうございます。今年はとんでもなく紅葉が遅い、あるいは長いおかげで無事紅葉を見に行けたと喜んでいたら、その道中で狂い咲きの桜や勘違いして芽吹いた樹木まで発見し、何とも複雑な気分になってしまった椎崎夕です。

昨日も出先で紅葉した銀杏を見たのですが。……通年ならこの時季とうに落葉しているはずなのに、季節感はいったいどこに？

今回は、少し前に出た本の続編というか、その後の話になります。前作が何やら甘かった気がしたので今回はもっと甘くなるかと思いきや、思いがけず素直だったはずの主人公が反逆に出ました。

……どうやらこの主人公は「意外と突っ走る人」だったようです。たまに主人公になってしまう「面倒くさい人」よりはずいぶんわかりやすいですが、まっすぐすぎるのも困りものと言いますか、もともと距離が近過ぎるのも結構問題かも、と。

ちなみにプロット段階では「うんまあそうなるかも」だったのが、実際に書いてみたら「年齢差とか立場の違いとかあるんだし、もうちょっと甘えてもいいんじゃあ」となってしまったあたり、どうやら書き手の心情は主人公ではなく主人公片割れ寄りだったようです。

そして今回、あとがき枚数が多いので近況でも。

今年になって買い換えたプリンタが故障しまして、新たに買い換えました。……ずっと愛用していたメーカーとは違う会社のものにしてみたらそれが即行で壊れてしまったので、結局馴染みのメーカーに戻したのですが、機械類ってやはり相性があるんでしょうか。

基本的に私は時計類と相性がよくないようで、特に腕時計は必ずと言っていいほど買って一か月以内に狂うか壊れるか紛失します。そして即行で壊れたメーカーのプリンタは、過去にも買って早々に動かなくなってくれたことがあります。

うん。プリンタはもう、馴染みのメーカー限定で買うことにしておこう……。

まずは、挿絵をくださった花小蒔朔衣さまに。前回に引き続き、きれいな挿絵をありがとうございます。前回カバーと今回カバーを並べてみて、「ああ進展したんだなあ」と妙にしみじみ思ってしまいました。本の出来上がりが、とても楽しみです。

そして、今回もいろいろご迷惑をおかけしてしまった担当さまにも、心より感謝とお詫びを申し上げます。本当に、ありがとうございました。

最後になりますが、この本を手に取ってくださった方々に。
ありがとうございました。少しでも楽しんでいただければ幸いです。

椎崎夕

放っておけない。あるいは目が離せない。

よく聞く言葉ではあるが、実感したのは幼稚園児の姪っ子を見た時だけだ。友人知人によれば、両思いであれ片思いであれ意中の女性に対して似たような気持ちを抱くものらしいが、自分に限ってそれは一度もなかった。せいぜい可愛いとか、ずっと見ていたいと思う程度だったはずだ。

なのになぜ、よりにもよってな相手を目の前にその言葉を実感してしまうのか。

「本当にすみませんでした。長く預かりっ放しになってて」

「いや。こっちこそ、勝手を言って悪かった」

二日前に予約を入れ、当日になる今日は定刻の十五分前に訪れた彼――浅川和が差し出した合い鍵を受け取りながら、進藤は何とも複雑な気分になった。突き刺さるような視線を感じてそちらに目を向け、直後にそうしたことを後悔する。

「とんでもないです。おれはすごく助かりました。八嶋さんに預けたくないのも、わからなくはないですし」

「わからなくはない、のか」

「ですね。何て言うか、八嶋さんて時々すごーく厄介な感じがしません？」

妙に真面目な顔で言う彼は大学三年で、とうに成人しているはずだ。にもかかわらず高校生に見えてしまうのは、やや童顔で雰囲気が柔らかいせいなのだろう。

「するな。時々じゃなく、ほぼ常時」

「ですよね。具体的に何されるってわけじゃないけど、何かやばい感じがするっていうか」

「……さすがだな。よくわかってる」

「それはだって、バイト始めてからずっと顔つきあわせてますから」

「なるほど」

打てば響くような答えに思わず感心した進藤に少し困ったように笑ってみせて、和は「じゃあ、おれはこれで」と離れていった。予約席となっている窓際のテーブルに引き返すつもりだったようだが、途中でフロアマネージャーの鈴原に声をかけられている。そのまま、屈託のない笑顔で話し始めた。

勤務時間中であれば咎めるべきだが、今はまだ開店時刻前だ。それに、鈴原はずっと和のことを気にかけてもいたため、今回は見逃すことにした。

ちなみに、開店前にもかかわらず和がすでに店内にいるには理由がある。彼の連れであり、ここ「花水木」グループのオーナーでもある浅川理史が、今回はプライベートだと釘を刺しつつ「用があるから開店前に顔を出す」と言い放ったためだ。

浅川は「時間外だから外でいい」と言っていたけれど、かつての先輩であり現在は上司になる相手を車内で待機させるわけにはいかない。それで早々に裏口を開け、こちらから声をかけて予約席に案内した。

その浅川はと言えば、案内された席に腰を下ろしたきりだ。顔馴染みのスタッフに声をかけてはいても自分から近づこうとはせず、代わりのように進藤を目で追っている。

和と一緒に視線も離れていくだろうと思っていたのだが、どうやら考えが甘かったらしい。これはもう仕方ないと観念して顔を向けるなり、待ちかまえていたように指だけで呼ばれた。近づくと、目顔だけで店内を示される。

「で、どんな具合だ」

「そこそこ順調ですね。細かいミスはありますが、慣れてくれれば消える類でしょう。……鈴原さんもよくやってくれていますし」

「だったらいい。ところでおまえ、和に合い鍵預けてたんだって？」

わずかに視線を逸らすふうに言われて、本題はそっちかと納得した。

実際のところ、浅川にしろ八嶋にしろこの店については原則ノータッチに近いのだ。もちろん基本方針や方向性は指示されているものの、それ以外はほぼこちらに任せてくれている。口を出してくるのはよほど気になることか、問題があった時だけだ。

「はあ。俺は仕事でしたし、彼はまだ熱がありましたので」

「そのへんは面倒かけて悪かった。けど、合い鍵を聡に預けちゃ駄目ってのは何なんだ」

「……説明しづらいので、彼に訊いていただいた方がいいかと。僭越ながら、浅川さんに預けていただく分には申し分なかったんですが」

「何だそりゃ。聡だから駄目だったってことかよ」

意外そうに言われたので、あえて「そうです」と即答しておいた。それだけで、浅川の周囲にあった不穏な空気が蒸発したように消えるあたり、先ほどの視線と併せてつくづくと納得する。本当に、本気で相当に――この人は和に入れ込んでいるわけだ。

その後は簡単に本日のメニューの説明をし、開店時刻直前に厨房に戻った。一番に入ったオーダーはもちろん浅川と和のもので、手早くこなしながらも内心で息を吐いてしまう。

あの浅川が一回りも年下の親類の、しかも男を恋人にしていると知った時には驚いたし、あまりの過保護っぷりには引いた。けれど和がここでバイトを始めてからは、彼の勤勉さと報告の確かさと、少々のことではめげず甘えようともしない根性に感心していたのだ。

まだ学生なのに経理関連に明るくグループ内の事情にも通じていて、けれどそれをひけらかすことがない。八嶋が重宝するには十分で、にもかかわらず弓岡のように彼をただのバイトとしてしか扱わずにいたら和の真価がわかりづらい。もっとも鈴原はきちんと気づいていたのだから、それも個人の認識によるのだろう。

そういう意味で、進藤も自己反省はした。和への認識は大きく修正したし、あの日自宅に連れ帰ったことについてはまったく後悔していない。

……問題は、ついつい和に意識を持って行かれてしまうことだ。厨房で調理していても、カウンター越しに窓際のテーブルを見てしまう。

何がいったい――何がどうしてそうなったのか。首を傾げて、進藤は思案する。

姪っ子が気になって放置できないのは、小さくて柔らかく転ぶとすぐ怪我をするし泣くくせに、何をやらかすか予想がつかないからだ。総括すれば幼児だからということになるが、和の場合すでに大学生で、しかも浅川という恋人が傍にいる。何も、進藤が保護者よろしく気にかける必要性はないはず、なのだが。

「店長、三番テーブルにAセットふたつです」

「わかった。これ、予約テーブルに」

「了解です」

笑顔の鈴原が、二人分の食事を慣れたふうに運んでいく。向かう先は、浅川と和の席だ。

ついそちらに目を向けたら、ちょうどこちらを見ていた和と目が合った。とたんににっこり笑顔で手を振られて、進藤は思わず苦笑する。直後、真顔の浅川と目が合って、微妙に気まずい心地になった。

すぐさま手元に視線を戻して、知らず眉根を寄せてしまう。――どうにもこうにも、これでは浅川に妙なふうに睨まれそうだ。それを言い出すと、変に和を気にしている自分もどうかしているのだが。

しかし進藤にも言い分はある。そもそも浅川が和ときちんと話していれば前回のようなことは起きなかったはずだ。おまけに和も、妙なところで行動力があるからいけない。

「……要するに、幼児じゃないが幼児並みに目が離せないということか？」

ぽつりと口にしてみたら、おそらくそうだと納得できた。微妙に違和感を覚えなくはないが、そのあたりはひとまず棚上げだ。

「だったらあれか。俺は叔父さんポジションなのか。いや、それだと近過ぎるから義理の叔父あたりか……？」

割り切れないものを感じはしたが、それなら浅川も文句は言うまいと思えた。ただし、口に出すと面倒になりそうなのであくまで心構えとしておくことにする。

いずれにしても、和と関わる時は浅川の反応に注意した方がよさそうだ。ひとり納得して、ようやく先日からの憂慮が晴れた。

――進藤が、この時に棚上げした違和感の正体に気づくのは、すいぶん先の話になる。

✦初出　近すぎて、届かない……………書き下ろし
傍観者の言い分…………………書き下ろし

椎崎夕先生、花小蒔朔衣先生へのお便り、本作品に関するご意見、ご感想などは
〒151-0051 東京都渋谷区千駄ヶ谷 4-9-7
幻冬舎コミックス　ルチル文庫「近すぎて、届かない」係まで。

RB 幻冬舎ルチル文庫

近すぎて、届かない

2015年12月20日　第1刷発行

| | |
|---|---|
| ✦著者 | 椎崎 夕　しいざき ゆう |
| ✦発行人 | 石原正康 |
| ✦発行元 | 株式会社 幻冬舎コミックス<br>〒151-0051 東京都渋谷区千駄ヶ谷 4-9-7<br>電話 03(5411)6431［編集］ |
| ✦発売元 | 株式会社 幻冬舎<br>〒151-0051 東京都渋谷区千駄ヶ谷 4-9-7<br>電話 03(5411)6222［営業］<br>振替 00120-8-767643 |
| ✦印刷・製本所 | 中央精版印刷株式会社 |

✦検印廃止


ISBN978-4-344-83600-6　C0193　Printed in Japan